办完父亲的后事,
孩子们决定,
沿着五年前走过的路线,
再走一遭。

——《天佑》

陶纯

著

山西出版传媒集团　北岳文艺出版社

图书在版编目（CIP）数据

天佑 / 陶纯著. — 太原：北岳文艺出版社，2017.6
ISBN 978-7-5378-5192-3

Ⅰ.①天… Ⅱ.①陶… Ⅲ.①中篇小说－小说集－中国－当代 Ⅳ.①I247.5

中国版本图书馆CIP数据核字(2017)第088521号

| 书　名：天佑 | 出 品 人：续小强 | 书籍设计：张永文 |
| 著　者：陶纯 | 责任编辑：刘文飞 | 责任印制：巩　璠 |

出版发行：山西出版传媒集团·北岳文艺出版社
地址：山西省太原市并州南路57号　邮编：030012
电话：0351-5628696（发行部）0351-5628688（总编室）
传真：0351-5628680
网址：http://www.bywy.com
E-mail：bywycbs@163.com
经销商：新华书店
印刷装订：山西人民印刷有限责任公司

开本：890mm×1230mm　1/32
字数：224千字　印张：8.625
版次：2017年6月第1版
印次：2017年6月山西第1次印刷
书号：ISBN 978-7-5378-5192-3
定价：39.80元

本书版权为本社独家所有，未经本社同意不得转载、摘编或复制

目 录

001/ 天　佑

051/ 秋　莲

109/ 子弹穿过头颅

161/ 营地之光

207/ 雨中玫瑰

261/ 何处是归宿（代后记）

天佑

一

　　一连下了两天的细毛阴雨，间或夹杂着针鼻样的雪花，落地便成了黏稠的水珠，仿佛地上洒了一层桐油或米汤。虽然无风，但是天冷得很，天佑只好躲在屋里烤火盆。第三天晌午头上，天光终于放晴了。天佑从窗子里往外瞅，看到昏黄的太阳挂在头顶，像一个没烧好的瓷盘。外面好像暖和了些。这两天他真给憋坏了，回头瞅瞅躺在大铜床上睡午觉的彭贵山。彭贵山中午喝了一碗陈年苞谷酒，此刻打着小呼噜睡得正欢。

　　天佑拿不定主意是不是溜出去玩一会儿。

　　就在这时，隐隐地，飘来一阵货郎担子发出的拨浪鼓声：噗隆咚咚——噗隆咚咚——还夹杂着货郎拖长声调的吆喝声："针头线脑糯米糕，五花糖豆和剪刀……"这个货郎上午时曾经来过，天佑想出去，彭贵山不让。此时，天佑口水直流，他终于待不住了，伸手摸一下口袋，悄悄站起身，轻轻拉开屋门，溜了出去。在他身后，彭贵山似乎觉察到什么，咕噜了一句。天佑吓得一激灵，停住脚。好在彭贵山翻个身又发出呼噜声，天佑放心地往大门口溜去。

偌大的院子里没一个人影，天佑的母亲李凤莲在厅堂里和下人打麻将。大黄狗也在窝边睡觉，听到动静，它翻了翻眼皮，没有发出任何声响，继续睡。天佑蹑手蹑脚走到大门口，看到厚重的柚木大门紧紧闭着，当班的侯七怀抱一杆钢枪，斜倚在寨门楼上打盹儿。天佑轻轻咳一声，侯七吓一跳，刚想发话，天佑伸一根手指放在嘴边示意他不要声张。

天佑轻手轻脚爬上门楼，抬眼就看到壕沟吊桥那边有一个货郎担子，还有一男一女两个大人，像一对夫妻。天佑别的不喜欢，就喜欢花花绿绿的糖豆，这一阵外面风声紧，彭贵山严禁家人外出，天佑口袋里的糖豆，早就见底了。兴许是货郎夫妇知道天佑的喜好，那女的竟然抓起一把糖豆，冲天佑晃了晃，又撒在货担子里，弄得天佑口水都要下来了。

天佑收回目光望向侯七。侯七缓缓地摇一下头。若在平时，天佑会掏他的裤裆，或者会拿头撞他，但是现在，天佑不想弄出动静，尤其不想惊动彭贵山。天佑想了想，伸手从口袋里掏出一小把铜板，递给侯七。侯七抬眼瞅瞅大宅院里无人，就接下了。

吊桥还没放稳，天佑就像一只小老虎，急不可耐地蹿了出去。这当儿，货郎夫妇似乎有点不敢相信，互相眨巴一下眼睛。天佑带着一股小冷风，冲向货担。那个头扎紫围巾、上身穿绿棉袄的女人，望着越来越近的小男孩，目露精光。一瞬间，天佑突然发现她嘴唇上，竟然长着一小撮儿黑胡须。天佑微微一愣，步子慢下来。就在这时，那个男的飞步上前，伸出铁钳般的大手，像抓一只小鸡那样拎起天佑，把他夹在腋下，同时打一声口哨，就和那女的一起，丢下货担，奔向路旁不远处的杂树林。

天佑竟然来不及哭一声。

站在大门旁的侯七，还没明白怎么回事，面前就不见了人影。他哆哆嗦嗦举起枪,冲天空放了一枪,枪声像炸雷一样滚过天际。

彭家的大黄狗,率先狂吠起来。这一下,彭家大宅院顿时乱了套。

二十天前,给天佑过六周岁生日时,彭贵山专门从毕节老城隍庙重金请来一个有名的算命先生,给全家卜卦算命。老神仙燃上三炷香,跪拜过天地,又围着彭家大宅转了一圈,最后来到寨墙上,东南西北打望一阵,捻着黄胡须对彭贵山说,贵宅真是少见的好风水,日后必出大福大贵之人。旋即,他盯着天佑仔细看,微微颔首道,小令郎命数最好。又说,彭家明年可能会遇上一点小灾祸,但只要过了那个坎,以后就顺风顺水,一马平川。

哪想到,此话才说过二十天,灾祸就突然降临。看来算命先生的话,屁用不顶。

祸是侯七惹下的,他吓尿了裤子,在一旁筛糠。家丁头儿老冉慌慌跑来,提出带几个兄弟立刻去追。老冉刚跑出几步,彭贵山回过神来,又把他叫住,摆摆手说:"追个屁呀,晚了!"老冉又向主人提出,剁掉侯七一根手指头,解解恨。彭贵山把瓜皮帽往地下一摔,狠狠地一跺脚说:"你要他的狗命,又有何用?算了!"

天佑是彭贵山的第四个儿子,他上面的三个哥哥,老大天全在毕节城里当保安队副队长,红军前些日子打毕节时,天全闻风逃到了贵阳;老二天凤在县税警局上班;老三天保在贵阳读书。天佑是彭贵山五十岁过后才出生的,小家伙聪明伶俐,虎头虎脑,惹人喜爱,从感情上说,彭贵山更亲近这个小儿子。当然他老婆李凤莲更是把身边唯一的小儿子当作宝贝,百般疼爱。

听说天佑被人绑走,凤莲当即就吓晕了,掐了她好一会儿人中才醒过来。她抓住男人的手腕子说:"老爷,只要舍得破财,天佑是不会有事的呀。"

这话提醒了彭贵山。彭家没有仇人,歹人绑走天佑,不是为了寻仇，不是为了要他的命，显然是奔彭家的钱袋子来的。

约莫一个时辰后，一个尖嘴猴腮的人来到吊桥下，说是送信的。侯七认出，此人就是刚才那个货郎装扮的小个头男人。把来人请进正厅大堂，彭贵山迫不及待地接过信，看到一张脏乎乎的白纸上，两行张牙舞爪的字：拿壹仟块大洋换小孩，限明日中午十二点之前送到。

彭贵山心里踏实了些，问："什么地方？"

尖嘴猴腮的人说："一直往西，四十多里，白虎山下有个磨盘洞，知道吗？"

彭贵山知道有这么个地方，点点头，说："那么远……如果不能按时送到呢？"

对方犹豫一下，说："那就不客气，撕票……"

彭贵山左眼皮一阵抖，脑袋上像挨了一闷棍，捂着腮帮子说："这个价码太高，我拿不出。"

按彭贵山内心的合计，赎回天佑，也就三百块，顶多五百块。一千块现大洋，真是顶天了，这可真要他的老命。

对方说："这个嘛，我可说了不算。"

三聊两聊，彭贵山听出来了，对方带有湖南口音，显然不是本地人。他有点装腔作势，却又不像那些凶巴巴的土匪，满嘴脏话黑话，他眼光里甚至有些歉意。虽然相貌丑陋，但站有站相，坐有坐相；端给他茶水，他一口不喝，拿给他纸烟，他也不抽。彭贵山干脆直接问他："兄弟，你们大当家的，是哪个？"

对方说："这个可不能告诉你。"

彭贵山随口说出在这一带有些名气的几股马子（土匪），对方竟没任何反应。他心下合计，即使是那几股人马，也是轻易不敢对他彭家下狠手的。何况是些小绺子，那更是不敢了，而且他们也不会有那么大胃口。一千块现大洋，在这乌蒙大山里的穷地方，谁能拿得出手？

对方观察着彭贵山的反应，提醒说："破财免灾，破财免灾啊！钱不值钱，你儿子命值钱。"

彭贵山硬了硬心肠，说："我彭某人不缺儿子……少一个一样过。"

对方说："我把信送到了，你看着办。"

对方不愿久留，即刻告辞。彭贵山送他到吊桥边，他居然顺手挑走了那副丢在大门洞里的货担，大摇大摆地离开。

彭贵山心里渐渐有了底。

二

彭贵山没有猜错，绑走天佑的，不是一般的当地土匪，而是传说中的"红匪"——红军的一支队伍。

他们是贺龙的部队，年前从湘西开拔过来，在贵州境内一路辗转，当时叫战略转移，后来才叫长征。他们在贵州境内的乌蒙大山里，暂时摆脱了国民党精锐部队的追击，难得地赢得了几天的休整时间。休整除了休息，还有一件重要事项：补充给养。

红二军团四师十二团在大部队的左翼休整。三连驻地最靠边，在白虎山东侧一个七八户人家的小村落扎营。三连连长徐发祥不怕打仗，就怕在这人烟稀少的大山里搞给养，老百姓本来就穷，自己都没得吃，哪有东西卖给你？尤其是三连到达驻地晚了一天，周围的小村小寨都让兄弟部队征集过，实在没什么油水了，只能发动大伙儿上山挖野菜，看能不能捎带着打点野物。

补充给养，最好的办法就是打个土豪。

可是，附近没有什么称得上土豪的人家让你打，即使有个把小土豪，也让兄弟部队抢先下了手。无奈之下，徐发祥安排一班长王大妮带人到稍远处转转，看能不能搞几头猪或几只羊回来。王大妮像他的名字一样,生性腼腆,有点娘娘腔,但办起事来却不含糊,打起仗来更不含糊,当即带绰号"唐三猴"的唐本奇等人东行。傍晚,他们回来了,是空着两手回来的,连一根鸡毛都没带回来。徐发祥发火,说:"你们还有脸回?不如在家挖野菜。"

王大妮却笑了。

徐发祥说:"老子急得屁股蹿火,你还笑!"

王大妮把连长拉到一旁,提供了一个重要情况:往东翻过一座不算太高的山,约行二十公里,有一个较大的村子,名为彭家寨,那里有一个大土豪。唐三猴摸进村里搞清楚了,那个叫彭贵山的土豪是方圆几十里内最有钱的大户人家。王大妮说:"打下这口'肥猪',够全连吃仨月。"

脾气焦躁的一排长胡乃刚凑过来插话说:"那就连夜打,我们一排上。"

王大妮摇头摆手说:"不好打,不好打。"

胡乃刚说:"打个土豪,有啥难?连长,我保证明天天亮前拿下。王大妮,你少啰唆,赶紧带路。"

"不行不行……"王大妮嘴巴慢,越说越说不清。站在一旁的唐本奇接过话头说,确实不好打,他都侦察清楚了,彭家大宅院依山而建,山背后是悬崖,根本爬不上去;环绕院墙的其他三面,是一个深七八米、宽五六米的天然壕沟,只能通过大门口设置的吊桥通过;而且院墙高达一丈多,全都是青石垒就,十分坚固,简直就像一个天然大碉堡,没有炮,别想打开豁口;况且彭家还有八杆钢枪护院,据说家丁枪法也都不赖。尤其是再往东面二十多里的芦花镇,驻有中央军一个团,如果一时半会儿打不下来,脱身都难……

这下徐发祥和胡乃刚都不吭声了。都是见过大阵仗的老兵,一听这个就知道这块骨头不好啃,恐怕这也是红军来了彭家不躲不跑的原因吧。而且徐发祥清楚,上级有命令,为防止暴露,各部队隐蔽待命,尤其不准擅自往东行动,那个方向有中央军的主力布防。

胡乃刚生气地瞪一眼王大妮和唐本奇:"那你们带回这个情报有鸟用!"

徐发祥眉头皱成疙瘩,料想这块肥肉吃不成,摆摆手,让大伙儿散了。当天夜里,他睡不着,急得嘴唇上起了水泡。半夜,王大妮和唐本奇溜进他住的小柴房,说出一个大胆的设想。徐发祥一听,脑袋有点大,说:"扯淡,红军咋能干这事!"

唐本奇说:"你打土豪是为钱粮,干这个不也是为了钱粮,咋就不能干?况且这么干,不用动刀动枪,还少死人,划算!"

王大妮在一旁帮腔:"连长,我带人悄悄去干,你们领导装不知道就是。"

这可不是小事。徐发祥想了想,还是不能干。虽说王大妮、唐本奇讲得有一定道理,是很划算的事,但红军不能这样干啊,也不允许这样干。徐发祥把想法说出来,唐本奇急得像猴子一样,差点跳到那张小木桌上去,说:"搞不到钱物,这一路走下去,得饿死多少兄弟!都这个时候了,过了今天没明天,总不能当饿死鬼吧!"

王大妮也是急得不行,说:"连长,你不让干,一定后悔。说一千道一万,不如先把肉吃到嘴里再说。这样的好事,哪去找啊?过这个村,没这个店了!"

任他二人怎么劝,徐发祥就是不松口,二人只好悻悻离去。

第二天天刚放亮,胡乃刚匆匆跑来连部报告,说是王大妮和唐三猴不见了,而且趁他睡着,把他的短枪也给偷走了。"连长,他们会不会开小差?"胡乃刚焦急地问。一路上不时有人开小差,胡乃刚怕了。

徐发祥马上就意识到这二人干什么去了,脑袋嗡的一声,似乎要炸开来。他愣了愣,指着胡乃刚的鼻子说:"那个事干不得!"

"哪个事？"胡乃刚有些蒙。

"一排长，你赶紧带人给我往彭家寨的方向追，无论如何把他们给我截回来！"

两个人只带一支短枪，跑去彭家寨，还能干什么？胡乃刚眨巴几下小眼睛，当即猜了个大概。他答应一声，换了便装，喊上一班副毛小虎，急急忙忙往东而去。徐发祥在他身后喊："要是有什么差错，你也别回来了！"

而此时，王大妮和唐本奇已经接近了彭家寨。二人边走边合计，可具体怎样动手，却一时拿不出办法。恰巧，在寨子外面路遇一个货郎。唐本奇立马来了主意，向货郎提出，借货担一用，过后归还，会给他赏钱。货郎不干，怕影响生意。唐本奇从怀里摸出一块大洋，说要买下货担。货郎还是不干，嫌少。唐本奇冲王大妮使个眼色，王大妮就把短枪掏了出来，货郎当即吓得脸变了色，接过那一块大洋跑到了路旁。这块大洋是唐本奇的"私房钱"，上次打土豪时他偷偷藏下的，王大妮几次提出让他交公，他不干，竟然派上了用场。"班长，这就算我交公了啊。"他说。

二人迂回到彭家大宅院西面不远处的杂树林里。王大妮同意唐本奇化装成货郎，到彭家大宅门口引小崽子出来，他负责接应。唐本奇挑着担子，摇着拨浪鼓，顺着一条青石板路，朝彭家宅院大门的方向走去。

但是他在那儿吆喝了好一阵，拨浪鼓摇得手腕子都酸了，就仿佛一块块石头儿丢到棉花堆里，对面的大宅大门紧闭，无声无息。门楼上当班的家丁抱着钢枪，似乎也懒得理他。他担心时间久了引起对方怀疑，赶紧离开了，折回到王大妮藏身的杂树林里。

王大妮焦躁不已。如果这个办法不灵，他也实在拿不出别的招数了。他开始后悔，不该脑袋一热，擅自仓促行动，弄到这个地步，骑虎难下，进退两难，回去怎么交代？他不由瞪了一眼唐三猴——偷跑出来干这事，是这个臭猴子想出来的，他没好好考虑就采纳了。应该做好方案，按计划行动，擅自胡来，终究不是办法。王大妮暗自决定，事情办砸，回去就辞掉班长一职，愿接受任何处分。

唐本奇眼珠骨碌碌转着，他不死心。王大妮也不死心。他们想再试一次。王大妮决定亲自出马，说："你个唐三猴，尖嘴猴腮的，看着就不像个好人，谁能上你的当？"他打算和唐本奇一块去引崽出窝。他盼咐唐本奇想办法搞一身女人的衣服来。唐本奇明白班长的意思，溜出树林，三转两拐，来到山边一户百姓家里，趁这家没人，进到破屋里，翻腾一阵，把一条紫色的围巾，还有一件破旧的绿棉袄卷在手里，临走，他把身上仅有的五个铜板留下了。

这一次，居然得手了。

两个人一口气跑出五里多地，找个隐蔽处停下。小崽子不停地哭，唐本奇拿出一只麻袋罩住他，哭声顿时变小了。王大妮回头望，不见有人来追，脱下绿棉袄，摘下紫围巾，丢到一旁。唐本奇掏出事先备好的纸笔，把纸铺在一块石头上，请班长写信。王大妮拿起笔，嘀咕："五百行不行？"

"太少了，一千！"唐本奇说，"班长，我看清了，就那个大宅院，里面都是宝，要两千都算少的。"

王大妮还是觉得有点不妥，迟迟不下笔。唐本奇有些急了："班长，你仁义，那你跑来干什么？就这个大土豪，不知喝了穷人多少血，我们只要他钱，没要他的命，够客气了！"

唐本奇从小在地主老财家干活，吃尽了苦头，所以他最痛恨有钱人，恨不得把他们全杀光才解气。王大妮心下合计，这事能成，唐三猴是首功，不妨听他一回，于是说："一千就一千……咱要一千，老土豪能给五百，咱也知足。"

唐本奇拿上信，只身返回了彭家寨。

三

  晌午头上,胡乃刚摸进寨子,从百姓口中得知彭大财主家的小崽子被人劫走,心里有了底,立刻往回返。日头偏西时,在半道追上了王大妮和唐本奇。看到王大妮和唐本奇兴奋的样子,胡乃刚知道,如果此时勒令他们把小孩子送回去,他们一定会违抗命令。

  "排长,你是来接应我们的吧?"唐本奇说。

  胡乃刚苦笑,没有说话。他想好了,先回驻地,有事情他担着。

  几个人轮流扛着小崽子,惴惴不安地回到连队驻地。徐发祥一见,头更大了,他忍着,没发作。唐本奇把小崽子从麻袋里抱出来,小家伙这会儿居然睡着了,脸蛋红扑扑的,嘴角挂着亮晶晶的口水,看上去蛮可爱。唐本奇想摇醒他,徐发祥说:"放我铺上,给他盖好被子,让他睡。"

  王大妮冷静下来,知道闯了祸,头一低,说:"连长,咱们连太需要这笔钱了,它能救好多战士的命啊……"

  徐发祥冷冷地说:"打土豪,当然可以,红军有时靠这个解决给养,打不下来,怪我们没本事,但不能饥不择食,用这种下三烂的办法搞钱。"

  "情况特殊,就这一次。"唐本奇不服气地说。

  "一次也不能干。你们听着,明天上午,这孩子从哪来的,给我送哪儿去。"徐发祥不容置疑地说。

  胡乃刚知道连长的脾气,他想好的事情,谁也改变不了,就说:"好吧,我们执行。"

  正说着时,小崽子醒了,蹬开被子,哇哇大哭,要找阿爸,找阿妈,他的嗓子早就哑了,哭声像一个狼崽。唐本奇上前哄他,冷不防被他狠狠咬了一口，右手背被咬出两排牙印，血珠子滴落到地上。心里有火的唐本奇忍不住打了他一下："狗崽子，你敢咬我……"这下他哭得更欢了。

徐发祥让唐本奇等人都走开，自己亲自哄，他拿给小家伙一个山梨，兴许是饿了，小家伙一把夺过来猛咬，几口就吃光了。徐发祥又拿出一个掺了野菜的窝头，小家伙以为是什么好吃的，夺过来只咬一口就吐了出来，张手把窝头朝徐发祥扔去，差点砸中徐发祥的脸。他继续哭，怎么劝都不行。徐发祥赶紧让炊事班长想办法搞点好吃的，后来弄来三个煮鸡蛋，哄他吃下去，大概是填饱了肚子，他才止住哭，抽搭一阵，又睡了。

这一夜，徐发祥是搂着小家伙睡的。半夜，他醒了，又哭起来，闹着找阿妈，要吃奶。徐发祥忍不住笑了，你都多大了，还吃奶？他不知道，这小家伙虽然已过六岁，但有个习惯没改，每晚睡前或者夜半醒来，都要咬一咬妈妈的乳头，尽管已不可能有奶水。这夜突然没了奶头可咬，他自然不习惯，闹腾了好一阵，徐发祥毫无办法，只能任他哭号。后来他实在是困乏了，才又沉沉睡去。

彭家大宅也是一夜没消停。彭贵山亲自动手，把埋在柴草房里的两个坛子起出来，里面有八百多块大洋，凤莲把压箱底的钱也拿出来了，总算凑够了一千块。望着一堆白花花的光洋，彭贵山面如死灰。

这几乎是他彭家的全部家底。

彭家的家业，主要是彭贵山父亲一辈攒下的。他父亲当过清朝的县令，到了彭贵山手上，家里有四十多公顷的土地，还有几家店铺。他父亲临咽气时，最放心不下的就是自己积攒了一辈子的家业，叮嘱他务必守好，否则到了九泉之下，也不会饶过他。这一千块钱白白流出去，彭家实打实是伤筋动骨了，以后想翻身，难。他不想对不起祖宗，也不想儿子出事。一夜间，他脑袋上的白头发多出不少。

猛吸了两袋水烟后，彭贵山终于打定了主意——你们说要一千，我只拿五百。这本来就是一场生意嘛，做生意哪有不讨价还价的，总不能你说多少就多少吧？我儿子在你们手里不假，可我还是那句话：老子不缺儿子，老子四个儿子，少一个天也塌不下来。他又合计，五百块现大洋，对于穷途末路的"红匪"来说，已经是大钱了，这里面大有转圜的余地，他不相信他们真会"撕"了天佑。

天快亮了，彭贵山吩咐家丁头子老冉牵过一匹骡子，把五百块大洋装进两个木箱子，余下的钱重新放回坛子里。凤莲看出端倪，不干了，哭道："老爷，你这是要天佑的命啊……"

"谁会要他的命？他们要的是钱。我合计，拿五百就能办成。"

"人家要是不干呢？"

"你怎么知道他不干？他们要是干呢？我不就省下了五百？"

凤莲还是不同意："老爷，摊上这事，宁舍钱，也要保命。"

"我是既少花钱，又要保命。这样吧，先把这些钱送去，他们真要不干，再回来取也不晚。"

"那样就晚了……哎哟我的儿啊……"

"哭！你哭个屁！大清早的，丧气！"

凤莲吓得赶紧闭了嘴。彭贵山是出奇的倔，这一点凤莲最清楚，知道拗不过他，凤莲回屋烧香念佛去了，她去跪求观世音菩萨保佑儿子天佑平安回来。

这一天是个少见的好天气。太阳从山尖冒头时，彭贵山亲自把老冉和侯七送到村口，这二人负责去赎天佑。老冉以前在集市上干过经纪人，嘴巴好使，死的能说成活的，手脚也利索，彭贵山很信任他。彭贵山叮嘱老冉，如果对方嫌少，不要搞翻，马上赶回来取钱，无论如何要保住天佑不受伤害。老冉再三让主人放心，一定把事情办妥，绝不会伤着小少爷一根汗毛。

本来彭贵山想亲自去赎儿子,老冉提醒说,老爷,你不露面,事情还好办,你去了,他们再把你扣起来,就不是一千块的问题了,那些天杀的"红匪",啥事做不出来啊?彭贵山想想他说得有道理,就不再坚持。

老冉和侯七牵着骡子走远了。

天佑后半夜睡得很香甜,一觉醒来,太阳照到了脸蛋上。睁开眼,看到的还是陌生人,他又想哭。突然,一只小灰野兔吱吱叫着,站在他眼前的破被子上。小灰兔被一条细绳拴着,想跑也跑不了。天佑的注意力放到小兔身上,没再哭出来。

小灰兔是唐本奇一大早上山捕来的,为此他把膝盖都磨破了。

草草地吃过早饭,胡乃刚吩咐王大妮,赶紧把小崽子送走。这时,团部通信员骑马赶来,送来了团部的紧急命令:中午十二点,全体开拔。据说,四周的国民党正规军,已开始合围红二、红六军团,贺龙、任弼时等首长命令,在敌人大军合拢之前跳出包围圈。

问题随之来了:去彭家寨来回八十多里地,十二点之前根本赶不回来。胡乃刚请示徐发祥,最后决定,与其去送,不如原地等。不是约好十二点"交货"吗?大不了见了彭家的人,不收钱,把孩子还给他就是了。战士违反命令抢了人家的孩子,犯了错,知错就改,不正说明红军是仁义之师吗?

这天上午,因为有小灰兔的陪伴,天佑基本没再哭闹。唐本奇带着他,他抱着小灰兔,到村头的田地里玩耍。他们拔出刚冒尖的青草叶儿喂它,二人在光秃秃的田野里玩得很尽兴,嘻嘻哈哈的,无拘无束。唐本奇一时忘了这孩子最初是用来换钱的,恍惚间把他当成了房东家的孩子。日头近午,王大妮派班副毛小虎来通知他,把孩子带到磨盘洞去。

王大妮半晌午就带几个人到磨盘洞等人,为防止对方前来偷袭,还布置了警戒。结果等到日头当顶,眼看十二点到了,却连个人影都没见到。

徐发祥和胡乃刚急急赶来，众人分析说，老财主绝不会为了一点钱而置亲生儿子生命于不顾，一定会派人来的，到这儿四十多里山路呢，路不好走，一千块大洋也够好几个人背的，也许路上耽搁一会儿，那就再耐心等等。

可部队出发的时间到了，徐发祥不能再等，他命令王大妮带一班全体留下，继续等，务必平平安安把孩子交还给人家，最迟等到太阳落山，如果再等不到，立即连夜追赶队伍。他把队伍的行军方向和当晚宿营地点告诉了王大妮。

这天下午，一班的人都感觉十分漫长，站在山尖上手搭凉棚往东望，直看到眼睛发酸发虚，逶迤的山路上，还是一个人影都见不到。太阳就要落山，到了连长规定的时间，他们必须去追赶队伍。

王大妮犯了愁。小崽子怎么办？连长走的时候，并没交代如果等不到来人，怎么处理这个小家伙。也许连长以为，他们家一定会来赎人的，不过是晚到一会儿而已。

大家吵吵嚷嚷一阵议论，形成两种意见：一是把小崽子丢下，反正他家人早晚会来接他；二是把他带走，大伙儿忙活两天，一个铜板都没搞来，就这样白白放掉他，竹篮打水一场空，也太便宜那个老财主了。

唐本奇坚决反对第一种意见，说："你们想过没有？马上天黑了，把他一个小崽子留这儿，让野兽叼走怎么办？"

班副毛小虎反驳说："瞎操心，这几天你们谁见过野兽？要是有野物，我们就有的吃，用得着去绑他？"

"没人管他饭，饿死怎么办？他爹是个土豪该死，可他还是个孩子，他有啥罪过？"

毛小虎愣一下，说："把他送村里去，总有愿意收留小男孩的人家。"

唐本奇又反对："谁家养得起他？你们都看到了，他不吃差的，光吃好的，从昨晚上到现在，吃了十个鸡蛋！伤兵的鸡蛋，都匀给他吃了。现在可好，鸡蛋都吃够了，要吃肥肉。老百姓家，哪儿去给他弄肥肉吃？"

最终，不能丢下孩子不管的意见占了上风。班长王大妮也是这么个想法，先把人带走再说，前一阵子，部队一直在这乌蒙大山里转圈子，说不定哪天还能转悠到彭家寨呢。到时候把小崽子交给他亲爹就是了，还得告诉他红军是仁义之师，不为钱而来。

唐本奇弯腰背起小崽子，一班的人在王大妮带领下，急慌慌去追赶大部队。途中，毛小虎问天佑："喂，小家伙，你叫什么？"跟红军战士待了一天一夜，除了没啥好吃的，天佑已经不怎么怕了，那只小灰兔，更让他觉得很好玩。那个捉来野兔的叔叔，长得像个猴子，动作也像个猴子，也让他感觉很好玩，他在心里叫他"猴叔"。

"喂，小家伙，问你呢，你叫什么？"毛小虎又问。

天佑咕哝道："天佑。"

"什么？天肉？你们听这鬼名字，这狗日的天天想吃肉！"

有人气愤地说："地主老财，除了吃肉就是喝血，没个好东西。"

王大妮问："唐三猴，他到底叫什么？"

唐本奇也搞不清他叫什么。又问，问来问去，终于搞清了，他叫天佑。

唐本奇心里瞧不起毛小虎，尤其这货坚决主张丢下天佑，让唐本奇很恼火，就说："毛班副，你真没文化，人家叫天佑，老天保佑的意思。懂吗？"

"老天保佑谁？保佑他还是保佑你？"毛小虎反击。

唐本奇愣了愣，回答道："他跟谁走，就保佑谁。"

王大妮给搞得心烦意乱，喝令所有人都闭嘴，抓紧赶路。王大妮平时脾气好，很少发火，一班的弟兄都敢跟他开玩笑，但是他偶尔发一次火，一班的人还是很怕他的。当下没人再吭声，只听到一片沙沙的脚步声。

这天下午，彭贵山一直站在村头等，结果他也是什么都没等到。天黑尽了，凤莲又哭开了，怪他应该痛痛快快拿出一千大洋去赎人，非要偷奸耍滑，讨价还价，到头来儿子不但没赎回，五百块大洋也没了，真是赔了儿子又蚀钱。

无论是彭贵山，还是王大妮、唐本奇、徐发祥、胡乃刚他们，都没有想到，老冉和侯七去赎人的路上，出了岔子。两边的人到死都不清楚，到底出了什么岔子。

老冉和侯七根本没去磨盘洞。半道上，两人都在盘算，即使在彭家干一辈子，也挣不到这么多的钱，五百块明晃晃的大洋呀！何况由于他们的疏忽大意，导致小少爷被绑票……看着五百块大洋，心里的欲望藏不住，终于如野草般拱了出来。

天赐良机，机不可失，二人一合计，心下一横，于是拨转骡头，奔往四川方向去了，从此消失，无影无踪。

四

如果不是因为兵荒马乱，行军打仗，谁见到这孩子都会感到喜兴。他虎头虎脑，招风大耳，额头鼓鼓的，两只尖尖的小虎牙，红扑扑的大脸蛋，就像年画上的招财童子一样。

一路行军，风餐露宿，他瘦了些，黑了些，但也显得结实了。

那天半夜，一班的人带天佑追上连队之后，连长徐发祥又气又恼，却也暂时没有别的办法，只好以连队党支部的名义，宣布给胡乃刚、王大妮、唐本奇每人一个记过处分。拿到处分，三人心里反而变得轻松了。

出乎众人的意料,这回红军没在贵州境内打转转,而是一头扎进了云南。离彭家寨越来越远,天佑顿时成了三连的一块心病,所有人都后悔,不该把他带来。尤其是王大妮和唐本奇,更成为众矢之的,没少挨骂落埋怨,说他们偷鸡不成蚀了米之类。这二人整天垂头丧气,自觉对不起连队。

幸好,这一阵子没怎么打仗,否则战端一开,炮火连天的,真就顾不得天佑了,他是死是活谁都没法放到心上。

一开始,连长徐发祥要求知道内情的人保密,绝不能说出天佑的来历,只说是唐本奇他们路上捡的野孩子,或许是个孤儿。可是天佑白白胖胖,穿戴齐整,走路要人背,到了宿营地,二郎腿一跷,张嘴要肉吃,不给,又哭又闹又骂,哪像穷人家的孩子,分明是地主家的崽子。密很快保不住了,全连都知道了。不久,营里、团里也都知道了,团首长指示三连,尽快给天佑找个人家,把他安顿好。

部队到了宣威城外,休整两天。这地方比较富裕,给养问题一下子解决了。这天,炊事班长按照徐发祥的吩咐,给天佑弄来一大块有名的宣威火腿,切成薄片放在盘子里,把他叫到连部,让他吃个够。从贵州一路走来,他天天闹吃肉,其实并没吃过几回肉。

天佑见到肉,像小狼见到猎物那样,两眼放光,扑上去猛吃起来。但是他吃到一半,似乎觉出什么,动作慢了,最后干脆不吃了。他抬起头,看到王大妮和唐本奇一脸严肃地站在面前,也不知他们什么时候进来的。

王大妮亲热地说:"乖儿子,慢慢吃,都是你的。"边说边拍拍他圆鼓鼓的脑袋。

王大妮叫他"乖儿子",这口吻让他想起阿妈。在家时,阿妈就是这么叫他的。离开阿妈多久了,记不清。

"吃呀！傻愣着干什么？"王大妮又说。

天佑摇摇头，看着二人。

唐本奇此刻像个蔫猴，一声不吭，不看天佑，望着门外，一动不动。

天佑突然意识到什么，大眼睛骨碌碌转动几下，把盘子一推，蔫了。自从来到队伍里，他头一回这样安静。

这天中午，王大妮和唐本奇出城。天佑像往常那样，骑在唐本奇肩上，怀里抱着那个长大了一些的野兔，王大妮手里提着个小包袱，里面装着从城里商铺给天佑搞来的几件换洗小衣服。一路上三人都不说话。

他们找到了城东的一户人家，这户人家有十几亩水田，男主人还会做木工活，家境不错，有三个女儿，就是没儿子。这户人家是徐发祥事先联系好的。来到大门口，唐本奇把天佑从肩上卸下来，说："班长，我就不进去了。"

天佑到了王大妮怀里。王大妮剜一眼唐本奇，小声道："没出息。"

王大妮抱着天佑上前叩门，门开了，一个四十出头的女人露出头来，她仔细看了看天佑，马上就笑了，说："啊，你们来了，快进来。"

唐本奇别过头去。

天佑却开了口："猴叔……"

唐本奇仰起脸："孩子，你想说啥？"

天佑大眼睛盯着唐本奇的右手，问："还疼吗？"

唐本奇的右手本能地抖动一下。右手背上有两排牙印，是天佑刚到三连那天晚上咬的，还没好利索。听了这话，唐本奇心头一阵慌乱，眼圈居然红了，摇摇头说："不疼了，没事了……"

王大妮抱着天佑，天佑抱着野兔，跟女人进去了。唐本奇从外面打量这户人家的院落，虽然和天佑家没法比，但也算个不错的人家了，天佑留在这里，应该饿不着，有肉吃。

这也很好。

卸下这个担子,王大妮和唐本奇回去的路上,都感觉心里踏实多了,轻松多了。然而,他们没走出多远,那家的男女主人就叫喊着追了上来,男的抱着天佑,女的提着包袱,他们说什么也不收留这孩子。问为什么,他们说,怕养不活。再问,说是这孩子发烧了,烧得厉害。

王大妮一摸天佑的额头,烫手。刚刚还好好的,怎么突然之间就烧了?真是怪了。

那对夫妻曾经有过一个儿子,三岁上发高烧,死了,所以他们害怕。王大妮想说服他们,唐本奇却暗自笑了,接过天佑,扛在肩上,仿佛怕那对夫妻反悔似的,赶紧扛着他往前走了。

见二人带着天佑回来,徐发祥脸子拉了下来。王大妮把过程一讲,徐发祥伸手到天佑脸上试一下,果然烫得厉害,火炭一般,小脸通红。此时小家伙烧迷糊了,闭着眼睛,呼吸急促,不时微微抽搐,说着胡话,爹呀妈呀大黄狗之类。唐本奇把他放到床上,几个人都明白,照这个烧法,这孩子或许活不过今晚。

王大妮又做自我批评,说不该把他搞来,拖累了全连。唐本奇说:"主要怪我,是我最先侦察到他家情况的,是我向班长建议绑他的。"

徐发祥瞪他们一眼:"现在说这个有鸟用!"他让唐本奇把卫生员叫来,看能不能死马当活马医,救他的小命。卫生员来了,上前摸了摸,听了听,摇摇头说,他没有办法,只能送到师野战医院去试试。

可是,部队马上要出发,师医院尚在五十多公里外的后方,送去肯定来不及。

"那赶紧把他送城里去,找个大夫看看。"徐发祥说。

"他需要住院。"卫生员说。

"多留点儿钱给医院,不就行了吗?"徐发祥说。

唐本奇伸长脖子说:"连长,把他丢下,我们走了,他死了也就算了；如果救活了，以后谁管他？他可真成孤儿了。"

这倒也是个问题。正拿不定主意，胡乃刚闻讯赶来，他说出一个办法——他小时候发高烧差点死掉，奶奶就是这样治好他的。徐发祥按他的办法，命令炊事班长赶紧去搞点生姜熬姜汤，使劲熬，再想办法搞点红糖。

浓热的姜汤灌到不停抽搐的天佑嘴里，直灌得他像一只快淹死的小牛犊。紧接着，行军号声响起，唐本奇主动要求背天佑上路。他用棉被把天佑裹得紧紧的，头上还给他缠上一块毛巾，看上去像一个大号的襁褓。那一晚，一直在行军，唐本奇感觉后背上像驮着一块火炭，快要把他的后背烤穿。他一会儿希望后背变凉，那样说明天佑降了温；一会儿又希望别太凉，太凉说明他已没了命。

天亮时，他解下襁褓，放在草地上，伸手一试，天佑的额头微凉，退烧了。徐发祥和王大妮等人围拢来，兴奋地等天佑醒来。不一会儿，小家伙睁开眼，伸了个懒腰，打了个哈欠。徐发祥捏一下他突然瘦下来的腮帮子："小子，你命可真大。"

王大妮说："小子，鬼门关上走过这遭，以后你就死不了啦！"

天佑说："我梦见我家大黄狗了。"

众人都笑了。唐本奇说："小鬼，那是你的魂儿回了趟家。你回家看过了，以后就别再想回家了。"

众人都收起了笑。

天佑听不懂大人话里深奥的东西，他转向唐本奇说："猴叔，以后我不要肉吃，行吗？"

一句话，让在场的人眼睛潮了。

五

大病一场，天佑似乎明显懂事了，果真没再闹着要肉吃。那一阵连队不缺给养，伙食搞得不错，基本每天都有肉吃，端给他他就吃，没有他也不要。

他的病一直没好利索，冷冷热热，但已不再严重。徐发祥说，病来如山倒，病去如抽丝，大病初愈的人，需要将息一阵。因此，天佑送人的事，暂且搁了下来。那一阵，很少有人再提这个话题。

每天都是唐本奇负责照料天佑，行军时他就背着他，这孩子和大伙儿都熟悉了，不再认生，不再害怕，众人逗他玩，引发阵阵笑声，给枯燥的行军平添了不少乐趣。

唐本奇因为要背着天佑，他的枪弹和粮袋只能由别人帮着背。班副毛小虎就有意见，说唐三猴给自己弄来一个祖宗，完全是个拖累，拖累了全班。他是坚决主张把天佑送人的，认为留下他，一旦遇上大仗恶仗，谁能顾得了他？送人，兴许他还能保条命，跟着队伍走，必定死路一条。他多次向班长王大妮建议，早点送人。王大妮也知道送人是迟早的事，连队要打仗，长期带个小孩不是个办法。王大妮就说，等他的病好利索，连里会安排的。

天佑离家一个月后，不再闹着找阿爸阿妈，似乎把他们给忘了，但是夜里有时还闹床，他惦记着吃奶，咬奶头，没的咬就哭一阵，搞得一起宿营的人很烦。王大妮想出一个办法——他小时候就是这么断奶的——这天宿营时，见房东大嫂给一个小孩喂奶，王大妮就把他的想法给房东大嫂说了。

天佑半夜醒来，又闹着要吃奶，唐本奇把迷迷糊糊的他抱到房东大嫂门口，房东大嫂接过天佑，转身给他喂奶，天佑只吃了一口，就吐了出来,哇哇大哭。原来房东大嫂依王大妮的主意,在乳头上抹了辣椒面。

经此一次,天佑断了奶,半夜不再哭闹。

进入云南之后,三连所在的十二团接连打了几仗,规模不是很大,都是滇军的零星部队。这一天三连遭遇敌人,一班作为尖刀班冲在前头,唐本奇因为要留下看护天佑,就没有上阵。仗打完,班里牺牲了一个,伤了三个。收兵回来,大伙儿都用异样的目光看唐本奇,那意思分明是说,有这个小祖宗当挡箭牌,你唐三猴就可以不用上阵冒险了。唐本奇是个聪明人,一下子就看穿了众人的心思,他什么也没说。

两天后,又有战斗任务,王大妮让他继续留守,他二话没说,把天佑送到炊事班,跟上了队伍。战斗打响,他像灵巧的猴子一样,提着长枪冲到了最前面。这一仗打到最后,和敌人拼起了刺刀,唐本奇杀得格外猛,仿佛要把上一仗耽误的给补回来。他消灭了三个敌人,自己左臂也负了伤,好在不重,包扎一下就回班里了。

见唐本奇受了伤,天佑问他:"猴叔,疼吗?你咋不哭?"他笑笑说:"不疼。男子汉大丈夫,就是掉脑袋,也不能哭。"天佑似乎明白了,说:"以后我受伤,也不哭。"

唐本奇向王大妮提出,只要天佑在连队一天,不打仗的时候,他负责带他,遇到打仗,他头一个上阵。只要他活着回来,就得把天佑交给他管。

其实谁都清楚,天佑离开的时间越来越近了。一次,唐本奇问他:"天佑,你愿意走吗?"

"去哪儿?"

"给你找个有钱人家,天天有肉吃,有新衣服穿。"

天佑愣了愣:"猴叔去吗?"

唐本奇摇摇头。

"猴叔不去，我就不去。"

唐本奇有些心酸："你想家吗?"

天佑先是摇一下头，而后又点点头："……想。"

"想阿爸阿妈?"

"嗯。"

"告诉你，将来你长大了，一定记着回去找你的阿爸阿妈，他们会一直惦记你的。你家在贵州，威宁县的彭家寨，你家有个大院子，你爸是个大财主，家里很有钱。你姓彭，大号叫彭天佑。记住了吗?"

天佑懵懵懂懂，只顾嗯嗯地答应着。

唐本奇絮絮叨叨，像个瘪嘴老太太："我问你，你叫什么名儿?"

"天佑。"

"大号呢?"

"……天佑。"

"彭天佑！记住了吗?"

"记住了。"

行军路上，唐本奇一遍遍重复上面的话。又说："是我不好，不该把你……抢来，让你见不到爸爸妈妈了。天佑，你恨我吗?"

天佑摇头："不。"

"为啥?"

"我喜欢跟猴叔玩。"

这似乎是对唐本奇最大的安慰，他感动得眼泪都要掉下来了。

过金沙江之前，徐发祥派人给天佑新找了一户人家，让王大妮和唐本奇把人送过去。唐本奇死活不去，王大妮也不愿去，安排毛小虎带战士韦四恩去送。王大妮和唐本奇躲了起来，离开的时候，天佑见不到他们，哭得上不来气。

送走天佑之后，唐本奇一天没吃饭，一个人躲得远远的，失魂落魄的样子，对着天地发呆。他在家排行老三，从小爱调皮捣蛋，上树掏鸟，下河摸鱼，偷地主家的瓜果梨桃，就没有个犯愁的时候。两个哥哥当了红军，不久先后战死，父母怕他再跑，整天把他锁屋里。他趁父母不留意，跳窗户逃走，找到了红军队伍，背上了钢枪。很快他就后悔了，他想家，想念父母，但是他已经回不去了。幸好憨厚的王大妮给他当班长，王班长把他当亲兄弟，他渐渐习惯了部队生活。和天佑在一起的两个多月里，他照顾天佑，虽然很累，但他很开心，似乎从来没这么开心过。如此看来，他把他绑来，好像存心为自个找个伴似的。

现在他要做的就是尽快把天佑忘掉。

毛小虎送走天佑回来，唐本奇很想问问他，天佑哭得厉害吗？却又不愿见他那张得意扬扬的脸。毛小虎是湖北洪湖人，一九三二年入伍的老兵了，用他的话说，他是"贺老总手下的老人"。他最大的特点就是爱抬杠，你说东，他偏说西，你说咸，他偏说淡，和谁都搞不好关系，所以一直当班副。和他一块投红军的人，有的都当上了营长。越是上不去，他越是和周围人闹别扭。平时唐本奇就不爱搭理他，天佑来了后，他比谁都反感，专门跟个孩子过不去，就好比天佑是颗炸弹，随时要炸着他似的。

唐本奇不想理他，他偏偏往唐本奇跟前凑，说："猴子，把你小祖宗送走，你不高兴了？"

唐本奇扭过脸去。

"不就是个地主崽子吗？哪天你想要，老子再给你弄一个来。"

话音未落，唐本奇一拳抡过去。毛小虎哎哟一声，蹲在地上，随即吐出一摊血，里面有一颗白白的牙。众人都愣了。王大妮过来，把唐本奇拖走。唐本奇说："老子申请一个处分。"

毛小虎冷静一会儿，摆摆手，含混不清地说："班长，都怪我，不该惹这个臭猴子，我知道他舍不得那小崽子……"

六

　　三天后,部队在金沙江边集结,船少人多,过江要排队。快要轮到三连登船时,传来一个消息——消息是徐发祥一个村子的老乡派通信员送达的,那人是二营副营长。

　　早上,那位副营长率部路过一个村寨,一对夫妻找上来,说是三天前他们收留了一个胖小子,"蛮讨人喜欢的",可是,那孩子三天里不吃不喝,一个劲地哭闹,要找"猴叔""大妮叔""祥叔"。随孩子来的,还有一只小灰兔,装在小竹篮里。真是不巧,夜里小灰兔让黄鼠狼叼走了。没了小兔,孩子哭得更厉害,哭昏了好几次,再这样下去,他"活不过今天"。孩子如果死在他们家,他们"良心上过不去,要遭报应的"。他们央求副营长把孩子还给"猴叔""大妮叔""祥叔"。副营长猜到是徐发祥的人干的,只好接下孩子。说来也怪,天佑见了部队的人,立马不哭不闹,张嘴要吃的,狼吞虎咽吃下两大碗米饭。

　　徐发祥得到消息,摇头苦笑。这小崽子怎么像狗皮膏药,甩都甩不掉,仿佛前世欠他的。唐本奇不等吩咐,兴奋地嗷嗷叫着去接人。他在副营长那儿见到天佑时,吃得饱饱的天佑,正在呼呼大睡,摇都摇不醒。

　　天佑重又回到唐本奇怀里。唐本奇感觉像做了个梦,紧紧抱住天佑,生怕他再跑掉。回到连队,天佑醒了,伸个懒腰,看一眼周围的人,都认识,委屈得又想哭,眼泪在眼圈里打转转,说:"猴叔、大妮叔、祥叔……"

　　都以为他要哭一场,结果他却笑起来,坏笑,仿佛在说:"我就知道你们跑不了。"

　　徐发祥冒出一个念头:让唐本奇带天佑一块留下,找当地党组织给安排一户可靠的人家，等天佑适应了，唐本奇再想办法归队。他刚把这个想法说出来，唐本奇就急了："连长，你这不是让我开小差吗？"

徐发祥瞪眼说："这是组织决定，怎么叫开小差？"

"反正我不脱离队伍，谁要逼我，我……我就跳江！"

似乎觉得这话还不够狠，他又补道："我带天佑一块跳金沙江。我们俩，活是红军的人，死是红军的鬼！"

别人也就无话可说。

船来了，如果不带天佑走，看唐本奇那恶狠狠的样子，他真敢跳江。徐发祥脸一黑，道："过江再说，上船！"

中央军的飞机在金沙江上空飞来飞去，像一只只大鹅，哼哼唧唧下蛋。炸弹投到江水中，掀起冲天的大浪，那些浪头反而像一个个巨大的水翅膀，掩护了小船。

行到江心时，一架飞机俯冲下来，船上的人都满脸惊孩之色。唐本奇把天佑紧紧抱在怀里。天佑一点都不害怕，仰起脸大声喊："灰机灰机你下来，下来下来陪我玩……"居然把一船人逗乐了。毛小虎就在唐本奇身边，他不敢看天佑的脸，目光低垂，牙咬得紧紧的。

飞机下完蛋，轻快地飞走了，船也到了岸。一船人毫发未损。

过了金沙江，就是玉龙雪山。这大雪山高耸入云，让人不敢仰视，一看就眼花头晕。

前方传回消息，过雪山死了不少人，上级要求后续部队轻装简从，除了武器弹药和食品衣物，不需要的东西，能扔的都要扔掉。

在雪山下，已经来不及给天佑再找一个新家，而且看唐本奇那猴模样，谁要再提送人，他真会拼命的，只能继续带上天佑，过了雪山再说。有人嘀咕："大人翻过去都难，这小崽子，悬！"

徐发祥望着王大妮。王大妮说："连长，我们班对天佑负责到底，你就别操心了。"唐本奇说："只要我唐三猴有一口气，就把天佑背过去,谁也别管。"

徐发祥小声说:"猴子,你可得想好,小孩子身体弱,弄不好……弄不好过不了这一关……"

唐本奇说:"连长,是我把他弄出来的,就当我是他亲人行不行?他真要死……要死就死我怀里吧,将来我给他爸妈认罪去,是我对不起他爸妈。"

王大妮不干了:"臭嘴!怎么老说要死?都给老子好好活着,我就不信翻不过这山去。"王大妮一副娘娘腔,发起火来,像是老母亲训儿子,并不让人觉得严厉,反而感到亲切受用。

毛小虎插话道:"唐三猴,你也不要老觉得对不起他爹妈,他家是大土豪,我们没打,便宜他了!你把他弄出来,好比把狼崽子救出狼窝,兴许是救了他呢。"

毛小虎这番话,没让唐本奇反感,甚至让他感觉有人情味儿。

王大妮说:"是我和唐本奇一块把他弄出来的,我也有份儿。"

徐发祥说:"那天你俩去搞他来,我没反对,还派胡排长去接应,也算我一份。"

毛小虎说:"连长,要说这事,其实你们当领导的,责任最大。"

徐发祥神色凝重地点点头,他命令毛小虎,协助唐本奇带天佑翻雪山。

没翻过雪山的人,往往低估了雪山的厉害。前头不断传话下来,说是死了多少多少人,后头的人半信半疑。走到半山腰,就见到了一些没掩埋好的尸体,人们这才信了。恐惧感开始袭来,步子越迈越沉重。

天佑虽说才六岁多,但他比一般大的孩子高出半个头,体重自然也多出不少,越往上走,唐本奇越感觉背上像是有一块磨盘,压得他喘不动气,鼻子像一架老掉牙的风箱,呼呼作响,但就是出气多,进气少。脚底像抹了枪油,一不留神,就好比子弹滑膛,把人吓一跳。

唐本奇瘦小的身个儿，背一个结实的肉墩子往雪山上爬，偶尔会摔一跤，天佑忍不住会哭两声，但他马上闭嘴，说："猴叔，我不哭……"唐本奇说："别说话。"在缺氧的雪山上，说话也会消耗体能。

毛小虎跟在他们后面。毛小虎几次提出要和唐本奇换换，他身背两支枪，还有子弹、背包和吃食，论重量其实比天佑轻不了多少。换换，只是个态度而已。唐本奇不理他。也许唐本奇还在生他的气。毛小虎急了："唐三猴，你就不能听老子一回？"

唐本奇终于开了口："别急，路远着呢，有你背的。"

过了半山腰，开始下雪，狂风呼号，世界一片银白，人们睁不开眼。三连的队伍里，已经有人撑不住，往雪地里一倒，就不省人事。越往上走，越感觉是在往天堂里去，禁不住让人灵魂出窍。

这座大雪山当天翻不过去，要在山顶附近过夜，天气极冷，红军战士衣衫单薄，大多数牺牲者都是因为没有熬过夜晚，在睡眠中死去的。天将黑，唐本奇和毛小虎找到一个稍微避风的地方，铺开薄而烂的被子，紧紧地裹住天佑，让他睡一会儿。由于缺氧，加之身体刚遭受过严重的摧残，天佑一整天基本上都在迷迷糊糊地昏睡。唐本奇和毛小虎也想睡觉，上下眼皮早就粘一块儿了，但是他们不能同时睡，必须轮流睡，留一个人值守，过一阵子就得叫醒另外两人，起来活动一会儿。天佑睡不醒，仿佛死了似的，唐本奇害怕，过一会儿就忍不住伸手试试他的鼻息，约莫个把钟头，硬把他拖起来一回，提溜着他原地跳一跳。他闭着眼，张嘴想哭，唐本奇就说："快看，前面有个小白兔……你不是想那个小兔吗？猴叔再给你捉一只。"

提到兔子，天佑微微精神了些，配合着蹦一蹦，跳一跳。他们那样子，真像雪地里的一对大野兔。

唐本奇带着天佑活动的工夫，毛小虎赶紧躺下睡一会儿。

夜里，阴风呼号，像万千个野鬼在悲鸣。雪时停时下，其实也搞不清是下新雪，还是狂风吹起的旧雪。漫漫无边的山坡上，所有的人都被白雪覆盖，和蛮荒的大雪山融为一体。三连由于吸取了前行部队的教训，为每人配备了一块御寒的牛肉，加之夜间有人值守，这一夜只牺牲了两个人。

天佑好好地活着，唐本奇心里总算踏实了。

天渐渐亮了，三连的人爬起来，开始下山。毛小虎抢先把天佑背在身上，说："今天该我了。"

唐本奇没有和他争。雪山上的这一天一夜，唐本奇发现毛小虎突然变得讨人喜欢了。昨夜，毛小虎就没怎么睡，还把自己的牛肉掰了一半给天佑。唐本奇认为，毛小虎对天佑好，就是对他唐三猴好，甚至比对他好，还要令他高兴。

缓慢的行进中，谁也不说话，只听见风的号叫声，还有脚底摩擦雪粒的沙沙声。大队的人马，离远了看，就像数不清的雪人，在天堂里游动。前面是一个很大的坡，唐本奇心下合计，过了这个坡，他就和班副调换一下。

又一阵强风吹来，雪粒打脸，唐本奇不由得闭上眼睛。但当他睁开眼的时候，突然看到，毛小虎脚下一滑，猛地摔了出去。伏在毛小虎背上的天佑，摔得更远，像一块黑石头飞出去，砸进了坡道一侧的雪堆里，眨眼不见了。天佑的哭声从雪堆里钻出来，由尖厉变为喑哑。毛小虎吓傻了，竟然爬不起来。唐本奇惊醒过来，甩掉身上的两支步枪和背包，飞步蹿了出去，腾空掠过毛小虎的身体，砸进吃掉天佑的那个雪窟窿里……

慌忙中毛小虎手脚并用，往雪窟窿的方向爬，他先是看到了天佑的脑袋和上半截身子破雪而出，接着看到托举天佑的一双手。此时天佑满嘴是雪，发不出哭声，他赶紧伸出手把天佑拽出雪窝，用力丢到身后，然后再努力伸手去拉雪中那双若隐若现的手……

这时候,毛小虎面前的那双手,只剩一只露在外面,毛小虎喊叫着递过手去,但是那只手晃动几下,倏然就不见了。细雪像面粉一样,不停地往雪窟中流淌,流淌,流淌……

毛小虎大声喊:"猴子,你出来……"

天佑缓过劲来,哭喊:"猴叔……"

毛小虎不要命地往雪窟窿里爬,他的身子刚探进雪窟窿,在这生死的门槛上,他的一只脚踝被一双大手卡住。是王大妮。王大妮奋力把毛小虎拉了回来。

不大一会儿工夫,雪窟窿被新雪填满,变得无声无息。

徐发祥赶了过来,呆愣了好一阵,最后他黑着脸,拔出手枪指向天空,却担心雪崩而没有打响,只能无声地为战友送行……

天佑不再哭,一头扎进了毛小虎怀里。

队伍继续下山。毛小虎背起天佑,边走边流泪,他的脸被风一吹,结了冰碴。

在他们身后,唐本奇永远留在了雪山顶上。

七

从那以后,毛小虎的面前,总是有一只手在晃动。那是一只从雪窟窿里伸出来的手,晃动几下,倏忽不见了。

有时夜里,他也被这只手晃醒,醒了就再也睡不着。

他一直琢磨,唐三猴晃动手,到底啥意思?是不让他过来,还是与他和天佑永远地告别?抑或是把天佑托付给他?

后来他想明白了,臭猴子这三层意思都有。

从雪山上下来后,他和天佑形影不离,以前臭猴子怎么对待天佑,他就怎么对待他。夜里他搂着天佑睡,天佑半夜醒来,依然把他当成唐三猴,叫他"猴叔",他答应着,耐心地哄他睡。

没有了"猴叔",天佑好多天不开心。天佑问他:"猴叔在那大雪堆里,冷吗?"

"不冷,猴叔像那孙猴子,能耐大着呢。"他给天佑讲《西游记》里的孙猴子,那是他小时候听说书人讲过的,那时最开心的事,就是听人说书,讲唱本。

"猴叔还回来吗?"

"……会的。"

"啥时候回?"

他一时语塞,想了想,说:"要是猴叔一直不回来,等你长大了,你就到大雪山上去看他。那个山叫玉龙雪山。记住了吗?"

天佑懵懵懂懂地点了下头。

出了云南,红二、红六军团在西康省境内的高原地带缓慢行进,这地方属藏族区,人烟稀少,道路崎岖,食物奇缺。好处是基本没太打仗——这里中央军不来,盘踞在较大市镇的当地武装见红军来了,能躲就躲,当然他们把能吃的东西都藏了起来。饥饿和疾病是红军最大的敌人,三连这一阵有不少人病饿而死。

徐发祥下令,炊事班弄到点好吃的,尽量给天佑多留点,尽量不要让他吃野菜。徐发祥也曾考虑寻机再把天佑送人,这回轮到毛小虎不干了,他竟然跟徐发祥瞪眼睛:"又不打仗,整天就是走路,带上他,也就等于多扛一条小麻袋,有啥不行?要是有人嫌他白吃干饭,我可以不吃,把我那份口粮匀给他。"

他辞掉了班副职务,一心一意照顾天佑。

有人念叨,要不是这小崽子,唐本奇就死不了,多好的一个兵。这话让毛小虎听到,他哭了,说:"是我害死唐三猴的,要不是我滑倒,唐三猴怎么会掉进雪窟窿?都怪我啊……"

团长指示，暂时不打仗，三连可以带这个孩子行军，一旦要打大仗，再想办法。

似乎为了表示自己能走，天佑有时主动要求下地走路，但是道路太难走，或者说压根就没路，部队整天穿行在原始森林或者山间乱石路上，加上高原缺氧，大人走不多远就气喘吁吁，汗流浃背，小孩子根本就迈不动步。天佑每天只能待在毛小虎背上，偶尔王大妮替他背一段。王大妮是班长，要管的事情多，不可能老是把心放到天佑身上。

有一天，天佑对毛小虎说："猴叔没了，我叫你虎叔，好吗？"

毛小虎眼泪立刻下来了："好，好，以后就叫我虎叔。"

也许这时候，毛小虎才理解唐本奇当初为啥那么舍不下天佑。他们的年纪，也不过十七八岁，说起来也还算个孩子。大孩子和小孩子，就像哥哥与弟弟，原本应该是很亲的。

一天早晨，天佑醒来，对毛小虎说："我梦见大灰兔了。"他说的是那个被黄鼠狼叼走的小灰兔，他一直没忘记它，念叨过好几回了。这孩子也怪，自从离开家，很少见他念叨爹妈，可就是忘不了那只兔子，不知道小孩子是不是都这样？唐本奇在雪山顶上过夜时曾经许诺过，一定再帮他捉一只。

毛小虎揪揪他的招风耳："你这家伙，光想兔子，怎么不想猴叔？"

天佑指指心口窝："猴叔在这儿呢。"

毛小虎像唐本奇当初那样，时常叮嘱天佑，记住自己的大名，记住自己的家乡，将来长大了，就回家乡去找父母。"你家是彭家寨最有钱的人家，贵州威宁县的彭家寨。你回到县上一问，都会给你指路的。记住了吗？"

天佑含含糊糊点点头。

红二军团到达巴安，休整三天。休整无非是睡觉、洗晒衣服、筹粮、上街刷标语。这个小城本来人口不多，又言语不通，老百姓见了红军就躲，有钱的早跑光了，剩下的穷人也拿不出多少东西。

三连驻扎在城外的一座小寺庙里。徐发祥把一半的人派出去筹粮，结果大半空手而归。这两个月就没吃过几顿饱饭，战士们个个瘦了一圈不止，体力很差，每个人看上去眼睛都变大了，铜铃一样，就是没神儿。一路上牺牲的二十多人，如果每人每天能多吃一碗饭，或许大半都能活下来。原指望在巴安多搞点钱粮，看来又要落空，徐发祥愁得团团转。

人人都犯愁，就是天佑不知道愁，整天在寺院里爬上爬下，乐陶陶的。寺院住持略通汉话，能和战士们交流，很快知道了天佑的来历。他找到徐发祥，说出一个想法。徐发祥犹豫一阵，把王大妮叫来，商量半天，觉得这个办法虽然不好，但是也没有更好的办法了。

这天，毛小虎帮天佑把几件小衣服洗好晾晒，卸下刺刀，又到寺庙外的一个园子里割了一堆山茅草。天佑问他："虎叔，割草喂大灰兔吗？"毛小虎叹口气说："你呀，就想着兔子。这兔子不拉屎的穷地方，哪来的兔子哟。"

毛小虎小时候在家学过草编，他用一个时辰编了一个漂亮的草筐，还编了一个筐盖，扣在筐上，严丝合缝。天佑笑了："虎叔，将来让大灰兔睡里面吧。"

毛小虎说："有了好吃的，牛肉呀，糌粑呀，山果呀，就装里面，好不好？"

天佑说："好。"

此时，毛小虎犹如芒刺在背，猛地扭过头来，见王大妮站在身后，一脸的阴郁。他愣了愣，对天佑说："我跟大妮叔说话，你去那边玩好不好？"

天佑懂事地点点头，跑开了。

王大妮好半天才开口，毛小虎其实已经猜到了几分。

原来寺庙住持的弟弟,是当地藏族武装的一个头目,四十多岁没有子嗣。住持看上了天佑,想把他收留,转交弟弟抚养。现在住持的弟弟躲出去了,红军一走,就会回来。

"连长说,对天佑来说,这是一个最好的结果。我们不知道还要走多远的路,全连所有人都有可能饿死、病死、战死。到那时,这孩子能有好吗?留下来,他就可以活命,这你应该清楚。"

"……"

"他们……还答应给十袋大米。"

王大妮以为毛小虎会拒绝,会叫骂,甚至会冲到连长跟前去闹腾,但是没有,他只是久久地沉默着。

"有了这些粮食,兴许我们连就能撑到甘孜。连长说,四方面军有部队在那里活动,见到他们,就有办法了。"

毛小虎蹲在地上,双手用力捂住脑袋,又是半天没吭声,抬起头来时,眼里满是泪水,嘴唇咬出了带血的印子,他右手握拳往地上捶了捶:"三猴子在地底下会骂死我的……"

"这是连长定的。我相信唐本奇一定会理解……"说这话时,王大妮眼睛也模糊了,"要骂,让他骂我吧。"

最终,毛小虎点了点头。

晌午头上,毛小虎突然不见了,那只草筐也不见了。王大妮赶紧报告了徐发祥,徐发祥立即派人四处寻找。有人曾经看见毛小虎去往城东边的草地方向,众人乱哄哄折向东边。

那是一片很大的荒草滩,老远就能闻到腐败植物的气息,一团团扑面而来,酸中带甜。众人放开喉咙,一遍遍呼喊:毛小虎……虎子……

没有回音。

傍晚时分,众人在草地的一角,发现一个斜陷在泥水中的草筐,还有一顶破旧的军帽。酸腐的气息汹涌扑鼻。王大妮奋不顾身要冲过去，徐发祥一把拉住了他。后来人们找来一根长竹竿，把草筐和那顶军帽挑了过来。

草筐里，赫然卧着一只肥硕的野兔！

毛小虎却永远留在了巴安城东的那片沼泽地中。

八

王大妮把草筐拿回寺庙，放在天佑面前。天佑迟疑间掀开草筐的盖子，看到野兔，嘴巴张得老大，不敢相信似的，使劲眨巴几下眼睛。这只野兔比上次那只要肥大一些，给人感觉那只失去的野兔又回来了，而且长大了。

天佑开心地笑了："大灰兔！"

他伸手去抓野兔，王大妮架住他的小手："等等。"

天佑不解地看着王大妮。王大妮说："我有个条件。野兔给你，你要听话。"

天佑点了点头。

"不许哭。"

"不哭。"

王大妮说："给你了。"

天佑把大灰兔抱在怀里。兔子的腿上有一根细绳连着草筐，它是跑不了的。野兔受到惊吓，红红的眼睛微闭着，老老实实趴在天佑怀里，天佑一下下抚摸它。他突然想起什么，把野兔放回草筐："虎叔呢？"

王大妮脸扭到一旁，一时不知该怎么回答，想了想，只能骗孩子了，于是说："虎叔他妈妈病了，他回老家看妈妈去了……"

天佑愣一阵："虎叔啥时候回？"

"……要很久。"

天佑嘴巴咧了咧，张嘴要哭。王大妮抬手抚摸着他的脑袋："刚刚答应我，不哭的。"

天佑忍住了，没有哭出来。

"你想虎叔吗？"

"想。"

"我们明天就走……你留下等虎叔好吗？"

天佑意识到不好，又要哭，嘴巴撇了好几撇，但他到底还是忍住了，小声说："我不哭。"

"大妮叔给你找个有肉吃的人家，有大灰兔陪你玩，等虎叔来接你……"

王大妮发现自己说不下去了，他抹一把脸，起身走了。

部队明晨开拔。按照和住持的约定，黎明时分，住持负责送十袋大米过来，同时抱走熟睡中的天佑。这天半夜，王大妮睡不着，心一横爬起来，往寺院大殿一侧的小偏房走去，连长徐发祥和通信员牛得宝住里面，算是连部。小偏房亮着酥油灯光，王大妮从门缝里看到，徐发祥正在笨拙地缝补一双破袜子。

"进来吧。"徐发祥头也不抬地说。

王大妮推门而入，脖子一梗："连长，我班里的弟兄说，拿天佑换来的大米，他们吃不下去，就是饿死，他们也不吃……"

徐发祥不吭声。

"我们把天佑从贵州带来，过云南，过四川，到这儿，得有三四千里路了吧？这么丢下他……我良心上过不去……"王大妮快要哭了。

徐发祥缝完最后一针，把线头咬断，清清嗓子，说："我刚才和住持说了，不做这个交易了。你放心去睡吧。"

王大妮心头一震，喉头一热："连长，谢谢你……"

徐发祥站起来,眼睛也是红红的:"怪我,不该动这个鬼念头……要不然,虎子也不会死,我对不起他……"徐发祥说不下去了。

三连出发之前,把寺院里里外外打扫了一遍。徐发祥睡醒后,在房门口看到一袋大米,没有见到住持,不知去哪儿了。他让炊事班长把大米收下,同时留下两块大洋,放在大殿的佛堂上,还让一个懂藏语的战士写了几句感谢的话。

部队继续沿着异常崎岖的小道向甘孜进发。这一路王大妮亲自带天佑,遇到道路好走点,天佑就下地跑一段,挎着那个装大灰兔的草筐,大多数时间,王大妮背着他走。王大妮也是断不了交代,让他记住自己大名叫什么,家乡是哪儿,嘱咐他长大了,一定回家乡看看爹妈之类的话。天佑嗯嗯啊啊地答应着。

一天晚上宿营,王大妮捡到一套别人遗弃在路边的旧军装,他翻看一下,还有点利用价值,就拿回来,裁开,三拼两凑打补丁,改出一套小军装。他打小手就巧,入伍前在裁缝铺干过几年学徒,如果不当兵,他会成为一个好裁缝。

徐发祥问他:"你给天佑预备的?"

"是啊。"他说,"连长,天佑以后就是咱连的正式一员了,对不对?"

徐发祥没有马上答应,而是犹豫一下。王大妮接着说:"他跟我们四个多月了。在他后头,有七八个新来的。"

徐发祥想了想,点点头:"倒也是。"

"连长你认他就好。"王大妮激动地说。

过了几天,他又抽空给天佑缝了个八角帽,衣服和帽子上缀上了红五星和小领章,让天佑穿上试了试,蛮像那么回事,天佑一下子显得精神了,像个真正的红小鬼。

离甘孜还有四日路程时,前头传下话来,红四方面军的一支部队要来接应，大伙儿情绪立刻高涨起来，纷纷说，到甘孜就有好吃好喝的了。

三连所在的十二团行进在大部队的最后面，三连又是全团的尾巴，是断后的。因此一路上有一些小仗，都让前头的部队打了，主要是当地的藏族武装，在山林中偷袭红军，规模不大，一冲即散。

这天下午，三连尾随前头的二连进入一个峡谷中，两侧是陡峭的山坡和茂盛的松林，雨后的太阳露出脸来，雾气消散，空气清新，前胸后背暖洋洋的，令人感到无比舒坦。大伙儿都昏昏欲睡地迈动着双腿，没人说话。伏在王大妮背上的天佑睡着了，王大妮也打起瞌睡。

突然，就像过年放鞭炮似的，响起一阵嗵嗵噗噗的声响。王大妮一惊，猛地睁开眼，看到两侧山崖的林木间，一片片蓝烟升腾。身边的几个战士中枪倒地叫唤。王大妮高喊："有埋伏！"徐发祥指挥全连就地隐蔽。

袭击三连的当地民团武装有七八十人，他们放过了前面的大部队，专门袭击殿后的三连，听声音，他们用的大都是土枪、火铳之类，钢枪不多。他们看中的是红军的武器，三连五十多人，有四十多支汉阳造和毛瑟步枪，还有几支毛瑟半自动手枪，在阳光下闪闪发光。可是子弹很少，每人只有三到五发。徐发祥下令，先不许还击，放近了打。

王大妮把天佑塞到两块石头之间，这样两侧的火力都打不到他。他是第一次真正经历打仗，王大妮以为他会吓得哭喊，哪想到他竟然傻笑起来，嘴里说着什么。王大妮听清了，他说的是"炮仗、炮仗"，他真的把枪声当作鞭炮了。他想伸头往外瞅，王大妮使劲摁一下他的小脑袋，喝道："不许动！"他这才意识到不好，赶紧趴下，紧紧抱住那个草筐。

敌人呐喊着从两侧冲下来。最前头的冲到离沟底二十多米时，徐发祥才下令还击。三连的四十多支钢枪冲两边开火。听到枪声，前面的二连也回头支援。几分钟工夫,放倒了二十多个体形彪悍的敌人。敌头目一看不妙,吹几下尖厉的口哨,活着的眨眼间作鸟兽散。

打扫战场,清点人数,三连牺牲七人,五人负伤,被敌人抢走六支步枪。王大妮一时没顾上天佑。就在这当儿,天佑从石头底下钻出来,兴冲冲跑到一具敌人尸体跟前,去摘他脖子上的绿色项圈。

王大妮转脸看到了,大声喊:"天佑快过来。"

可是那个项圈摘不下来,死去的人脑袋很重,搬不动。天佑这么一折腾,那人睁开眼,又活了。天佑吓得一激灵,惊叫一声,起身就跑。

王大妮此时看得真真切切——那个受伤的敌人迷迷糊糊坐起来,摸过了火铳,对准了越跑越远的天佑。王大妮叫喊着扑过去。他把天佑扑倒的同时,火铳响了,一片铁砂弹笼罩住了他。这种武器离远了威力小,离近了威力格外大,王大妮被打得全身流血,致命的一粒弹,从他的右耳钻入,从左耳钻了出来。

血喷了天佑一身。天佑吓得哇哇大哭。自从有了大灰兔,他是头一回哭。徐发祥亲自帮他把脏衣服脱下,换上王大妮给他做的那套小军装。战士们挖了一个坑,把八个烈士草草掩埋。天佑不知从哪儿学来的,扑通跪在坟前,磕了三个响头。

九

从甘孜北上过草地,十二团仍然断后。团长提出,把天佑送到师后勤队去,和伤病员们一起行军,还有担架坐。徐发祥拒绝了,说:"这么远的路,我们都带他出来了,就不送后勤队给别人添麻烦了。"他和通信员牛得宝轮流带天佑行军。

按照上级的命令,红二、红六军团等部队组成红二方面军,和早已滞留在甘孜的红四方面军一起北上。北上的队伍,浩浩荡荡,人多了,阵势大了,但是食物更匮乏。走过长征的人后来回忆,长征路上最可怕的,不是拿枪的敌人,而是饥饿。到后期,病饿而死的人,远比打仗死的人多。

负责断后的部队,处境更凶险,因为前头的部队往往把沿途能吃的东西都吃到肚里,仿佛夏季的蝗灾,飞虫过后,遍地赤裸。

最大的那片水草地,叫松潘草地,要走十天左右。三连四十多人,走到第五天,把所带的粮食基本吃光了,只有徐发祥腰上的粮袋里,还有几把米。饿红眼的人,都不由自主地盯着那个粮袋。徐发祥说:"这是给天佑留的,谁也别想。"

草地上能吃的野菜只有灰苋菜。这地方本来没有灰苋菜,是藏民放牦牛时,牦牛在别处吃了灰苋菜,菜籽没有消化,经过这里拉出来后生长的。走前头的部队差不多已经把沿途的灰苋菜吃光,后卫部队往往只能挖野菜根吃。

到第六天,三连的人,把皮腰带都煮着吃了。

到第七天,三连还剩三十多人。徐发祥腰上的粮袋,已经是一粒米都不见。

所有人都瘦得变成了破衣服架子,肥大的裤筒,肥大的袖口,眼珠子鼓凸,脸蛋子乌黄,像叫花子。脚底下没根,走路摇摇晃晃,仿佛一阵风就能吹走。有的走着走着,往地上一歪,就无声无息了。天佑原本虎头虎脑的圆胖身子,小了两圈不止,又黑又脏,像个野孩子。

只有草筐里的那只大灰兔,因为草地上不缺野草,它胖了,胖得让人眼馋,谁看了都禁不住流口水。胡乃刚凑到天佑身边,虚弱地小声问:"天佑,饿吗?"

天佑点点头。

"想吃肉吗?"

天佑口水下来了。

胡乃刚指一下草筐："……吃了它？"

天佑嘴巴咧一咧，又一咧，想哭，但还是忍住了。愣了好一阵，他终于点了点头。胡乃刚右手拔出尖刀，左手伸进草筐，摁住大灰兔，刀子举起来，恰在这时，两道目光逼停了他。他抬头一看，徐发祥趔趔趄趄过来了。

"就给天佑一个人吃……"胡乃刚不敢和徐发祥对视。

"你急什么？我看你是饿死鬼托生。"徐发祥说。

胡乃刚脸一红，无奈地收起刀，咽下一团口水。

这一天，又有六个人倒地不起。徐发祥也倒下了，上吐下泻，发高烧说胡话。他试吃了一种前几天没见过的野菜，想必是中毒了。趁着清醒，徐发祥把天佑叫过来，拉着他的手，说："孩子，你得好好活，你爹妈等你回去呢，无论如何你得活着见爹妈……"

天佑说："我不，我跟祥叔走。"仅仅半年过去，天佑已经淡忘了阿爸阿妈的模样，阿爸阿妈和家乡，在他脑子里，早就没有什么印象了。

徐发祥摇摇头说："祥叔走不动了，要跟猴叔、虎叔、大妮叔去做伴儿。"

天佑不大懂这话的意思，呆呆地望着徐发祥。

"天佑，天佑……你这名儿多好啊，天佑红军……老天爷会保佑我们红军的……"

徐发祥昏迷一阵，清醒一阵。半夜，他把胡乃刚叫过来，指定他接任连长。他叮嘱胡乃刚，一定要把天佑带出去。"如果天佑死在这大草地，我在地底下，饶不了你和三连活着的弟兄们……"

胡乃刚含泪答应。

徐发祥拜托胡乃刚，等到革命胜利后，要想办法找到天佑的爸爸妈妈，把天佑完完整整交还给人家。

"连长，我记住了。"胡乃刚说。他让徐发祥放心。当初把天佑搞来，他也有一份责任，他一定会管到底的。半年前，王大妮和唐本奇去绑天佑的那天，连长命令他去追上二人，把他们截回来，他明明可以在他们动手之前制止，结果因为他也希望借机搞点给养，所以就放任没管，才有了后来的种种变故……

徐发祥闭上眼，再也没有醒来。一路上死人太多，而死亡又离每个人只有一步之遥，所以活着的人已经麻木，不再悲伤。天亮了，人们掩埋了徐发祥，继续赶路。

到第八天傍晚，包括天佑还剩下二十八人。天佑昏了过去，气若游丝。胡乃刚掐他的人中，弄醒了他。他醒来头一句就是："刚叔，我想吃肉……"

通信员牛得宝提出杀兔子。胡乃刚想了想，说："还不到时候。"

天黑了，四野一片死寂，没有一点光亮。胡乃刚强撑着往一片水洼走去，回来时，变戏法一般拎回来一团东西，他对天佑说："算你小子有口福，刚叔给你搞了一块肥肉。"

听说有肉，天佑两只大眼睛放出绿光。胡乃刚亲自动手，熬了一小盆肉汤。他不让任何人靠近，就让天佑一个人吃。天佑实在是饿极了，把肉汤喝得一滴不剩。

天佑活过来了。

到第九天，包括天佑，统共还剩下二十人。傍晚，人们搞点菜根填填肚子，分头倒下入睡。天佑搂着草筐，睡不着，他比别人有精神。大灰兔比他还有精神，在草筐里不消停，乱扑腾。这一路，就数它来劲，吃不完的野草，人都要瘦死，它快要胖死。天佑突然烦它了，他掀开草盖，一只手伸入草筐，捋了捋它的耳朵，又把另一只手伸进来。后来，他的双手死死地掐住了它的脖子……

十

第十天，剩下的二十个人，靠那一锅兔肉汤，走出了大草地。

一只兔子救了二十个人的命，多年之后仍然被人提起。但是彭天佑不认为是兔子救了他的命，而是胡乃刚早一天弄来的那盆肉汤把他救了。

十年之后，胡乃刚才告诉他真相：那是一块人肉。知道这个以后，他后来终生吃素。

长征到了陕北，天佑离开三连，进入红二方面军随营学校学习。抗战爆发后，他转入延安的一所边区小学堂。一直到解放战争开始，他才离开延安，奔赴战场，到西北野战军第二纵队的一个师当政工干事。全国解放时，他是师组织科副科长。

后来上级有关部门审核认定彭天佑的革命经历时，经多方了解、查证，最终确定他参加革命的时间为一九三六年八月一日。这个时间他们正在过草地，他似乎是长征路上年龄最小的红军，六岁多，不到七岁。确定"籍贯"时，他要求填"延安"，而不是"贵州威宁"。

一九五〇年夏天，彭天佑接到了胡乃刚打来的电话，此时胡乃刚在另外一个师当副师长，胡乃刚提醒他尽快和家人取得联系。他就此萌发了回趟老家的念头，行前通过贵州当地的党组织打听家人的下落，费尽周折，得到的结果却是：他父亲彭贵山不久前土改时遭到镇压，彭家大宅充公。母亲李凤莲早在他离家不久就病逝了。他的三个哥哥——大哥彭天全抗战期间担任毕节国民党保安大队的大队长，后被地下党处决；他的二哥彭天凤解放战争期间被游击队打死，死前是威宁县税警局的局长；他的三哥彭天保先是在贵阳做生意，生意失败后回到彭家寨帮助父亲经营祖业，也是在土改中死了，妻子改嫁。

命运似乎早就注定，彭天佑成了彭家唯一的幸存者。他应该感到庆幸,还是应该诅咒命运的残酷呢?

对于母亲的过早去世,他的心疼痛了许久。他想,如果他没有以那种突然而极端的方式被迫离开家,母亲是不会那么早过世的。也因此,后来许多年里,他对唐本奇、王大妮、毛小虎、徐发祥、胡乃刚那些局中人,有着难以言说的复杂感情。他想把一切都忘掉。

这个家,他肯定是回不去了。从此他打消了回老家的念头。

不久,朝鲜战争爆发,紧接着抗美援朝。本来彭天佑所在部队没有入朝作战任务,但他主动要求到朝鲜前线去。被批准后,他分配到了胡乃刚当师长的那个师。他几次找到胡师长,坚决要求到一线部队去,哪怕当个连长、指导员都可以。他抱了必死的决心——全家都死光了,可他还活着,这让他感到愧疚。

胡乃刚就是不同意他上一线。胡师长说:"我答应过老连长,要保护好你。我这个师,谁都可以死,就是你不能。"又说,"你不是以前叫我'刚叔'吗?我不是以师长的身份给你说这个,我是以'刚叔'的身份,给你说这些的。"

他被分配到师政治部当组织科长,在朝鲜战场待了一年多,没有过一次和敌人打照面的机会。空袭倒是经常遇到,每当警报拉响,别人匆忙钻防空洞,他不急,总是最后一个离开岗位。炸弹落下来,他不怕,出奇地镇定。都说他不怕死,是个奇人。他笑笑,不知该做何解释。

难道是他想早点死去,到九泉之下和亲人们团聚吗?

一九五五年,彭天佑被授予中校军衔。同年,他和师医院的护士方小慧结婚。婚后,他给身边人留下的最深印象不是干工作,而是生孩子,不停地生孩子。到"文化大革命"爆发的时候,他们两口子生了四个孩子——三个儿子和一个女儿。而此时,方小慧的肚子又大了。

没有人能够理解,他为什么那么起劲地生孩子,就连妻子也不理解——为了少生一个孩子,她没少和他战斗,但又实在拗不过他,只能像老母鸡下蛋一样，下了一个又一个。如果不是因为方小慧身体出了毛病，也许他们还会生第六个，甚至第七个孩子。

到了一九六六年，三连长征路上活下来的另外十九个人，只有胡乃刚一人还和彭天佑保持联系。那十九个人，有四个死在抗日战场上，有六个死在解放战争中，三个死在朝鲜。另外的五人，失去了联系，不知所终。

胡乃刚从朝鲜回来后，转业到北方的一个省当掌管煤炭的厅长。一九六六年冬天，彭天佑收到胡乃刚的一封信，信中，胡乃刚代表死去多年的徐发祥、王大妮、唐本奇、毛小虎这几位老战友，向彭天佑表示深深的歉疚之情——当年他们一念之差，改变了彭家一家人的命运。

信中，胡乃刚又以"刚叔"的身份命令他，老老实实在部队待着，一辈子不要脱军装。

彭天佑有些不解其意。过后不久他得到消息：胡乃刚被红卫兵批斗致死。他这才明白胡乃刚的用意——有这一身军装，关键时刻可以保命。

彭天佑果然在军队干了一辈子。一九八八年，他五十八岁时从省军区政治部副主任的位子上离休，搬进了干休所。

他最后的职务是正师。上级照顾老红军，以副军职待遇给他办理离休手续，但是几乎所有认识他的人都认为，他很亏。以他的资历、能力和文化程度，混个军级、兵团级，乃至大军区一级领导，都是非常有可能的。但他只是个正师，说起来都有些羞于启齿。

有人说，生孩子太多耽误了他。他笑笑。

可是，他的五个孩子，加上媳妇、女婿，又没见哪个有"出息"。四个儿子里面，官当得最大的是老三焕新，仅仅是个处长；老大焕章连个干部都不是，只是个工人；唯一的女儿焕萍还算不错，是个军医，脑外科专家。

像他这种资格的老红军，算是后代混得最"惨"的。有人说："老彭，你自个儿不进步就罢了，怎么不关心孩子？"

他又只是笑笑。

有一件事情也是别家不好比的——彭家老老少少二十口子人，多年来一直平平安安，小灾鲜有，大灾更无。

难道还有什么比平安地活着更重要吗？

十一

彭天佑八十岁那年，老伴方小慧去世了。睡前还好好的，夜里一声没吭，天亮却没醒来。孩子们哭得稀里哗啦的，老头说："一点罪没受，一点麻烦不给别人添，你妈是福命，造化大。"

处理完老伴的后事，他突然向孩子们提出："趁还能走，想回老家看一看。你们能去的，尽量都去。"

孩子们清楚，父亲是个孤儿，老家没什么人了。但还是很愿意陪老头回去走一走，除了二儿子、女婿、三儿媳走不开，其余的二代都踊跃前去。他们打算坐火车到西安，再转火车到延安。

可是，老头却说："回贵州。贵州威宁，彭家寨。"

孩子们都愣了。籍贯栏里明明填的是"延安"，一辈子都是这么填的，怎么突然变成"贵州威宁"了？就因为祖籍是革命圣地延安，孩子们从小到大都很自豪。

个中原因，不但孩子们不清楚，老伴方小慧生前也不知道。彭天佑解放后没给任何人说起过，他把那些模糊的陈年往事，深深地埋在心里。到如今，当年三连的老战友，恐怕没有活着的了，世上只有他一人知道其中的原委。

孩子们还想问出点别的，他三缄其口，一个字不愿多说。干休所的领导听说老首长要外出，很支持，打算通过军区给贵州省军区打电话，让那边搞好接待。他谢绝了，说："自个儿的事，自个儿想办法，不麻烦公家。"

七个后代陪同老头坐火车先到贵阳，住了一晚。次日，老三焕新通过当地的朋友借了一辆面包车，直接开往毕节，再转威宁。到了县上一打听，才知道早在四十多年前，彭家寨就没了，那里修起了一座水库。

一条省道从水库边上经过。面包车靠边停下来，车门打开，彭天佑下车，女儿焕萍伸手想扶父亲一把，手被他甩开。只见老头下了公路，步履矫健走到水边。子女们默默跟上。

这是一座中型水库，波浪不大，温柔地翻卷着，一群群水鸟自由飞翔。彭天佑久久望着水库的中央，据说那儿就是彭家寨的原址。七十多年过去，故乡、亲人，在他脑海里，早没了一丝一毫的印象。它们就像一张薄纸，或是一片树叶，随风飘摇，不知飘到何处；又像一滴水珠，变成蒸气，不知挥发到何方。故乡和亲人，成了一个符号，只有在夜深人静的时候，偶尔才来到他的心间……

彭天佑缓缓跪下，朝着水库中央的方向，磕了三个头。

在他身后，孩子们也无声地跪下，重复老头的动作。

回老家的任务，就这样算是完成了。上到车里，老三要掉头回去。彭天佑说："往云南，上玉龙雪山。"

孩子们感到奇怪。老头子怎么突然有了游山玩水的兴致，他可是一辈子不出门的。

十二

他们乘坐冰川公园索道，到达玉龙雪山的最高点。这个季节游人不多，雪山顶峰静静伫立，白光夺目。

来的路上，彭天佑简单地给孩子们讲了"猴叔"的故事，讲了"虎叔"的故事，又讲了"大妮叔"和"祥叔"的故事。尽管他语气平和，不动声色，孩子们却听得骇然变色。原本一路上嘻嘻哈哈，气氛轻松，听过父亲讲的故事，一个个都沉默了。

许久，生性活泼的焕章说："爸，您叫他们猴叔、虎叔，我们该叫猴爷爷、虎爷爷，对吗?"

彭天佑点点头。

彭天佑不用女儿搀扶，沿着峰顶下来，走到一个平坦一点的地方，见身边没有游客，说："就在这儿吧。"

他率先弯腰，深深地鞠了三个躬，然后站直，口中念道："猴叔，天佑看你来了……我来晚了，对不起了……我用六十年时间，想忘掉一些不愉快的事情……可是后来我发现，我怎么也忘不掉长征路上的你，还有虎叔、大妮叔、祥叔、刚叔……我把孩子们带来了，让你看看，我彭家后继有人……你就放心吧……"

他立正，对着苍茫的雪山，颤抖着敬了一个礼。

尽管他克制着，眼眶还是湿润了，两颗泪珠滚过饱经沧桑的面颊。

在他身后，孩子们对望一眼，然后都默默地跪下，虔诚地给"猴爷爷"磕头……

下一站自然是巴塘。

面包车大体沿着当年红二、红六军团走过的路线，到达巴塘。七十多年前，这里叫巴安，城东吞掉毛小虎的那片沼泽地，现在是一个森林公园，每天有不少外地游客。依然是选一个地方，彭天佑鞠躬，敬礼，念叨几句，孩子们跪下给"虎爷爷"磕头……

然后，继续赶路，在快要到达甘孜的公路旁，找到一条峡谷，在谷口简单地祭奠"大妮爷爷"……

面包车折向东北方向。当年那片最要命的草地，在青藏高原东北边缘、阿坝藏族羌族自治州若尔盖县境内，离包座不远，213国道穿行其间。他们约莫寻了个地方，简单祭奠了"祥爷爷"。

都以为结束了，孩子们都松了一口气。老头又说："还有个大灰兔，在前面。"接着把那只救了二十个人性命的大灰兔，讲了讲。

于是又往前走了一段，下车，鞠躬，敬礼，磕头……

焕章忍不住道："爸，我们该叫大灰兔什么，兔叔？兔爷爷？"

彭天佑想了想："别乱了辈分，你们愿叫，就叫兔爷爷吧。"

大伙儿都轻轻地笑了。

到这时候，任务总算完成了。回贵阳的路上，焕章说："红军长征二万五，走了一年多吧？要是坐飞机，几个小时就到。"

大伙儿笑。

老三说："爸，如果没有长征，会不会没有我们？"

彭天佑想了想，说："是的。长征，是我们彭家的根。"又说，"我争取再活十年，活到九十岁。如果那时还能动，我还要来。"

孩子们纷纷说："全家都来，一块儿陪您。"

"若是我没了，你们也要来。"

孩子们都郑重地点点头。

他没能活到九十岁。二〇一五年，八十五岁那年，他无疾而终。他是本市最后一个去世的老红军。

办完父亲的后事，孩子们决定，沿着五年前走过的路线，再走一遭。

秋　莲

一

秋莲的父亲两个月前在徐蚌会战中殉国,两个月后,她母亲翟桂芳肺病加重,不幸在广慈医院去世。

许宗衡阵亡的消息,一直瞒着翟桂芳,两个月来秋莲不让她看任何报纸,也不让她听广播,还叮嘱父亲生前派来的两个勤务兵,绝不能把这个口风露出去。两个月来,翟桂芳一直住在这所法国人开办的医院里治疗肺病,病情虽有所反复,但还不至于马上就没治。

本来许宗衡答应打完徐蚌会战,就带夫人到香港治病,身体转好的情况下,再把她们母女转送美国,秋莲也正想到美国读书。但是两个月前,在离徐州一百多里的碾庄,国军黄百韬第七兵团被共军粟裕所部重兵围困,黄百韬绝望中自杀,一直跟随护卫黄长官的二十五军副军长许宗衡被流弹打死,国军精锐第七兵团全军覆没。两天后的沪上所有报纸,都登载了这一消息。报童举着报纸,大声叫嚷这条特大新闻,引来一群群的购报者,拿到报纸的人发出一片惊叹之声。

秋莲本来也想到医院门外买一张报纸,自从父亲去徐蚌前线后,她每天都要买报,但是听到报童刺耳的叫喊,她打消了买报的念头。从此以后，她就不再买报。

几天前，父亲生前派来的两个勤务兵借故跑了——一个说去买菜，没回来；另一个说去买烟，也没回来。母亲已经意识到不好，饭量降了。今天早晨，有个病号提着一台收音机从病房门口缓缓经过，里面正播放蒋总统的一篇讲话，总统提到民国三十五年内战爆发以后殉国的国军高级将领，有张灵甫、蔡仁杰、韩增栋、刘戡、陈章、贵百韬、郭景云，最后说到了秋莲的父亲许宗衡。正在给母亲喂饭的秋莲心说不好，只见母亲剧烈咳嗽一阵，一口气没上来，就去了。

许家一年半前从南京搬来上海居住，在上海并没有私人住宅，租住的房子。许宗衡心细，他考虑的是，上海靠海，冬天比南京好受一些，没南京那么潮湿阴冷；上海外国人办的医院多，比南京医疗条件好，这些都对翟桂芳的身体恢复有利。许家在上海没什么熟人，许宗衡祖籍福建厦门，二十岁离开老家出来上黄埔军校，之后从军打仗二十多年，和老家族人的联系早已中断，秋莲是家中独女，因此许宗衡夫妇这么一走，秋莲在上海就没有了一个亲人，她真正算是举目无亲了。

母亲的后事料理，多亏一个人——汤正伦。汤正伦是许家在南京时候的邻居，两家在秦淮河边的别墅紧挨着，他比秋莲大五岁，他父亲是南京大华纱厂的老板，他排行老三，以前有熟悉的人叫他汤三。他大哥好像在国军的一支部队当少将旅长，民国三十六年在河南阵亡。他上面还有一个姐姐，姐姐姐夫都在南京国防部工作，很少在人前露面，做了十多年邻居，秋莲没见过他们几回。

有一天秋莲到三马路上一家药店给母亲抓药，一出门，看到一个面孔很熟悉的人，着西服，鸭舌帽压得很低，目不转睛地盯着前面一个穿长袍的男人，脚步快速地移动，从她面前通过。秋莲马上就认出，这不是汤正伦吗？他怎么也跑上海来了，他们已经有两年多没见面了。

秋莲喊了他一声："汤正伦！"

汤正伦愣了一下，扭脸认出秋莲，示意她不要说话，再转过脸往前瞅，发现那个穿长袍的人已经不见了。他伸手顶一下鸭舌帽，走到秋莲身边，露出久违的笑和一口白牙，说："许小姐，想不到你也来上海了。"

秋莲好奇："刚才那人，是谁？"

汤正伦淡淡一笑："共产党的人。要不是你插这一杠子，今天我能逮住他。"

秋莲抱歉地说："这样啊，我打搅你公务了。"

汤正伦满不在乎地说："没事，下回再逮他。"

那天中午汤正伦非要请秋莲吃饭，秋莲却情不过，只得提着一大包药丸，跟在他屁股后面去了四马路上的一家西餐店。饭毕分手的时候，汤正伦告诉她说，他现在对外的身份是外滩七号电报大楼的一个小经理，那里的人都知道他叫高伦，希望秋莲以后也叫他高伦，不要再提他以前的名字。

秋莲有些吃惊："你怎么连姓也改了？"

汤正伦——高伦咂咂嘴说："职业需要嘛。人在江湖，身不由己。"

秋莲母亲住进广慈医院后，高伦时常过来瞅一眼。翟桂芳对他过去的印象蛮不错，说他小时候像个洋娃娃，淘气聪明，人见人喜；又说他爸曾经和秋莲爸议论过，如果两个孩子以后有机会出国深造，最好选同一个美国城市，互相有个照应。一次，翟桂芳问他，你爸你妈还好吧？都有一年多没见他们了。他头一低说，母亲还好，父亲半年前过世了，大哥在豫北前线牺牲后，父亲就一直没缓过劲来，加上厂子不景气，终于急火攻心，一天夜里犯病，天没亮人就撒手去了。翟桂芳叹口气说，世道不好，啥事体都可能发生啊。

翟桂芳终归是过来人，看出他对女儿有意，有一天她说："莲儿，万一我和你爸有个三长两短，你就跟他过日子吧，他还是靠得住的。"

秋莲脸一红说:"现在说这个干什么!"

许宗衡在前线出事,高伦知道得略早一点,他来医院找秋莲,向她露了点口风,没说全,只说许长官可能在徐蚌前线遭遇不测。秋莲不信,埋怨他乌鸦嘴。直到第二天沪上所有报纸都登出来,秋莲不信也信了。

母亲一去,秋莲傻了似的,不哭不叫,像个木偶,双目低垂,一言不发。给母亲办后事期间,高伦跑前跑后地忙活。他亲自跑到外面买来水绿色的绣花寿衣,央求护士护工们帮死者穿上,又亲自把尸体推到医院太平间,然后到店铺置办寿材,直到雇车把棺材运到静安寺公墓下葬。不了解情况的人,都把他当成了死者的儿子。

帮忙料理后事的人都走开了,墓地里只剩下秋莲和高伦两人。秋莲仍然是呆若木鸡。高伦扶住她肩膀说:"秋莲,你就哭一声,哭出来就没事了。"秋莲张了张嘴,终于哇地大哭起来,边哭边翻来覆去说:"都走了,谁管我啊……都走了,谁管我啊……"

许宗衡死在前线,骨殖不知丢到什么地方了,想给他们夫妻合葬已不可能。秋莲把父亲戴过的一顶帽子放到母亲的棺材里,算是给他们夫妻行了合葬。本想立个碑,上写"父母大人许宗衡翟桂芳之墓",下面再落上"儿许秋莲"和年月日,高伦不同意。后来才知道他有意不立碑,是为了掩护秋莲的身份。

时间一长,这座坟堆就会被人当成无主坟。秋莲当时顾不上想这些,一切都由高伦来料理,她全听高伦的。

这一年秋莲十八岁,高伦二十三岁。

二

葬了母亲之后,秋莲有过回南京的打算,毕竟南京有个家——秦淮河边的那栋房子里，藏有不少她喜欢的书籍，还有一些她的画稿，她曾经非常迷恋画画，画水彩，也画过油画。来上海后，她全部精力用来照顾母亲，书啊画啊，都丢到脑后了。

高伦不同意她回去，说你回去上学还是做工？她回答不上来，只说南京熟人多，有贵族学校的同学、老师，有一栋自家的房子，还有母亲家那边的几个远房亲戚。高伦说，天要变了，国破家亡的事，不幸让我们赶上了，这时候，熟人越少越好，房子越小越好，有些东西你是背不走的，不如放弃。

高伦在上海混了几年，明显比秋莲成熟。秋莲想起母亲临终前说过的，让她未来跟他过日子的话。她想，离了高伦，对她来说，天真要塌了，还有什么可选择的？高伦说什么，她就听什么吧，也许这就是命。谁让你家跟他家做邻居呢？谁让你现在孤苦伶仃无依无靠呢？是不是天注定？

就当是天注定吧。

高伦有时出来，身上带枪。他执行公务的时候，就像失踪了一样，秋莲想找他都找不到。当你刚要生他气的时候，他又出现了。他陪秋莲逛商铺，逛公园，有时还去夜总会跳一场舞。等秋莲母亲过了"五七"，她心情好转了一些，他说，莲儿，该给你找个事情做了。

这天，高伦把她带到闸北的一座兵营，到操场上看了一会儿国军士兵刺杀练习，有个人过来伏在他耳边说，老K到了。高伦带秋莲跟着那人来到二楼一间窗帘紧闭的大房间，有个三十岁左右、相貌堂堂的男人坐在藤椅上抽雪茄烟。想必他就是老K了。

他们进入后，老K半站起来，点点头，示意他们坐下。老K简单问了几句秋莲的情况，这之前高伦肯定跟老K介绍过秋莲，所以老K对秋莲的家世比较了解。他身子前倾，盯着秋莲说："许小姐，我问你话，你要据实回答。明白吗？"

秋莲诚实地点点头。

"你——恨共产党吗?"

秋莲以前很少想这个问题,她不知该怎么回答。老K身子又往前倾了倾:"令尊死在共产党手里,难道你不恨他们吗?"

秋莲想起高伦就在自己身边,望了他一眼。高伦朝她微微一点头。于是她回答说:"恨……我恨。"

老K满意地点点头:"你愿意参加我们的组织吗?像我、高伦兄一样。"

秋莲又看一眼高伦,然后点头说:"愿意。"

"既然加入组织,绝不允许背叛。你能做到吗?"

秋莲再看一眼高伦,目光转向老K:"我能。"

"如果做不到……嚓!"老K做了个挥刀砍头的动作。

秋莲点点头,表示她不怕。

老K轻轻拍了几下巴掌,站起来,冲秋莲伸出手。秋莲赶紧站起来,也伸出手。她的手被老K黏糊糊的大手紧紧握住。

老K笑说:"欢迎你,张秋莲同志。"

秋莲一愣:"长官,我叫许秋莲。"

老K望着高伦。高伦小声对秋莲说:"加入组织,安全保密起见,得按纪律改名换姓。我向组织建议,只给你改姓,因为沪上现在知道你叫秋莲的,没几人,名可以不改。"

秋莲想了想说:"沪上知道我叫许秋莲的,也就你们二位。我既不更名,也不改姓,行吗?"

高伦望着老K。老K掏出打火机点燃手中的半截雪茄烟,用力抽了两口,这才点点头说:"先这样吧。"

秋莲松了一口气。她知道父亲在老家没有兄弟姐妹,父亲没了,她再改姓,许家就什么也剩不下了。

就这样她成了组织的人。早年，她父亲曾经说过，希望她长大后远离政治，做一个自食其力的人。现在她顾不得这些了，因为她一切都得听高伦的。

几日后，高伦把秋莲带到浦东地界的一个独立院子，她要在这里参加一期培训班，除了"洗脑"，还要学一些基本的谍报工作技术，比如密写、速记、收发报、破译、战场包扎救护、射击、照相洗相，等等。在这里不使用名字，名字严格保密，每个人都用代号，秋莲的代号为十六。以后为了工作便利和身份掩护，还要求每人选学一门技术，秋莲征得高伦同意后，选学的医疗护理专业。

培训结束，根据上峰要求，秋莲被安排进了第一劳工医院，她每天到那里上班，虽然很累，但她却感觉很充实，因为她长这么大，终于有了为社会服务的机会。她家原先租住的房子是座石库门的二楼三个房间，现在她单身一人，父亲留下的钱也花得差不多了，不能再住那么大的房子，高伦替她到医院附近租了一间小平房。有不少医院的姐妹在这附近租房子住，秋莲很快与她们混熟悉了。

只是她不理解：学了谍报技术，成了组织的人，跑到医院干啥？指望她在医院抓共产党？她把这个疑问说给高伦听，高伦说，到这个地方，是为了以后，你先洗白自己，等待上峰分配任务，其他什么都不要想。

这时候，已经有传言说，共军很快要打过长江，南京、沪杭一带的有钱人纷纷自找出路，香港、南洋成了首选，而党政军要员则把以前没怎么听说过的台湾当作第二故乡，准备携家带口漂洋过海，追随虽然下野仍然权柄在握的蒋先生而去。秋莲想，如果父母还活着，她也许也要去台湾的。听说贵族学校的不少同学都走了。

很显然，共产党过江，首要目标一是南京——南京是首都；二是上海——上海最有钱。那一阵上海非常乱，世界末日来临一般，似乎人人惶惶不可终日。果然，共军四月份过江，五月初就兵临上海郊外，大战一触即发。秋莲现在已经知道，老K是国防部保密局在上海的一个小头目，高伦是他的下线，而她又是高伦的下线。也就是说，她直接受高伦领导，高伦直接受老K指挥。这时他们又有了新的代号，高伦代号"野鸡"，秋莲的代号为"公牛"。

上海沦陷在即，上海的国军、正规军以及党国各路人马，都在做最后的挣扎努力。秋莲依旧没有什么任务，正常上下班，高伦却忙得不可开交，每夜都出去执行公务。秋莲好不容易和他见上一面，劝他说，共产党那么猛，咱们鸡蛋打不过石头，会碰破的。他的眼睛红红的，像个输光了钱的赌徒，他说，石头是死的，鸡蛋有生命，鸡蛋可以孵出小鸡，声声不息，我们要战斗到底。又说，即使碰破了，也要冒一个鸡蛋花，灿烂一下。

共军攻城那天，除了一些留下潜伏的人员之外，保密局的人走得差不离了——一部分人员到福建、广东"继续战斗"，一部分人员直接撤到台湾，另图光复大业。但是高伦没走，秋莲自然也是走不成。高伦说，老K也没走，他们再搞一两个大点的行动就撤。高伦的姐姐和姐夫早在共产党渡江之前，就随国防部大部分人员撤到台湾去了，同时把他老母亲也带走了，这样高伦就没了牵挂，可以放手干事情。他还劝秋莲，别怕，上海守三个月没问题，有大军在，咱们不会有危险。

秋莲知道，高伦他们想在破城之前炸毁闸北发电厂。但是形势的发展出乎意料，上海并没有像汤恩伯总司令说的那样"固若金汤，守六个月没问题"，也不像高伦说的"能守三个月"，不到半月，上海就失守了。

秋莲记得很清楚，五月二十七日那天，解放军进城。而高伦此时还没接到老K让他们撤退的命令。秋莲感到害怕，跑了老远的路来高伦寓所找他，想和他待在一起。高伦很急躁，不停地摇电话找老K，好不容易找到了老K。老K说，他还要组织几个行动，请再坚持几天，到时候他会通知他撤退时间和集合地点。

城里城外零星的战斗仍在进行，枪声像爆豆一样不时地传来。高伦的寓所在衡山路上的法租界，这里相对安全一些。高伦安慰秋莲，不要怕，他故作轻松状，说："我手上有三条命，我都不怕，你是白纸一张，更不用怕啦。"

秋莲自打父母亲死后，一直没怎么缓过劲来，整天战战兢兢的，她把高伦当成了自己在世上唯一的依靠。高伦以为她怕，其实误解了她，她并不担心自己，她是怕高伦有事。一旦高伦再有个三长两短，她在世上就没有任何的依靠了。这让她感到无比的恐惧。

高伦给她倒了一杯咖啡，坐在她身边，轻轻握住她的手。他们认识这么久，头一回如此亲密，她闻到了他的呼吸，那么粗壮有力，令她有些眩晕。后来她就稀里糊涂倒在了他怀里。再后来他们就倒在了他的小床上。他像美国电影上那样，吻她的唇，吻她的脖颈，吻她的耳朵，抚摸她的胸。他动作笨拙，没有章法。这种新鲜的体验却使她魂不守舍，呼吸困难，感到微微的窒息。外面的枪声依然散乱地响着，互远互近，他们都听不到了。昏昏然之中，他把她的长裙子撩上去，她没有做任何的反抗，心想反正早晚是他的人，就随他吧。

但是一阵急骤响起的枪声突然把他们打醒了！枪声就响在窗户底下！一颗流弹击碎了窗玻璃，碎玻璃碴子飞溅到床头，差点掉落到秋莲脸上。这个突然的变故让高伦一阵发蒙。秋莲比他清醒，她首先想到他有危险，推他一把说："你快走。"

高伦胡乱穿上裤子和上衣，从后门溜走了。秋莲松了口气，感觉这儿不宜久留，她整理一下衣衫，出了房间，从前门走出来。

面前的景象让她骇然变色！

这附近是个小三岔路口，有四个身穿解放军服装的人扑倒在地，他们的鲜血一摊摊地印在马路上,像新鲜的颜料,带着刺鼻的气味。显然,这四人刚才遭到了伏击。秋莲呆愣片刻,回过神来,拔腿就想走掉。她刚刚走出两步,就听身后有微弱的呻吟声……她本能地回头,看到四人中的一人轻轻动了动,呻吟声就是他发出的。秋莲这时候什么也不怕了,什么也不顾了,毕竟那人还没死,她不能不管。她扑过来,看到那人腹部中了一弹,腿部中了一弹,左臂也中了一弹,要害处是在腹部。她当了两个多月护士,知道该怎么做,于是她熟练地解开他身上自带的一卷绷带,快速包扎他腹部的伤口,然后又从他身边的两具尸体上解下另两条绷带,狠狠用力扎住他腿部、左臂部的伤口。血终于止住了,他身下的血团不再往外扩展。

做完做一切,她浑身汗涔涔的,瘫坐在地。她双手沾满了血,脸上也溅上了血点子,看上去她也像受伤的样子。

那个被她所救的伤者一脸络腮胡子,冬瓜脑袋,喉结粗大,方脸阔嘴,像是个长官。他是她从医以来所救的第一个人。他在某一瞬间苏醒过来,因为失血过多,脸苍黄得吓人,他冲她艰难地笑一笑,表示感谢的意思,然后又昏了过去。秋莲呆呆地想,只要自己伸一下手,松开他腹部的绷带,他立马也就完了。

这算不算是替父亲报仇呢?

此时,有不少人叫喊着什么,快步朝这边跑来。

三

秋莲所救的那个络腮胡子是解放军某师的团长马九龙。马团长接到电话,带三个护兵到师临时指挥所开会,为了省时间,他们绕道走小路,途中遭到敌特伏击,三个护兵当场牺牲,马九龙身受重伤,幸运地被秋莲所救。

第二天下午,马九龙终于在师野战医院苏醒过来。他睁开眼说的第一句话是:"那个姑娘呢?"

一直在医院手术室坐镇的师政治部主任卢道亮说:"老马,这么多医生护士抢救你,一天一夜都没合眼,你狗日的却只惦记个姑娘。"

"没她,你们救个尿,老子早死了。"

"老马,那姑娘……嗨!丑得很,满脸麻子。"卢道亮认真地说,边说边摇头。

"放屁……要不是她好看,老子心有牵挂,也撑不到现在。"

看来不找到那姑娘,马九龙是坚决不干的。卢道亮只好赶紧安排人去找。

其实找到姑娘并不难。昨天她刚给马九龙包扎完毕,一支小部队路过这里,把马九龙送到了医院。有人记下了那个在现场救护的姑娘名字:许秋莲,并且问出她在第一劳工医院工作。

卢道亮的警卫员小周带两个战士去劳工医院找人,医院的人说,她告了假,前脚刚走,说是要回福建老家去。小周有点傻眼,找不到人,回去要挨骂的。幸好和许秋莲同一个科的护士小王是个热心肠,自告奋勇带小周到许秋莲住的地方,看看她是不是还没走。他们赶紧跑去了。

高伦接到了老K要他带下线撤离的命令,来医院找秋莲。秋莲从容告了假,和高伦一起到自己的平房小屋收拾物品。因为早就做好了撤离的准备,收拾起来很简单,一会儿就搞妥当了。二人往外走,这就与小王带来的小周等人遇上了。

看到有三个解放军跟着小王过来,秋莲马上猜出是怎么回事,她示意高伦不要紧张,因此高伦表现得还算镇静。她向来人解释说:"这是我表哥高伦,我们一块儿回老家去。"

秋莲被带到马九龙的病床前。马九龙仍处在危险期,身体虚弱,主要任务是睡觉。秋莲过来时,他刚睡着。但他似乎有预感,马上又睁开了眼。卢道亮见状,大声说:"老马,人给你带来了,你就放心疗伤吧。老子不陪你了,再见!"卢道亮转身走了。

马九龙目不转睛望着秋莲,缓缓从被子里伸出一只手,费力地抬了抬,他想和秋莲握手。秋莲只好伸出手,轻轻握了一下他的手,感觉冰凉。马九龙吃力地说:"谢谢你……"

秋莲微微摇一下头,没说话。

马九龙喘着粗气又说:"老子吃三颗枪子儿,值了……"

他闭上眼,沉沉睡去。

秋莲知道,自己走不成了。

马九龙醒来后,向医院提出:"把许秋莲同志请来,专门护理我。有她在,我就死不了。"

这事医院领导不敢做主,因为许秋莲是地方医疗机构的工作人员,不是军人,况且她本人不是太愿意,她几次提出要回老家去。后来报到师里,师领导也不敢做主。最后是聂军长拍板,说:"只要能把马大炮救活,就是请一个班的女护士照顾他,老子也允许!"

高伦把"公牛"走不脱的情况报告给老K。老K回话说,这可是一个打入共军内部的绝佳机会,打着灯笼都找不到啊,为什么要走?硬走,不仅会暴露,而且毫无意义,留下来,意义却是非常非常重大!而且她还安全。

就这样,秋莲从第一劳工医院借调到师野战医院,专门负责护理马九龙。她不走,高伦也就不想走了。

解放军主力部队拿下上海,锋锐指向浙江、福建方向,师野战医院随大部队开进,马九龙和一些重伤号被转送到三野后方医院,长住上海治疗。

三个多月后,马九龙伤好得差不离了,他让秋莲陪他到附近一个中学的操场上,他跑步、跳远,还上了单杠,做了几个大回旋,虎虎生风。他问秋莲:"小许同志,你看我是不是好利索了?"

秋莲点点头。让她难以理解的是,这人怎么像个铁汉似的,换常人,身中三弹,流了半脸盆的血,命丢了一大半,没个一年半载的,就别想站起来。

"哎,小许,你整天守着我,没发现我身上少啥零件吧?"他话里的意思,自己的身体是健全的。

秋莲摇摇头,表示没发现。

"那就好。"

他给秋莲说起一个人——军里的姚副参谋长,此人身上就少个零件——一只眼睛瞎了,但那家伙非要和一个护士结婚,人家姑娘不愿意,他拿枪指着人家,死乞白赖入的洞房。

最后他说:"我马九龙死活瞧不起这种人。"

他这话的意思,如果他是个残疾,他是不会不要脸皮死追人家姑娘的。但是,这话反过来听呢——他现在好好的,没少啥零件,那么他就可以死乞白赖地追一个姑娘。

想到这里,秋莲顿时吓出一身冷汗。

秋莲向马九龙提出:"既然首长没事了,那我回我们医院了。"

马九龙说:"身体是没事了,心上的事还没解决呢。小许同志,请等等。"

吴师长从福建前线打来电话说:"马九龙,你没事了还不赶快归队,再不来,三十五团的团长老子换别人干。"

马九龙是有名的战斗英雄,立过好几次大功,如果不是因为没文化、脾气粗,早当上师长了。吴师长就是当年他一个班的战友,他还曾救过吴的命,所以他和吴师长说话向来不客气。他当即骂骂咧咧地说:"饱汉子不知饿汉子饥。老子是想归队,但老子不想一个人归!"他把电话撂了。

他参加革命，除了那些说得出口的理由之外，还有一个说不出口，只能闷心里。现在他可以给许秋莲同志说了——

"我们村地主家的斜眼大少爷，娶了个如花似玉的老婆，他凭啥？除了穷，老子哪一点都比他强！出来闹革命时，我发过誓：只要活着，一定得找个比他老婆漂亮的！"

过江之前，全师正团以上干部都有了老婆或准老婆，就他还光棍儿一条。师组织科的白大姐给他介绍了足有一个班，他一个也没看上。他就找漂亮的，"得像画上的人儿一样"。

"这次老子到鬼门关走一遭，没白走。小许，你就是老天爷给我派来的。你得认命！"

这话已经说得很明白了，非她不娶。

秋莲吓得够呛，她心里只有高伦。她抽空跑出去见高伦，提出和他一起逃走。高伦算是个老谍报人员，遇事讲纪律，不敢擅自行动，他去请示老K，得到的指示是："野鸡"撤离上海；"公牛"马上嫁给姓马的，有这个保护伞，就可以在此人身边长期埋伏，一是想办法获取情报，二是争取策反他。适当时机，上峰会派人和"公牛"接头。

高伦有点傻眼。秋莲一听，哭了起来。高伦知道保密局的人心狠手辣，不执行上峰命令，会被处理，乃至被灭口，都是有可能的。于是，他咬碎牙决定，让秋莲暂且答应嫁给姓马的，至于以后走与留，见机再行事。同时他向老K请求，既然"公牛"不走，他也不想走了，愿意长期潜伏。老K回话说，上峰准许"野鸡"留下。

秋莲委屈得一个劲地哭，她觉得这样做，对不住高伦。高伦拥抱她一下，红着眼睛说："莲儿，你不必难过，我能想得开。为了信仰，为了党国利益，我愿意牺牲自己一切，包括爱情、家庭、乃至生命。我面对着青天白日旗发过誓的，我说到做到。"

四

马九龙向组织提出，办了婚事就归队，他得防止"煮熟的鸭子飞走"。九师有个团长，在江北驻训时谈妥了一个女朋友，是个文工团员，他们约好渡江战役胜利之后结婚，结果打下南京，该团长收到女文工团员一封信，说她决定嫁给八师政治部主任。

媳妇一天不进门，就有可能归别人。他马九龙可不想担这个惊受这个怕。

正所谓心急吃不了热豆腐，结婚需要政审，保卫部门给许秋莲政审时，发现漏洞很多，她说她祖籍福建厦门，老家没有一个直系亲人，厦门尚未解放，无法调查了解；她说她父亲是个做生意的，据说死于徐州附近的战火中，不知埋在何处；母亲年初病死于广慈医院，这个倒是查清楚了。她工作的单位劳工医院给她写的鉴定虽然很好，但她毕竟只在该医院工作了几个月时间，不能说明更多问题。

政审搁浅，婚就没法结。马九龙大为光火，说他早问过许秋莲同志，知道她是个孤儿。一个弱女子，本来就不幸，还被你们折腾来折腾去。他对师保卫科的科长拍桌子，说："兵荒马乱几十年，天下孤儿到处有，老子也是个孤儿，和她一样的苦命，是不是你们连我也怀疑？"

吴师长派卢道亮回上海处理此事。秋莲的身世是有漏洞不假，但是没有任何证据证明她这个人有政治问题，她就像一张白纸，干净得让人无法起疑。卢道亮是个做政治工作的，谨慎惯了，不愿放过任何疑点。他说："老马，眼下还在打仗，很多问题无法搞清楚，只有等全国解放了，才能彻底搞清一个人的身世，你就不能等一等？你忍一忍，好不好？全国解放指日可待。"

马九龙火了，抬脚把一个凳子踢翻在地，指着卢道亮鼻子说："卢主任,你老婆是个唱戏的,当年在徐州天天为国民党大官唱堂会,她的身世就没漏洞吗?你敢说没有疑点?可是徐州刚一解放你就把人家姑娘办了!你他娘的为啥不等等?哼!兴己不兴人,你们政工干部,够呛!"

马九龙的火爆脾气,全师闻名,他想骂谁,谁也拿他没办法。卢道亮摘下眼镜,用手捻着镜片,打个哈哈说:"老马,我老婆是地下党员,政治上没任何污点,否则我也不会娶她,拿自己前程开玩笑。老马呀,一着不慎满盘皆输,我是担心将来许秋莲同志查出个啥问题,影响到你。"

"那你更不用咸吃萝卜淡操心了,将来发现她有问题,怎么处理我我都没意见,大不了老子脱军装滚蛋!"

"你这个老马呀,政治上太不成熟。"卢道亮摇头。

"成熟不成熟,老子不在乎,老子眼下就想结婚,一天不想等,一分钟不想等!我看是你妒忌许秋莲比你老婆陈小桃漂亮,对不对?"

卢道亮听不下去,气跑了。

事情僵住了,没办法,只好报告给军里。最后还是聂军长一锤定音:"想结就结吧,我还指望马九龙回来打仗呢。"又说:"我不相信一个小女子,能把我们怎么样。"

医院腾出一间病房给新婚夫妇当新房,一群病友晚上过来闹洞房,不一会儿,马九龙就把大伙儿赶走了。他不希望别人打搅他和秋莲,因为他们在一起的时间很珍贵。熄了灯,上了床,他像剥一个粽子那样把她剥光,然后抱着光溜溜的她,像上了战场冲锋一样,动作很刚猛。他们都是第一次,没有任何经验,场面搞得一塌糊涂。秋莲说,你弄疼我啦。她哭了起来。他收住猛烈的动作,摸着她脸蛋,像在梦呓,颤动着身体说:"老子打了十几年仗,能够活着入洞房做新郎,比那些死了的弟兄有福气啊,还是活着好……小许,你听着,我马九龙会一辈子疼你的。"

这话让秋莲心里微微感动了一下。她脑子里开始是一片空白的，一直难以接受这个结局，后来她把身子上面的人想象成高伦，尝试着配合，却也获得了从前不曾想象到的快乐。到最后，竟然有点陶醉了。

完事后，马九龙抱着她说，这下你就跑不了啦。

谁都没想到，新婚第二天马九龙就去了福建前线。临走前他对秋莲说，如果我战死，你就改嫁，组织上给我的所有财物都归你，再嫁个人好好过日子。

秋莲眼圈一红说，你胡说什么呀，我等你。

马九龙走后，秋莲被人接到师里的"家属连"，与吴师长、卢道亮等师领导的家属住同一个院子。所谓家属连，不属部队的建制序列，由组织科把师团干部的家属编成班、排，进行集体管理，安全由警卫排保护，吃、住、行由后勤派大车，配粮配物，还有医护人员随同治疗伤病或者接生。以前部队行军打仗，家属们就尾随大军流动，全部身心就是为自己男人服务。部队进入大上海之后，都觉得上海好，都不想流动了，都想把家长期安在这里，于是就长期驻扎下来了，有些家属组织上还给安排了工作。

卢道亮的家属陈小桃到市里的沪剧团上班。卢道亮临走时嘱咐陈小桃多留意许秋莲，他说他对这个女人心里真是没底儿，看她平时都和什么人来往，记下来，有情况及时报告。

秋莲不需要组织上另行安排工作，她照常到劳工医院上班。医院成立了党支部，只有党支部的几个领导知道她已经结婚，嫁的是赫赫有名的战斗英雄马九龙。领导们关心她，想给她调一下工作，让她离开一线不再搞护理，去坐办公室，抄抄写写什么的，她也在行。

秋莲没有同意。

上海刚刚解放，还有不少"军、警、宪、特、匪"没有肃清，夜里时常听到有人打冷枪，偶尔还能看到信号弹升起，八月份一个月里，有二十多名干部战士被冷枪射杀。军官家属们都被告知,不要单独行动,尤其夜间不要出门。秋莲每天要穿过半个上海去医院上下班,有时还要上夜班,家属连的领导很为她的安全担忧。连长就曾说过:"嫂子,如果你出点事,马团长回来还不剥了我的皮。"连长提出,她上夜班时,派个兵来回护送。

秋莲也没有同意,说自己会小心留意,不会有事的,就不给组织添麻烦了。

她在心里说,按共产党的说法,她和高伦、老K都算是"特",属于被肃清的对象。如果自己上下班的路上被冷枪黑枪打死,倒也痛快,她甚至盼着挨一枪,那样就不用再担惊受怕了。

风声实在紧,老K或许是溜了,或许是被抓,或许是被打死,反正一直再没有他的消息,也没接到其他上峰的指令。市邮政局招人,高伦给招聘进去了,他每天到南京路上的一家邮政局上班,基本上没再和秋莲来往。所以陈小桃观察了秋莲好一阵子,没发现她有任何异常。开国大典之前,她所在的医院党支部还专门给家属连写来一封信,夸奖她如何如何之好。

陈小桃电话里对卢道亮说,她越是表现好,越让人不放心,坏人总是积极表现,蒙骗好人。卢道亮说,话不能这么说,得用证据说话。

陈小桃每周都能收到卢道亮的前方来信。马九龙到前线后,却很少和秋莲联系,没来过一封信,只打过一两个电话。马九龙认字少,让他写封信比让他打一仗都难,所以他不愿写信,再就是他全部心思都用在打仗上,电话也顾不上打。然而秋莲丝毫不怪他,他一辈子不来信不打电话,她都没意见。她甚至想过,如果他死在前线,她可能都不会难过的。

秋莲为自己的这个想法吓了一跳。

这一天,秋莲突然接到马九龙打来的电话,他兴奋地说:"老婆,你老家被我们解放了！我团最先上的厦门岛，一口气捉了三千多个俘虏！奶奶个熊，国民党真是不经打。"

秋莲愣了愣说："祝贺你，老……马。"她想学家属们常挂在嘴上的那样，称呼男人为"老公"，但她说不出口，只得临时改口为"老……马"。

放下电话，秋莲想明白了——国军为什么那么不经打？因为共产党里面，马九龙这样的人实在太多，国军怎么能打得过他们呢？如此说来，父亲当初真是选错了队。父亲曾经说过，他从黄埔军校毕业的时候，国民党和共产党都来争取他，他认定跟蒋校长走更有前途，所以选择了国民党，没想到最终落得那样一个下场——死无葬身之地。

她差点儿又要哭。

五

一九五〇年秋天之前，马九龙所在的兵团一直在福建沿海驻防训练，家属们私下传言，说是为打台湾做准备。马九龙给秋莲的电话里也不避讳，他说："如果真打台湾，我想第一个登上台湾岛，亲手活捉老蒋，送到北京献给毛主席。"听得秋莲心里一咯噔。

自打新婚一别，他们一直没再见面。上个春节，不少干部回上海休假，马九龙回不来，打电话让秋莲到福建军营探亲。她犹豫再三，感觉如果不去，会被他察觉有问题，陈小桃的眼睛贼亮贼亮的，也盯着她呢，只好硬着头皮订了火车票。正要动身时，突然感冒发烧，到单位一量体温，四十一度，只能住院输液。

除夕夜她是在本院病房度过的。不去见老马，这个理由再好不过，她暗暗庆幸。大年初一，卢道亮两口子突然来看望她，代表师首长向她表示慰问，还带来了一饭盒水饺，又让她感觉对不起共产党的组织，对不起老马。病好以后,她打算去看老马。老马却在电话里说,探亲的家属们都走了,你还是别来了,影响我工作。

一天,她拐到南京路上的邮政局给老马发一封挂号信,为的是见高伦。高伦外出送信送报刚回来,一脑门的汗,他瘦多了。他们躲到没人的地方,小声交谈了几句。高伦情绪低落,说他刚刚侥幸躲过一场身份审查,差一点暴露,下一次不知能否躲得过。他提出,虽然接不到上峰的命令,但是遇到危险,是可以撤离的。

"往哪儿撤?"秋莲问他。

"……我一时也想不出来。反正先离开上海,出去再想办法。"

"全国很快都要解放——噢噢,是沦陷,你跑哪儿能有安全?"

"……我看最终得想办法到台湾去。"

"他们很快要打台湾。"

高伦哑口无言,面色焦虑。

秋莲最后对他说,共产党的人常讲,越是最危险的地方往往越安全。她认为,眼下在上海,二人是最安全的,只要一离开,会一路有危险。她让高伦不要紧张,以后或许她能保护他。高伦眼睛都红了,说,没想到,到头来我要你个女人保护。

十月份,马九龙突然回到上海家里,说是路过,回家看看。一年多不见,他并未像秋莲想象的那样,进门就上床。他情绪似乎不高,抠着脚丫子,半天才说:"他娘的,便宜了老蒋。"

秋莲小心翼翼地问:"怎么了?"

"我们在海上练了半年,白练了!"

"不打……台湾了?"

"美国佬不让打。"

她不由自主地松了一口气。

"怎么?我看你有点高兴……你家台湾有亲戚?"

秋莲吓得一吐舌头，赶紧说："才没呢！才没呢！"

夜里，躺在床上，马九龙告诉怀中的秋莲，他们部队可能要到朝鲜去。秋莲愣一下，说不上是喜还是忧。其实最近已经有几支大军坐火车路过上海北上，家属们经常凑一块议论，说是主力部队要到东北去，有可能开到朝鲜跟美国佬打仗。秋莲问道："真要跟美国打？"

马九龙捏一下她的小乳头，算是回答。

"美国人可是不好惹……能打过他们吗？"

马九龙犹豫一下，又轻轻捏了下她的小乳头。

"……你能否不去？"

马九龙这回没捏她的乳头，而是微微摇了摇自己的头。

"你要是有个什么意外，将来我靠谁呀？"她脑袋靠在他胸脯上。话毕，她才意识到，可能刚才又把身边人当成高伦了。

马九龙叹口气说："你以为我想去？打跑老蒋，本以为天下太平，可以老婆孩子热炕头过小日子了。让打台湾，咱没话说，那是咱国家自己的事，必须打，为了国家统一嘛。可是朝鲜，关老子鸟事！"

"那你可以不去嘛……理由很多呀，你受过那么多的伤，到了朝鲜，听说很冷，你会顶不住的。"

马九龙感觉到有些不对劲，轻轻推开她："小许，你想拖我后腿？"

她赶紧说："不是不是，我是担心你身体……"

他又伸手把她揽到怀里："这你放心。尽管去朝鲜心里有疙瘩，但是只要毛主席有命令，我马九龙绝不含糊！美国佬仗着武器好，牛烘烘，说是武装到牙齿了。老子偏偏不怕，我就不信，他能把老子的蛋给咬下来。是不是英雄好汉，跟美国人比试比试，就知道了！"边说边用力捏了下她的乳头，疼得她叫唤起来。他松了手。

像去年结婚时那样，马九龙这次在家又是只住了一个晚上。他说团里的弟兄百分之九十九没老婆，他能回来和老婆睡一晚，已经是享了天大的福,人不能太贪。临走,他还是那句话:"如果我战死,家里所有的财物归你,再嫁个人好好过日子。"

秋莲也还是那句话:"胡说什么呀,我等你。"

马九龙意犹未尽,盯一眼秋莲的肚子,又道:"小许,要是你怀上我的种,我又回不来的话,无论如何,请你把孩子生下来,男孩叫他姓马,女孩叫她跟你姓许。拜托!"

说罢,他冲秋莲敬了一个军礼,转身噔噔走了。

秋莲眼里涌上了泪,说不上为什么,心里酸酸的,她冲老马的背影点点头,用力说道:"老天保佑,你会没事的……"

六

马九龙走了后,一直没音信。广播里说,中国人民志愿军入朝了。家属们凑到一起议论最多的就是这事,她们的老公也都入朝作战了,大伙儿都很为自己老公担心,说话都不敢放大声,笑声也少了。秋莲每天上班,早走晚归,偶尔参加一下大伙儿的聊天,都是陈小桃拉她进来的。她把聊天内容默默记在心里,一旦上峰派人来找她要情报,她能提供的只有这些了。

国家号召为前方将士捐款捐物,支援抗美援朝。秋莲二话不说,把自己值钱的东西都捐了——共有两枚金戒指、一条金项链、一只金手镯,还有母亲生前留给她的一副和田玉手镯——那是上等的和田玉,是父亲当年给母亲的定情礼物,很值钱的。母亲特意交代,这东西留给她做结婚礼物,让她和高伦结婚的时候戴上,算是爸爸妈妈的一份祝福。秋莲想,既然父母都不在了,自己也很难再与高伦结婚,不如捐了吧。

当然,捐这些值钱的东西,她没敢声张,否则让陈小桃知道了,又会盘问她,你一个无父无母的小护士,哪来这些值钱的东西?她一个人悄悄来到南京路捐款捐物大会现场，把东西丢到大红箱子里就离开了，工作人员要她登记姓名单位，她也拒绝了。

陈小桃鼓动军官家属们捐款，秋莲只好又捐出三个月的工资。她那么大方，家属们纷纷冲她竖大拇指。陈小桃雷声大雨点小，只拿出一个月工资。

仍然是一直没有马九龙的消息，秋莲偶尔冒出个念头：他会不会被美国人打死了？如果他死了，自己会难过吗？她拿不准。夜深人静的时候，一旦冒出这种不祥的念头，她又害怕。到后来她发现，她是不希望他死的，毕竟他们是夫妻。俗话说一日夫妻百日恩，虽然婚后他们只在一起过了两个完整的夜晚，但从时间上说，他们的夫妻关系已有一年多，"恩"谈不上似海深，却还总是有一些的吧？况且他们之间没有"仇"，父亲又不是他打死的，所以秋莲终归希望他活着回来。

那段时间，秋莲和高伦见过两次面，一次是在邮局，一次是在小饭馆里，他们交换过看法，都认为朝鲜这一开战，美国太平洋舰队进驻台湾海峡，共军再想打台湾，不可能了，他们无法开辟两个战场，他们的木船也不敢与美国的航空母舰较量，台湾暂时是安全的，确定无疑。

高伦这时候又动了带秋莲去台湾的念头。秋莲说，我们又不是鸟，怎么过得了海？高伦说，我暂时也没办法，先退出上海再说吧，不行就从缅甸走，偷渡到越南，再坐船到台湾。高伦手头还有一大笔活动经费，是美元，老K撤退时留给他的，用这笔巨款搞定边境上做偷渡生意的人，应该没问题。秋莲想了想，觉得这一走，一路上会像唐僧师徒去西天取经那样，千难万难，说不定把命搭上，都是很有可能的。秋莲就很犹豫。高伦眼泪都快下来了，央求她，无论多难都要走，他就想跟她在一块儿。

秋莲看出来了，高伦是想跟她在一起。他太爱她了，当初一念之差没带她走，还傻乎乎地同意她暂且嫁给姓马的，他后悔得肠子都青了。

现在走，正是个机会！秋莲考虑了两天两夜，决定听高伦的，跟他走，大不了死路上，要死死一块儿，那样自己良心上对他的亏欠会少一些。

他们约好，周末的晚上走，先辗转去昆明。晚饭后，到了高伦来接她的时间，她心跳得咚咚响，喉咙发紧，像有一根小绳子在勒。她咬咬牙，提起旅行袋往外走，到了门口，感觉天旋地转，恶心得很，跪下哇哇大吐，连胆汁都快吐出来了。陈小桃就住隔壁的平房，闻声跑过来，一看立马明白了，赶紧叫车把秋莲送到了军医院。

秋莲怀孕了，妊娠反应相当厉害，医生提出住院观察。听说她老公上了朝鲜前线，医院里的小护士们热情得很，轮流跑来照顾她，再想脱身不可能了。高伦作为她名义上的远房表哥，过来看过她一回。他情绪还好，认为走不脱是天意，没有怨天尤人。他小声对秋莲说，最近他听美国之音，还有"那边"的广播，都说第三次世界大战很快会爆发，到时候美国盟友会帮助"那边"反攻大陆。"莲儿，我们哪儿也不去了，就在原地迎接王师北上。"他颇有点兴奋。

秋莲惦记那笔巨款，说放在哪儿都不保险，万一露馅怎么说得清？不如借机捐了。高伦想想也对，抽空来到离邮政局不远的捐款捐物现场，把那捆用报纸包着的美元投进了捐款箱。

三十三团副团长曾之力的家属曹小慧和秋莲比较要好，曹小慧平时话不多，在街道工作。她和曾副团长结婚快两年了，一直要不上孩子，她很羡慕秋莲怀孕，盼望丈夫早点从朝鲜回来。没想到，她盼来的不是活着的丈夫，而是一张阵亡通知书。曹小慧当即就瘫了。秋莲和陈小桃过去安慰她，陪着她哭。陈小桃往回赶秋莲："你不能哭，你肚里有货，赶紧回家躺着去。"

后来又有家属接到阵亡通知书。家属们心里都在盘算，谁会是下一个？于是都有点恓惶。秋莲不怕，没事似的。妊娠反应过后，她不要单位照顾，坚持每天坐公共汽车上下班，在科里一点都不搞特殊，脏活累活抢着干，弄得全院都很感动。她是个战斗英雄的家属，她的所作所为，那就是个少见的典型啊！

院里决定给她增加一级工资，她坚决拒绝了。说自己所做，都是应该的，科里的护士，哪一个都很辛苦，单独给她涨工资，对别人不公平。

肚里的孩子每天都有变化，让秋莲格外操心，她差不多快把老马忘了。这天陈小桃通知她，到火车站参加一个活动，必须去。她去了。到了那里才知道，是迎接战斗英雄回国。

很多人在站台上敲锣打鼓吹喇叭，气氛非常热烈，快要把站台的顶盖掀起来了。一列火车停下，十几个战斗英雄鱼贯而出，出现在站台上，一排中学生上前献花。秋莲看到，英雄里头个子最高身板最壮的那个人，是老马。原来他还活着啊！秋莲不觉眼睛湿了。她摸摸肚子——孩子的父亲活着回来了，她终于吐出一口长气。

老马也看到了她，不顾有领导正要对着麦克风讲话，把手中鲜花扔向人群，拨开众人朝她走来。所有人的目光都望向他们二人，场面出奇的安静，都有点傻眼，不知所措。老马走到她跟前，不说话，想抱她，又没敢。她羞红了脸，不敢看他，不知怎么就看到老马一只胳膊的袖子被风吹得老是飘，飘呀飘，她伸出手一摸，空的！

马九龙少了一只胳膊！

她愣着的工夫，马九龙豪迈地举起右手，钩起食指，大声说："没事儿，不耽误老子打枪。"

七

尽管有了心理准备，但当秋莲伸手抚摸马九龙断臂的茬口时，还是忍不住落了泪。老马伸出右臂把柔弱的她揽在怀里，摸着她隆起的肚皮说:"小许,行啦!你怀了小崽子,我丢了胳膊,这一得一失,扯平了!我命还在,当是赚啦!"

晚上进了被窝,说起掉胳膊的经历,马九龙竟然哭了。这让秋莲骇然——上次中了三弹差点毙命,他一滴眼泪没掉,今天是怎么了?

马九龙抽抽搭搭地说,他们部队原本打台湾,给拉到朝鲜去,棉衣都没换齐,到长津湖布防,那狗地方太冷了,他一个团,一晚上冻死四百多,剩下的全冻伤了,他的胳膊就是那晚上冻掉的。他太憋屈了,不能当着部下哭,不能当着上级哭,回到家里,得当着老婆面哭一场。

秋莲拍打着他结实的后背说:"老公,想哭你就哭,我听着。"

话一出口,她有点吃惊——以前她叫他"老……马",从没叫过他"老公",今天是第一次,不知怎么就滑出口了。"老公"这方面很迟钝,没什么反应,顾自抹把泪,说:"我的团没有败给美军,败给了朝鲜的严寒。那狗地方,老子一辈子不想再踏上一步。"

秋莲很好奇,问他团里死了那么多人,怎么还成战斗英雄了?他说,在接下来的战斗中,他带领全团冻伤而不下火线的弟兄,干掉了美军一个加强连,他用一只胳膊活捉了美军的一个中校。

她真有点佩服他了,乳房贴紧了他厚实的胸脯。

停了停,他又说,他的团六七百弟兄再也回不来了,彻底埋那儿了,自己却回来陪老婆,他觉得对不起死去的弟兄。说罢,他又哭起来。秋莲轻轻拍着他的背,不说话,听他哭。

末了,他说:"小许,我身上少了个零件,如果你想离婚就提出来,我签字。"

秋莲伸手捏了他屁股一下。

马九龙回国后,做了几场报告,他认字困难,不按稿子来,经常临场发挥,扯东扯西,效果却出奇的好,但他又老是夹带粗话,影响志愿军形象。上级领导决定把他从报告团拿下来,送到荣军医院疗伤。在那里待了没几天,他就闹着出院,说自己享不了这个福。荣军医院不同意,他干脆逃回家里,谁来叫也不去。没多久,他又要求回前线。

吴师长现在是副军长,吴副军长回国开会,顺便回上海看看老婆孩子。听说马九龙胡闹,把他叫过来臭骂了一顿,说,你一条胳膊,回朝鲜干什么?噢,让美国鬼子以为我大中华没人了,派个独臂家伙来打仗,国际影响多不好!再胡闹,你就离开我这个军,转到地方工作。

这话把马九龙给镇住了。

四个月后,秋莲生下一个男婴,马九龙给儿子取名马小天。有了孩子,这才真像一个家了,秋莲似乎完全忘了自己的真实身份,也把高伦忘了,整天洗尿布喂奶,身上带着尿臊味和奶香味。直到有一天,她从报纸上看到,高伦被评为全市邮政局系统的劳动模范,五一劳动节那天,和众多劳模一起,佩戴大红花,受到陈毅市长接见。

马小天满月那天,秋莲打算置办几样好菜,提出请"表哥"来一块儿给儿子摆满月酒。马九龙知道秋莲有个远房表哥叫高伦,只是一直没顾上见面。秋莲在上海就这一门亲戚,而且还是全市的劳动模范,叫他上门是件增光添彩的事,于是满口答应。秋莲给高伦打电话,请他来家里。高伦电话里犹豫不决,怕露了馅,毕竟他心里胆怯。秋莲说,越是大大方方越没事,你怕啥?有我在,老马他能吃了你?以后还得靠他帮你呢。

高伦提着礼品上门,受到马九龙热情接待。他这一天的表现非常得体,居然和马九龙越聊越近乎,二人喝光了一瓶白酒。对于小许的这个"表哥",到底是姑家的还是姨家的,马九龙一直没弄明白,他也不想弄明白,反正是许秋莲家的亲戚,就是他马九龙的亲戚。马小天跟高伦也不见生,平时外人一抱他,他就哭号,高伦抱他,逗他玩,他笑眯眯的,一声没哭。

高伦顺利走脱之后,秋莲松了一口气,有这个开头,以后她和"表哥"加强来往，也就顺理成章了。

马九龙看上去粗，有时却很细心，他听说高伦至今单身未娶，便和秋莲商量，把曹小慧介绍给他如何？曹小慧很贤惠，曾之力牺牲后一直未嫁，而且没有孩子拖累。秋莲觉得这个主意好，心想如果他们成了，高伦不仅解决了个人问题，使她少了一份歉疚，更重要的是，有曹小慧烈士遗孀的身份做掩护，高伦更加安全不是？高伦安全，她就安全。她有老马，高伦有曹小慧，算是双保险了。

这个时候，她真心希望过去的上峰把"野鸡"和"公牛"遗忘，不再联系他们，让他们自生自灭。也许那个老K早已死在共产党的监狱里，他一死，一了百了，岂不更好！

秋莲出面给高伦和曹小慧牵线。曹小慧羞答答同意见个面，高伦则不干。他在电话里对秋莲说，他这辈子不会再有爱情，因为他的爱情已经死亡。放下电话，秋莲知道他已铁了心不娶，自己伤了他，深感对不起他。但事已至此，又能怪谁呢？

过了一段时间，马九龙惦记这事，问秋莲，你那个表哥，他考虑得怎么样了？是不是嫌人家曹小慧是个寡妇？秋莲说，那倒不是，他这个人有点怪，不希望别人给他介绍女朋友，他想自己发展一个。又说，他这方面的事，以后我们不用替他操心了。

秋莲的产假是三个月。假期一到，她就去单位上班，把孩子丢给了赋闲在家的马九龙。马九龙只看了三天孩子就不干了，亲自打电话替秋莲请了事假。他是著名的战斗英雄，又是伤残荣誉军人，他出面，谁也得给他个面子。

不久，高伦以看望外甥的名义来与秋莲接头，告诉她，上峰派人和他建立了联系。这个消息让秋莲脑袋嗡嗡直响。她硬着头皮问，上峰有何指示？高伦说，没有特定的任务，只是嘱咐"野鸡"和"公牛"不要忘记使命，耐心潜伏，一旦第三次世界大战爆发，好做内应。秋莲长出一口气,说,安全为上,我们还是待着别动为好。高伦不同意,他认为秋莲婚后安于过小日子,忘记了自己的使命,辜负了党国的栽培,她得利用自己的有利条件,多搜集一点共军内部的情报,适当时机传递到"那边"去。

秋莲虽然心里害怕,但嘴上先答应了下来。她嘱咐高伦,无论如何不要冒险,她发现高伦最近胆子大了点,不那么谨慎了,这样会很危险。高伦却说,自己已将生死置之度外,大不了被共产党抓住掉脑壳,有啥了不起,杀人不过头点地,他早做好了心理准备。高伦走后,秋莲眼皮子直跳,生怕他出个什么差错,连累自己不说,马九龙、马小天也得跟着遭殃。

八

马小天刚满周岁,一直赋闲在家的马九龙接到了新的任命,到驻防安徽蚌埠的十七师担任副师长,早前,卢道亮被任命为该师政委。两个老战友又可以聚到一块儿了。

上级要求各级领导干部做到"人走家搬"。问题这就来了——陈小桃迷恋大城市,不愿把家搬到"和乡下差不多"的蚌埠去,她来动员秋莲,说,咱姊妹俩统一思想,就是不搬,法不责众嘛,顶过这阵儿就没事了。

马九龙却提出全家搬走,把老婆孩子户口迁到蚌埠去,房子上交,不留尾巴。秋莲虽然也舍不得上海,尤其是将来儿子要上学,上海教学质量肯定要好过蚌埠,但是她更想离高伦远一点。最近高伦老是催她弄点有价值的情报,好给上峰交差,她一直拖着,说自己接触不到共产党的秘密,老马已经半年多没上班,没有文件可看。利用这个机会离高伦远一点,日子会平静地过下去——秋莲想得最多的是这个,所以马九龙的意见,她完全赞同。

这样就无形中得罪了陈小桃,也许还得罪了卢政委。陈小桃的主意,谁敢说不是他出的?

到蚌埠去,秋莲的工作安排可以借机做个调整。马九龙早就不希望她当护士,太累不说,还顾不上家。他打谱让秋莲穿军装入伍转干,军队领导干部家属半截子入伍转干的情况很多,当护士的,当干事的,当保密员的,都有。秋莲和她们比,哪方面都不落人后,入伍转干不成问题。

秋莲听老马说出这个打算,心里怦怦乱抖。她竟然要混入共军的队伍里来了,连自己都觉得滑稽,不可思议,像做梦。她对老马说:"老公,我还是不入伍吧?"

"为啥?"

"……我觉得自己不够格。"

"你谦虚啥!你不够格,谁够格?别扯了,这事我说了算。"

秋莲把这个消息透露给高伦。高伦说要请示上峰。很快他回话说,上峰的意思是,"公牛"务必借这个机会打入共军内部,潜伏下来,为以后多多获取有价值的情报,做好铺垫。

秋莲只得咬咬牙对老马说:"老公,那我听你的。"

事情报到卢道亮政委那里,卢政委旧话重提,说许秋莲历史问题不清,有漏洞,尚未查实,入伍一事暂且搁下。马九龙为此大为光火,他跑到卢政委办公室里拍桌子,说,你们政工干部老是戴有色眼镜看人,见人就往坏里想,我马九龙天天和许秋莲同志睡一块儿,在我眼里,她就是个好女人!我还是那句话,如果你查出她有啥问题,怎么处分我都认,杀老子的头都可以!

卢道亮其实很不愿意和马九龙一个锅里抡马勺,他憷这人的臭脾气,天王老子都不怕,你不同意他老婆入伍,他会天天来闹,骂骂咧咧，不像个领导干部的样子。陈小桃给丈夫出主意说："你就让她入，到个部队，派个人好好盯着，一旦她有什么蛛丝马迹，立刻抓起来嘛！"

卢道亮说："那你也入伍，一块到蚌埠师部，你负责盯她。"

陈小桃撇撇嘴说："我职务太高了，到你们师里，不好安排，除非你给我解决个正团职务。"

陈小桃这时候已经是上海市文化局的处长，分管剧团工作。她不愿离开上海，除了迷恋大城市外，她认为如果离开，职务上会吃亏。

秋莲的入伍问题很快解决了。卢道亮亲自找马九龙谈话，严肃提出，不能把许秋莲放到重要的部门，不要让她接触机密性的文件。马九龙痛快地答应说："这样好，你省心，我也省心，她还是到师医院干护士。"

卢道亮点点头说："老马，你理解就好。上级关于审干的要求你也清楚，我是防患于未然。"

马九龙抬起独臂，给卢政委敬个礼就出去了。

一九五五年授军衔的时候，秋莲按规定可以授中尉军衔，她给师医院领导写报告，主动要求降一格，说自己刚入伍不久，思想觉悟还不够高，因为带孩子，影响了工作，授少尉就可以了。师医院领导征求马九龙的意见后，同意了。而其他几个师领导的爱人正在到处找人活动，要求高授一格。卢政委拿许秋莲说事，对那几个家属说："你们怎么不向人家马副师长的爱人看齐？该多高就多高，谁也不能高授。"

在师常委班子的夫人中间，秋莲后来成了受孤立的一个，没人和她拉近乎。她也不主动和别人来往，除了带孩子，就是照顾老马。到蚌埠第二年，她又生了个女孩，马九龙给女儿起名马小云。

离开上海后，确切地说是离开高伦的视线之后，秋莲感到很开心很踏实，比先前轻松愉快多了。她感觉都要快把高伦忘了，只是每年过年的时候，才想起他来，赶紧给他寄一张贺年片。

到后来，秋莲真的把高伦忘了，脑子里除了工作，就是丈夫、孩子，整天忙得团团转，连化妆的时间都没有，一年到头穿军装，没有一件像样的便服，快成黄脸婆了。

直到有一天，马九龙回家来，说："小许，你不像话。"

"怎么了？"她一惊。丈夫以前很少这样说她。

"你那个表哥，高伦，今天碰上我，怪你不关心他，对你意见蛮大。"

秋莲如堕雾中——老马怎么碰上他了？她有一种大白天撞见鬼的感觉。

原来高伦在上海的单位分到了一个支援落后地区的名额，说白了，就是下放，单位的人唯恐避之不及，纷纷找各种理由开脱，已经当上邮政支局办公室副主任的高伦主动报名，上个月来到蚌埠市邮政局担任办公室副主任，今天马九龙代表师里到邮政局走访，突然与高伦打了照面，简单聊了几句。马九龙感慨道："你这个表哥，真可以。听说他还没入党，他比我们好些共产党员觉悟都高。"

弄明白情况后，秋莲苦笑笑，心情变得异常沉重。马小天把妹妹弄哭了，马小云一个劲地号，秋莲很生气，上去一人一巴掌，把两个孩子打得可着劲地哭，像比赛一样。马九龙有点傻眼——小许以前可是从没打过孩子的，真是年纪大了，脾气也见长。

看来想过踏实日子，那是痴心妄想。秋莲想，上峰不会轻易放过他们的，高伦来蚌埠，一定是接到了新的任务。

秋莲提心吊胆地过日子，既怕高伦来找她，又希望他早点来，来把事情说清楚，看看能有什么好对策，应付过去。然而高伦却一直没来，她主动打了个电话，约他来家里吃顿饭，说，表哥，你还没见过外甥女小云呢。高伦以刚调来工作忙为由，推掉了。

师部机要室的保密员胡家梅生小孩，需要找一个女同志临时到机要室工作一段时间，司令部情报科梁科长到师医院选人，因为这里女同志多。黄院长头一个推荐了许秋莲，说她表现非常优秀，工作认真细心，口风严，社会关系简单，干这个比谁都合适。秋莲成了主要人选。

一个周末，马九龙派车把高伦接来家里吃饭，秋莲战战兢兢地在家迎接他。两年多不见，她发现高伦更瘦了，穿一套深灰色的旧中山装，面色苍白，目光深邃，像一个小学教师。席间，马九龙提起秋莲到机要室工作的事，说还是去那里好，正常上下班，不用值夜班，不像当护士，每周要值两个夜班，弄得夜里孩子没人带。秋莲却是态度坚决地拒绝，说自己就是想去，卢政委也不会同意，他不是一直防着咱吗？马九龙说，这个他来想办法，卢政委去南京军事学院读书，一年后才能回来，这事可以不用请示他。

高伦本来无精打采的，一听说秋莲有可能接触到秘密，给她使了好几个眼色，意思是让她答应下来。秋莲赶紧转了个话题，说起小云不到一岁就会叫爸爸妈妈哥哥了，叫声舅舅听听？小云果然清晰地叫了一声舅舅，马九龙高兴地拿筷子蘸了一点酒抿到小云嘴里，把小云辣哭了，搞得好不热闹。

九

秋莲到师机要室上班没多久，高伦约她见了一次面，地点在秋莲家里，因为马副师长的家里最安全。高伦给小云带来一个玩具猴，两个孩子抱着塑料猴出去玩了，高伦低声说："'公牛'你听着，上峰听说你有了新岗位，能够大量接触共党共军的机密，很高兴。你加入组织后，寸功未立，希望你近期有所作为。"

秋莲心里一个劲地哆嗦，但她不能让高伦看出来，她强作镇定："……我刚去机要室，不好马上下手，稍等一下不可以吗？"

高伦说:"你曾经当我面答应过老K,不背叛组织,说话得算数。"

秋莲说:"我说话算数。"

高伦说:"现在组织需要你表现。如果不听从指令,你知道后果会很严重。"

秋莲心一抖,头一低说:"我知道……要哪方面的?"

高伦沉吟片刻:"十七师作为共军头等主力师,横亘在京沪之间,北临徐州,南接南京,地位重要,你先把该师的家底摸清楚,比如有多少人,多少枪,多少坦克,多少火炮。这个不难吧?"

高伦走了后,秋莲一天没吃饭,她很恐慌,担心迈出第一步,他们会没完没了怎么办?这么搞下去,早晚会暴露,自己被抓被杀也就算了,她不怕下地狱,关键是她不想连累老马和两个孩子,他们是无辜的呀。

她甚至设想过,如果他们硬逼自己铤而走险,那么她就和老马离婚,这样以后出了事就不会拖累他。

更极端的结局她也设想过——偷走文件,然后自杀,就算效忠"那边"吧,证明她说话算数,没有食言。

拖了一段时间,她深感再拖下去,那个她从未见过面的上峰如果发火,后果或许更糟糕,于是硬着头皮约"野鸡"见了一面,地点在邮政局大厅。她去那儿寄一封信,"野鸡"在门口等她,她把一个纸卷无意中丢到地上,"野鸡"装作没事一样捡起来,情报就算传递成功。

那个纸卷上写着十七师的全部实力:一万一千二百一十三人、八千七百三十支各类长短枪(其中重机枪九十二挺)、二十辆苏式T54A型坦克、一百三十门各类火炮。

做完这一切,秋莲吓出一身汗,腿抖了好几天。不久,高伦打电话给她,说她提供的东西已经转交到"那边",上峰对此很满意,希望她注意自身安全,暂且不要盲动,听候指令再立新功。

她终于吐出一口长气。

她提供的那份情报，完全是她瞎编乱造的，与事实出入很大，有的完全不靠谱。她最担心被上峰识破，进而惩罚她，甚至下狠手，殃及她的家人。现在看来，蒙混过关了。晚上孩子们睡了后，她主动拿乳房去蹭马九龙，把老马撩拨起来，二人疯狂地爱了一回。

后来好长一段时间，上峰没再给她新的指令，她的小日子渐渐恢复了原状。

卢道亮从南京军事学院学习回来，在机要室门口遇到许秋莲，感觉不对劲，马上把情报科梁科长叫来问情况。梁科长说许秋莲同志在这里表现很好，工作非常认真敬业，比胡家梅强多了，打算正式给她下机要员的命令。卢道亮忍住火气，打发走梁科长，又把师医院的教导员张金栓叫来问情况。张金栓是卢道亮安排的"眼线"，多年来一直负责"盯梢"许秋莲。张金栓严肃地说："政委，许护士离开医院前，我没发现她有什么异常。"

"她平时都和什么人来往密切？"

"除了工作上的关系，她几乎不与任何人来往。噢，她在地方上有一个表哥，市邮政局的办公室副主任，名叫高伦。他们偶尔有来往，一般是高伦来马副师长家里，没发现许护士单独和高伦见面。"

"这个高伦，表现怎么样？"

"侧面了解过，表现很好，本人主动从上海下放来这里工作的。"

卢道亮猛吸了两口烟，把半截子烟往烟灰缸里一摁："他为什么主动从上海来这里，而不去别处？是不是他们之间有不可告人的秘密？"

张金栓无法回答。卢道亮挥挥手把他打发走了。

卢道亮一回来，秋莲像是遇到了救命稻草，赶紧去找，她请卢政委批准自己离开机要室回医院，说这里太憋闷，她实在不适应。卢道亮答应考虑一下。她一走，卢道亮又打电话把梁科长叫来，叮嘱他不能给许秋莲下机要员的命令,让她回原单位。

梁科长不解,提出了自己的疑问,说马副师长升任师长的命令听说到军区了,很快就会宣布,这时候把他爱人打发离开师机关,不太合适吧?卢道亮表示,马师长的工作他来做。

当初许秋莲入伍的时候,卢道亮与马九龙有过一个口头约定:不能把许秋莲放到重要的部门,不要让她接触机密性的文件。后来因为一时疏忽,违背了那个约定。卢道亮找马九龙一谈,马九龙痛快地接受了,说:"政委,你没回来时,娘儿们天天给我闹,要求回医院,不是我不答应,是梁科长不放。现在你来做这个决定好,让她滚回去!"

恰好这时候,秋莲又怀孕了,反应挺厉害,已不适合在机要室干,这样她回原单位也就顺理成章了,顺便保全了马师长面子——不然,政委把师长老婆赶出师机关,对外不好解释呀。

年底,秋莲又生下一个男婴。给孩子起名的时候,马九龙大嘴一咧说:"小三叫马小地!哥哥马小天,弟弟马小地,将来他们哥俩要做天地之间的好汉子!"他为自己起的名字得意,兴奋地嗞嗞嗞。

秋莲犹豫半天,终于把想说的说出了口:"老公,我们许家就我一棵老苗子了,能不能给我许家留一棵小苗苗?"

马九龙一怔,哈哈笑了,说:"怎么不行!叫他跟你姓许,叫许小地!"

秋莲扭过脸,悄悄抹去眼角突然涌出的泪珠,柔声说:"谢谢老公了。"

后来秋莲感觉叫许小地不如叫许小弟好,去派出所上户口时把名字改成了"许小弟"。

到这时候,秋莲认为生孩子的任务算是完成了,以后和老马过夫妻生活,她就采取措施。老马开始不接受,在她坚持下,到底还是接受了。

十

一九六二年初,高伦来家里见过秋莲一次,兴奋地告诉她,"那边"要"反攻大陆",大军要在东南沿海一带登陆,叫她做好准备,迎接"王师"。

她没太当回事,心里说,"王师"还是安安静静在"那边"待着为好,解放军可不是好惹的,这些年她亲眼所见,你来十个"王师"都不是人家对手呀!

小弟过生日那天,高伦不请自来,和马九龙喝了一顿大酒。马九龙竟然喝醉了,去卧室呼呼大睡。高伦兴奋异常,毫无醉意,他说自己"人逢喜事精神爽"。秋莲问他,什么喜事?你谈恋爱了?他小声说:"莲儿,我见到老K了,老K带来了上峰新的指令。"

一句话吓得秋莲差点尿裤子。秋莲愣了半天,才道:"老K……还活着?"

"活得好好的。"

"……这些年,他躲哪儿去了?"

"他去那边了。不久前又派遣回来的。"

"怎么回的?天罗地网的,他又不是孙悟空。"

高伦轻轻一笑,竖起右手食指往天花板一指:"跟孙悟空差不多。他是美军飞机空投下来的,落到蚌埠南郊,进城找到了我。"

秋莲侧耳听了听,老马睡得正香。她脸色很难看,像喝多了酒一样,腿肚子直抽。高伦没事一样,语气平静地说:"老K命令你搞一份共军中央军委最新的对台防御部署,要快。"

"我弄不到!我早不在机要室了。"秋莲急了。

"这种文件,不用去机要室。如果我没说错,老马书房的桌上就有。"他指了指对面书房半掩半开的门。

秋莲冷汗直冒,难以表态。高伦轻笑一声说:"好吧,这是最后一次,以后上峰再有指令,我去想办法,不难为你了。"

他轻飘飘地走了。秋莲假装去老马书房擦桌子,看到桌子上果然有一份中央军委关于东南沿海一带作战部署的机密文件。她哆嗦着手拿起来,马上又放下了。

蒋介石叫嚣"反攻大陆",十七师也加强了戒备。马九龙带领师工作组到下面检查战备情况,遇上二团新兵连搞投弹训练,他发现投的训练弹,很恼火,对二团团长一瞪眼睛说,啥时候了,你还玩虚的!二团赶紧组织新兵连改投实弹。

投弹开始,马九龙等领导坐镇现场观摩。一开始投得很顺利,颗颗实弹在远处爆炸,炸翻了一个个画有蒋介石光头像的木靶子,大家都乐开了怀。正笑着笑着,就见一颗手榴弹哧哧冒着烟朝观摩台飞来,所有人都愣住了!有人反应快,撅起屁股钻向蒙着绿帆布的桌子底下。手榴弹越飞越近,这时只见马九龙跳了出来,腾空伸手接住哧哧冒烟的手榴弹,顺势甩向一旁。

然而,手榴弹刚一离开他的手,就轰然炸响。他大叫一声倒地,被浓烟遮住。人们"师长、师长"地叫着,扑了上去。

马九龙胸前炸出三个洞,第二天才在蚌埠新建的一二三医院苏醒过来,像那次中三弹那样,他又到鬼门关走了一遭。

是一个名叫王世文的新兵,因为紧张,投弹时眼一闭,扔错了方向,差点炸死一个赫赫有名的师长。卢道亮指示二团把他关了禁闭,视后果再做处理。马九龙醒来后问明情况,要求原谅这个新兵,把他放回新兵连。听说这个兵回到连队时,全连的人都哭了。

秋莲那些日子就住在马九龙的病房里,日夜照顾。其间高伦来看望过一次,带来一大堆营养品。秋莲就怕他提那事,他偏偏提了,是在秋莲送他出院门时，他刚一说出口秋莲就火了，指着他鼻子说："我老公都快死了，你们还没完！不行我就自首，咱们一起蹲监狱掉脑袋！"

高伦却平静地笑笑说："莲儿你想多了，我已经回复老K，情况有变，恕难从命。"

秋莲不好意思地眼圈一红，说："对不起，我失态了。"

高伦望着秋莲，眼圈竟然也红了："莲儿，你都有白头发了。时间过得好快呀。莲儿，保重为上……"说罢，他微弯着腰，头也不回地走了。

回到病房，秋莲对镜子一照，果然看到鬓角隐约有几根白发，平时不但自己没发现，老马和孩子们也没发现，偏偏让高伦给发现了。

马九龙不到一个月就离开一二三医院回家休养。回家路上，坐在救护车里，他拉着秋莲的手说："小许，没有你，我不会恢复这么快。"秋莲把头靠在老马肩上，幸福地笑了。

晚上睡觉前，帮他洗过澡，孩子们过来数爸爸身上的伤疤，马小天说有十一个，马小云说有十个，许小弟呜噜不清，口水滴到爸爸背上。那些伤疤，有枪伤，有刀伤，有炮弹皮划过留下的伤，还有刚添的三处手榴弹片钻入形成的新鲜肉坑。以前的晚上，躺一个被窝里，自己光滑的皮肤碰到那些伤疤，秋莲感觉很不舒服，现在的晚上，如果皮肤碰不到那些伤疤，她反而感到不踏实。

一天晚上，睡不着，秋莲问老马："老公，你怎么就不怕死呢？"

老马说，上了战场，还是怕死的多，人都是肉长的，子弹不长眼睛，谁不怕死呢？他开始也怕死，后来发现，怕死也没用，该你死，你活不了，不该你死，你死不了，所以以后打仗，他都豁出去拼命，结果立了一个又一个的功，人还照样活着。

"这都是命吧，包括遇见你。"他握住她的手，少见的柔情。秋莲便感到，自己的男人是天下少有的英雄，这样的男人让自己碰上，这辈子值了。

十一

"文化大革命"前,就有传言说,马九龙调到军里当副军长,卢道亮到军里当政治部主任。"文化大革命"一来,这事就搁下了。

部队组织学毛选,老马脑子笨,背不下来,秋莲记忆力好,学"老三篇",她晚上加个班就背下来了。师医院搞比赛,数她背得准确,背得多。

她不光是死记硬背,她逐篇去理解,深感毛主席的文章写得好。解放前,她读过蒋介石的书,虽觉得也不错,如今与毛主席的书一比,感觉姓蒋的差太多。

她小时候学过绘画,一激动,拿起画笔画了一张毛主席像。宣传科要走拿去展览,看过的人都说画得好,比印的都好。军区报社的一个记者来师里采访,非要见见她,问她:"为什么画那么好?"她想了想说:"我是打心眼里佩服毛主席,是用心画的。"

她先是被评为全师学雷锋积极分子,接着又被评为师后勤系统学毛选积极分子,和各单位积极分子一起,佩戴大红花,受到师首长接见。卢政委亲自给她颁发奖状。她还是有点惧怕卢政委,不敢与他对视。马九龙站在边上,冲卢政委努努嘴,意思是:"我老婆可以吧?"卢政委哼一声,那意思分明是说:"我还得观察,是狐狸总要露出尾巴。"

秋莲抱着奖状,赶紧下台去了。

师医院反复催她交入党申请。像她这么能干的人,早在十年前就该入党了,她却拖着一直不写。一旦有人过问,她就说:"我感觉自己真的不够格,跟合格的党员比,还有很大距离,我还想再等等啊。"

她一直没有入党。认识她的人都说,马师长家属太谦虚了呀,她说自己入党不够格,那我们就更不够格啦。"

她不入党,师医院准备提拔她当护士长。这个她接受了,说:"护士长就是个多干活的岗位,让当就当吧。"

"文化大革命"初期,大家都觉得新鲜,闹革命嘛,人人有劲头。但是很快,就有人受到了冲击。

秋莲实在想不到,全师第一个受到冲击的人,竟然是马九龙!

老马的罪状主要有两个:一是五九年庐山会议后,他公然替彭德怀鸣冤,说朝鲜战场上彭总指挥得好。二是他多次说过,他虽然没参加过长征,但在南方丛林里受的苦一点儿不比长征路上的人少,别人一提长征多么苦他就来气,说老子也没少受罪呀。这是典型的诬蔑长征干部。

师常委会上,卢道亮责问马九龙:"老马,你到底说没说过这些屁话?"

马九龙没弄明白政委的意思,梗着脖子说:"老子就说过,怎么啦?"

卢道亮叹口气,摇摇头。他是希望马九龙不要承认,结果他这一承认,事情就难办了。

几天后,上级来电,马九龙停职检查,到位于宿州的部队农场参加劳动改造。

第二个落难的是卢道亮。

把卢道亮拉下马的不是别人,正是他爱人陈小桃。陈小桃比秋莲晚两年来的蚌埠,她本来不想来,后来因为与潘汉年案有一点关联,她一看不好,立马要求随军,火急火燎离开上海,到蚌埠市文化局当了个排名最末的副局长。

差不多有十年,陈小桃一直默默无闻,甘落人后。"文革"开始后,她带头造文化局的反,然后又造市政府的反,还想着造市委的反,当上了"红遍天下"这一派的副总司令。卢道亮反对她这么做,她干脆一不做二不休，写了一张大字报，公开揭露丈夫的"累累罪行"。其中最主要的罪行是，卢道亮亲口说过："主席那么伟大，什么都好，就是没讨到一个好婆娘。"他又说过："我就是觉得江青说话横，拿腔捏调的，配不上主席。"还说过："我老婆陈小桃，都比主席夫人好看。我卢道亮比主席有福气。"

卢道亮污蔑旗手，影射主席，引起轩然大波，地方和部队内部的造反派群起而攻之，把他关押起来，每天开会批斗。他要求到宿州农场劳动改造，造反派们根本不答应，秋莲去过一次批斗会现场，看到卢政委鼻子都被打歪了，头发剃成了阴阳头，看上去，人一夜之间老了十岁。

陈小桃为此出尽风头，当上了"红遍天下"的总司令。眼下她最大的愿望就是打败号称"天下红遍"的另一派，然后把市委的大权夺到手。她需要枪——枪杆子里面出政权嘛。

师医院现在没几人上班，都去闹革命了。秋莲每天坚持上班。这天她听到有人说，卢政委发高烧，快不行了。院领导想派个医生过去看看，派谁谁不去，都找各种理由躲开。秋莲说："我去吧。"按说她不是大夫，没法帮人看病的，但她愿意去，别人巴不得呢。她拿一个药盒，先回了一趟家，把煤球炉上炖着的一个砂锅取下来，放进一个竹篮里，然后去了关押卢政委的地方。

十冬腊月，卢道亮给关在一个废弃的仓库里，门口有军队造反派和警卫连的人共同把守。秋莲来到门口，看门的不让进。秋莲指着仓库里面说："如果卢政委病死、饿死在这里，将来你们谁也脱不了干系！"这时，警卫连的排长王世文过来查哨——他就是当年那个差点炸死马九龙的新兵。王排长二话没说，挥一下手，同意秋莲快进快出。

卢道亮蜷缩在仓库一角，已经奄奄一息。秋莲摸摸他额头，滚烫滚烫。她先是给他打了一剂退烧针，又打了一支强心针，然后揭开砂锅盖，拿小勺喂他鸡汤。这鸡汤原准备炖了给许小弟喝，小家伙前几天闹肚子，人瘦了一圈，得给他补补。

喝了十几口鸡汤，卢道亮苏醒过来，看看秋莲，再看看身边的药盒，全明白了。他沉重地叹口气说："小许，真没想到你会来救我……如果你再晚来一会儿，也许我就没命了……你呀，救了一个不该救的人。"

卢道亮话里有话。

"政委……"

卢道亮目光炯炯望着她："你让我死，难道不好吗？"

她不与他对视，也不说话，低头侧身摆弄着汤勺。

"小许，你恨我吧？"

她坚决地摇摇头："我不恨任何人，我只恨自己。"

卢道亮咳嗽起来，她放下汤勺，扶他侧身躺好，不轻不重地拍打他的后背。片刻，他好了，她说："政委，趁热再喝点汤。"

她继续喂他。不一会儿，他摇摇头，表示不想喝了，眼泪随即下来了。

"政委，你怎么了？"

卢道亮哽咽着说："小许，有今天，我卢道亮一辈子感谢你。"

"不，"她摇摇头，"也许该说感谢的是我。"

那天卢道亮告诉秋莲，陈小桃之所以恨他，是因为她想借五十支枪和一万发子弹。他拒绝了。昨天陈小桃又来这里见他，让他提供是谁保管着后山弹药库的钥匙，吩咐那把钥匙交出来。如果他配合，那么他就能获得自由。保管钥匙的人的确是他一手安排的，师里没几个人知道。他当然又拒绝了她。她气急败坏地宣布，与他断绝夫妻关系。

顿了顿，卢道亮喘着粗气说："不拿到武器，她不会甘心。我估计，找不到钥匙，她敢组织人过来炸开弹药库的门，时间就在这两天。"

秋莲说："政委，你都这样子了，就别再操心了。"

"不行！如果武器失控，不知会有多少人家遭殃！唉，要是老马在就好了，都怪我，没保护好他呀……"

卢道亮像个小孩子一样，扭过脸去呜呜地哭了起来。

十二

正像卢道亮预料的那样，当天夜里，陈小桃组织三十多个精壮男子，以开联欢会为名混进军营，突然包围了后山的弹药库，当即布置炸药包和爆破筒，准备炸开弹药库沉重的大铁门。

警卫连的几个兵上前劝阻，陈小桃一挥手，她手下的人亮出大棒一阵乱舞，把兵们赶跑了。

炸点布置完毕，陈小桃看看表，下令人员后退，准备起爆。就在这时，一个黑铁塔一样的壮汉，一只手擎着一只冲锋枪，出现在洞库上方，大喝一声："住手！"

谁都想不到，马九龙回来了！

他迎风站立，迅疾的风掀起他那只空洞洞的袖管，上下摆动，像一面旗帆。

陈小桃和她的部下一时都呆若木鸡。

原来，秋莲离开关押卢道亮的仓库后，越想越不对劲，赶紧想办法七折八转把电话打到宿州农场，找到了马九龙。马九龙一听就明白了，他放下电话，"偷"了农场的一匹马、一只冲锋枪，飞速骑行一百公里，终于赶在陈小桃下令起爆之前，出现在弹药库。

马九龙枪口抬高，对准陈小桃的方向，吼道："姓陈的臭娘儿们！赶快下令让你的人滚蛋！否则老子先一枪崩了你！"

陈小桃强装镇定，面带冷笑。她手下的人也有几支破枪，互相看一眼，纷纷举枪对准马九龙。

双方久久地对峙着。

最后还是王世文带警卫连的兵从背后包围了陈小桃的人，陈小桃腹背受敌，这才狼狈下令撤退。王世文上前，仰起脖子给马九龙敬个礼，说："报告师长！是我们失职……"

马九龙收起枪，当拐棍拄着："小子你听着，往后不管谁来抢夺武器，你就给老子开枪，打死人算老子的！听明白了吗？"

王世文再次敬礼："明白！"

"弹药库只要不出事，过后老子让你当连长！"

马九龙转身下了洞库。他没有回家，拨转马头回农场了。秋莲听说男人回来了，赶紧跑出来，只见到远去的一匹马的影子，一溜烟不见了。

半年之后，秋莲获准带许小弟到农场看望马九龙。见面时，竟然一下子没认出来，他老了许多，头发白了一半，腰也有点弯了，人又黄又瘦。她抱住他哭，问他："他们是不是虐待你？"

他说："没有。是我自个儿心里不好受，有好几个老战友给人打死了，还有一个自杀了。"

夜里，躺在破败房子里的地铺上，摸着他身体上数不清的疤痕，突然想起多年前上峰指令她"潜伏"在他身边时，曾吩咐过找机会"策反"此人。现在她特别想试一试，于是一咬牙说："老公，你是国家功臣，国家却这样待你。你恨吗？"

他一怔："恨？……恨谁？"

"……恨整你的人呀。"

"恨！"

"恨这个……世道吗？"

"……啥意思？"

"我是说，你恨这个……社会吗？"

他沉默着。

"我想,那边是不会这样对待功臣的。"

"那边……哪边?"

"……我不说,你知道的。"

他腾地坐起来,黑暗中瞪着她:"许秋莲你给我说实话,你家在那边是不是有亲戚?"

她也坐起来:"没有!真没有!"

他愣了好久,突然咆哮道:"许秋莲我告诉你,就是被人整死,老子也认了!当年如果不跟红军走,可能三十年前我就给饿死!我爹妈都是饿死的!我多活了三十年!我知足!以后再让我听到你刚才那番鬼话,你给老子滚蛋!我马九龙可以没老婆,不能没良心!"说罢,他气呼呼地躺下了。

秋莲连声说"对不起",也躺下,脸贴住他后背,幽幽地说:"老公,真对不起,以后我不会再说这个,请你相信我。我许秋莲活着是你的人,死了是——死了是你们的鬼!"

她说——死了是"你们"的鬼,马九龙没有听出里面的道道儿来。他很快打起了呼噜。

十三

对于马家来说,一九六八年有几件大事。一是军委发了文件,军队要稳定,借这个东风,马九龙和卢道亮都官复原职,回到师里上班。

二是老大马小天当上了兵。本来马小天要到淮北农村上山下乡的,表都填了,马九龙一把夺过表格,给撕了。他说,上山下乡不就是去种地嘛,老子世世代代都是种地的,把后代要种的地都提前种过了!好男儿应该当兵去,不然谁来保卫国家?

就这样，马九龙打发老大当兵去了驻南京的一支工程兵部队。说是很苦，可再苦也比种地强吧？秋莲劝儿子，要不是你爸当师长，你能当上兵吗？

上面两件都是喜事。第三件事是，高伦出事了，出了大事，要命的事！天崩地裂的事！

这几年，秋莲很少与高伦联系，她真的把他给忘了。所以当马九龙告诉她，高伦出事了的时候，她竟然愣了好一阵儿，怎么老感觉高伦是上一辈子的人？

一九六八年秋天，蚌埠市区繁华路段的墙壁上，出现了一条骇人听闻的反动标语，两张拼接起来的大白纸上，赫然写有十个大红字：刘少奇是好人，毛主席瞎胡搞。

"反标"事件迅速报到省里，被定性为"重特大反革命案"，责令蚌埠市限期破案。市革委会第一副主任陈小桃主抓此案。

案子不到两天就破了，作案人是市邮政局副局长兼办公室主任高伦，是从上海下放来到本市的。陈小桃总觉得这名字耳熟，她和此人情况差不多嘛，都算是下放来的，不同的是，她现在掌握着此人的命运。

陈小桃突然又想起一个人——马九龙老婆许秋莲，赶紧让人去查，发现高伦确实是她在上海挂在嘴上的那个表哥，到蚌埠后，他们一直有来往。

陈小桃敏锐地意识到，此案已经不仅是反标案，还很有可能是一个连环间谍案！突破高伦，拿下许秋莲，进而拿下马九龙，再往上追查他的上级，就能钓到一串大鱼！反标案已经板上钉钉，她命令办案人员把精力转到间谍案上来。

办案人员反复搜查高伦的住处，没有找到发报机、密码本一类的东西，也没有发现其他令人可疑的物品和资料。几个破旧的日记本上，写了很多他对"公牛"的感受——他牵挂"公牛",他思念"公牛",他爱"公牛",他恨"公牛",等等,乱七八糟,不明所以。

"公牛"是谁?

几次提审高伦,他都说"公牛"是他早期的一个恋人,这只是个绰号,因为她比较粗壮。问她,此人现在哪儿?他说,早死了,死了快有二十年了,那还是上海没解放的时候。他心里一直放不下她,所以就没有结婚。

这条线索顺不下去,只得放弃。

陈小桃怀疑"公牛"就是许秋莲,尽管许秋莲身材不粗壮,甚至还很细瘦。阶级敌人总是很狡猾的,为了打掩护,正话反说,是最常用的伎俩。他们是不是老相好,果真有一腿?

这案子即使靠不上间谍案,整出点桃色新闻也算没有白费劲。前年,陈小桃带人到十七师搞武器,马九龙坏了她的好事,并且当众羞辱她,她当然不会忘记。

高伦这儿无法突破,办案人员就想从许秋莲身上打开缺口。

秋莲听说高伦出事,头一个反应就是"野鸡"暴露了,还有老K之类的上峰可能也落网了,该来的结局终于来了!第二个反应就是,她得随时做好自杀的准备——如果真有事,她无脸面对老马和孩子们,还有单位的战友们,她唯有一死了之!

办案人员来到十七师师部,找到马九龙,要求"带许秋莲同志去公安局问话"。马九龙同意她去。卢道亮不干,问:"高伦供出许秋莲有什么问题吗?"

对方回答:"还没有。"

卢道亮问:"你们发现许秋莲有什么问题吗?"

对方回答:"还没发现。"

卢道亮问:"那你们只是怀疑,对不对?"

对方回答："是。"

卢道亮说："不能瞎怀疑，得用证据说话。等你们找到与许秋莲同志有关的线索之后，再来带人。"

卢道亮挥挥手，把来人打发走了。他还特意交代警卫连长王世文，如果有地方公安的人硬闯进来带人，立马给我轰走！

秋莲提心吊胆过了一礼拜，这天办案人员又来了，带来了高伦写的一张纸条，上面写着，要求见她一面，希望她能来；天冷了，他需要一件夹克衫和一条长裤。

卢道亮这下不好再阻拦了，他掷地有声地对来人说："绝不允许对许秋莲同志刑讯逼供，你们谁敢动她一指头，我带兵去找姓陈的女人算账！"

办案人员反复做过承诺，卢道亮才同意放人。秋莲走了后，马九龙没事一样，他原本就认为不会有事，高伦写反标，那是他个人行为，与秋莲毫不相干。

卢道亮心里却在打鼓，他感觉，自己多年来的那个疑问，也许要水落石出了。他很紧张，找马九龙下象棋，连输三场。他对马九龙说："老马，还是那句话，是福不是祸，是祸躲不过，你得有个心理准备。"

马九龙把棋盘一推说："得，得，又来这个，我老婆什么样，我最清楚，她能有什么事？她有事，我脱军装走人，坚决不给部队丢脸。行不行？"

办案人员客气地把秋莲带到市公安局看守所。高伦住单间，天气渐凉了，他还穿着短衣短裤，看上去直哆嗦。秋莲把老马的一件毛衣、一件夹克、一条旧军裤拿给他，这些物品办案人员事先查验过。他穿上夹克，套上军裤，马上就不哆嗦了。他指一指电灯泡，又指指耳朵，示意秋莲，屋里装了监听器，也就是窃听器。

秋莲责怪他，不该犯糊涂诬蔑伟大领袖，毛主席多好的人啊，天下少有。他诺诺承认,当晚喝了点酒,气不顺,脑子乱,稀里糊涂就写了反标,上街贴了,现在后悔都晚了,政府枪毙他都是应该的,自己罪大恶极。

他们翻来覆去说着类似的话,应付窃听器。高伦拿过一张用来写交代材料的白纸,飞快地在上面写道:上峰早把我们忘了,自从你结婚后一直无人联系我,老K前几年出现,是我编的。所有指令,全是子虚乌有。你提供的那份十七师情报,我当天就烧了。我这样做,只是不想让你过得太安逸。请你原谅。

秋莲全明白了,心间仿佛卸下千钧重担,无比轻松。她眼含泪水说:"表哥,你要好好向政府认罪啊,争取宽大处理……"

高伦嘴上答应,提笔又写道:那边一直不来人联系,第三次世界大战遥遥无期,反攻大陆痴人说梦。我撑不下去了,我太孤单,活着无意义,所以自愿走绝路。莲儿,来生再见!永远爱你!

秋莲的泪水终于止不住地流了下来。

高伦把那张纸捏成一个团,塞进嘴里,嚼几下,伸长脖子咽了下去。

当天晚上,高伦在看守所房间上吊自尽——他把秋莲带去的毛衣拆成线,编成绳子,在门框上勒死了自己。

市革委会给省里的报告上说:反革命分子高伦系畏罪自杀。

十四

又过去了十年。

马家喜事连连。先是马小天当上了连长,找到了女朋友,定好了年底结婚。秋莲从夏天就开始忙活,给他们置办家具、电器,还有被褥什么的。再就是马九龙被任命为某军军长,同时卢道亮担任了军政委。还有就是马小云参加了今年的高考,据她说发挥很理想,考个好大学不成问题。再有就是老三许小弟参加了中考,小弟学习一直很好,他填的志愿是徐州一中。

五年前,马九龙担任副军长之后,秋莲就把家搬到了徐州。她本人调进徐州第九十七医院,继续当她的内科护士长。没几年,远远近近的人都知道,九十七医院内科有一个热心的护士长,对病号态度好,对年轻的护士们关心爱护,是个少见的好大姐。

人们都说,她一点都不像个首长夫人,没有一点架子。七六年唐山大地震医院搞捐款,她捐得最多。每逢遇到调级调工资,她从来不争。到一九七八年时,她已入伍二十五年,才是个正营级,很多首长夫人资历比她浅,职务比她高。总之,在人们眼里,她就是个活雷锋。

这五年,秋莲每年都要回一趟蚌埠,给"表哥"高伦上坟。十年前高伦去世后,是她去给他收的尸,找了个远郊的公墓,悄悄把他埋了。虽然坟头没有立碑,但秋莲记得很准,不会让它成为无主坟。想起当年母亲去世之后,一应事务全是高伦张罗的,这回算是报答了他。再想起自从把母亲和父亲的一顶帽子合葬了后,既没立碑,后来她一次也没去祭奠过,坟头恐怕早没了踪影,这让她深感对不起父母的养育之恩,她是个不孝之子。

远去的,都远去了。"文革"结束后,人们常说一句话:一切向前看。秋莲想,这话说得真好,人活着,就是要向前看。

卢道亮政委家却很冷清。卢政委羡慕马军长家的日子越过越红火,而他家的日子越过越凄苦,唯一的儿子卢奇当年没有离开上海,一直由奶奶抚养长大,"文革"期间,奶奶病逝,卢奇参加了造反派组织,武斗中受伤,高位截瘫,十多年来一直在上海郊区的一家医疗机构住院治疗,花光了卢政委所有的积蓄。而他的前妻、时代风云人物陈小桃,"文革"中一度坐上省革委会副主任的高位,"文革"结束,她的好日子到了头，她提出复婚，被卢道亮断然拒绝。不久前，她被定为"三种人"，面临牢狱之灾。就在这时，传出她疯了的消息，被送进淮北精神病院。

这天马九龙回家，对秋莲讲，精神病院又来电话，说陈小桃整天叫嚷，要见她"男人"，医院希望卢政委过去一趟看看，而卢政委不可能过去，他已经与姓陈的没有任何关系了。

秋莲不知怎么就动了去一趟淮北看望一下陈小桃的念头，就算代表卢政委吧，他当首长，忙，没时间，她有时间。她选了个周末，一大早坐长途公共汽车赶往淮北。

在医院病房见到陈小桃时，秋莲愣了许久，都不敢认她了，她的头发基本全白，脸上的皱纹很深很深，眼窝焦枯，眼神无光。秋莲算了算，自己四十七岁，陈小桃只比她大四岁左右，刚过五十。

秋莲想试试陈小桃是否还认得自己，就问她："陈大姐，您还认识我吗？"

陈小桃托腮想了想，说："……认识。"

"我是谁呢？"

陈小桃愣了好一阵，才脱口道："你是……特务。"

陈小桃的话吓得秋莲打了一个激灵。秋莲左右看了看，房门是关着的，遂松了口气："陈大姐，你病了。"

陈小桃嘻嘻一笑："我没病。你就是特务。"

秋莲再次左右看了看，小声说："你说得没错，我是。"

陈小桃嘿嘿一笑又说："我也是。"

秋莲登时愣在那里。

陈小桃神秘地一笑，接着说："其实呢，我比特务厉害，'文革'我在蚌埠杀了多少人，你知道吗？"

秋莲摇一下头："我不知道。"

"来，我告诉你……"陈小桃示意秋莲靠近她。秋莲朝她挪动一下身子。她神秘地捂着嘴，凑到秋莲耳边，小声说："你听好了……可我不告诉你。"

她得意地笑了。

秋莲也笑了。心想她到底是个病人，不折不扣的病人，不是装出来的。

秋莲给她带来不少吃的用的，临走还留下一点零钱，嘱咐精神病院的医生护士，麻烦好好照顾这位病人，她以前曾经是地下党员，在徐州弄到不少有价值的情报，为淮海战役的胜利立过功。

离开病房往外走的时候，秋莲想，她还是感激卢政委和陈小桃的，正是由于他们锐利的目光对她的遏制，才使她没有滑得更深。

十五

秋莲风尘仆仆回到家，报社的一男一女两个记者在家等她。一问才知，不久前，有位农村孤寡老太太，生病来九十七住院，交不起手术费，坐在院里马路牙子上抹眼泪，秋莲路遇，问明情况后，帮老人拿了大头，又动员科里年轻人捐了一点款，帮老人凑齐了手术费。老人出院后，到报社反映了这事，报社的同志都很感动，报社社长认识马军长，电话里好说歹劝，马九龙才同意报社来人采访一下老伴儿。

秋莲说，聊聊天可以，但不同意登报纸。她的理由是，她做这种事，不是为了上报纸出名，再说，她是军长的爱人，领导干部家人上报纸受表扬，应当尽量减少。那位女记者叫她阿姨，说，登出去是为了让更多的人学习，多做好事、善事。秋莲不太同意这个观点，她说："我做这些事，并不是向谁学来的，而是出于内心——不愿看到弱者流眼泪。我不相信有人看过报纸就会学雷锋，那样事情也太简单了。"

劝来劝去，秋莲就是不同意。这时，马九龙回来了，他一拍巴掌说："老许，人家报社同志专程跑来，你总不能让人家白跑一趟吧？多少说几句，人家回去好交差嘛。"

那个男记者是个摄影记者，他提出，给阿姨照张相，最好是她穿白大褂工作的镜头，发在报纸上，配一则说明，简单讲一下她学雷锋做好事的举动。

秋莲无奈，最后同意了这个办法，约好周一上班到病房去拍。两个记者走了后，秋莲简单讲了讲陈小桃的情况，颇为感慨地说："人落到这个下场，到现在谁也救不了她，只能在医院终老一生了。"

马九龙气哼哼地说："怪谁？她是咎由自取！"

一个星期后，《徐州日报》头版右下角刊登了许秋莲的一幅照片。照片上，她在给一个病号输液。一侧的文字说明，讲述她入伍二十多年如一日，关爱病人，热爱岗位，云云。科里的护士们拿着报纸，纷纷跑来向她表示祝贺。她接过报纸，端详着照片上的自己，发现照片照得很好，虽然已进入中年，但年轻时的风韵、气质都传达出来了。

她很满意。

又过了一个星期，军区保卫部来了一名杜副部长，直接到军部找卢道亮政委，汇报了一个重要情况。卢道亮听罢，又看了几眼杜副部长带来的相关材料，愣了许久，点上一支烟，几口把烟抽完，才开口说："我希望这件事情不要影响到马家丫头马小云上大学。"

杜副部长说："我们会尽力想办法。"

卢道亮吩咐保卫处长带杜副部长等人，到马军长家里调查取证，他和马军长边下棋边把事情讲清楚，取得马军长谅解。

那边，师医院派人刚把秋莲送回家，保卫处长带着杜副部长等人也赶到了。秋莲一见这阵势，知道"该来的迟早会来"，这回躲不过了。

原来，徐州女子监狱组织在押犯读报时，一个正在服刑的女特务认出了她,并立即检举了她。此人名叫吴菲,是十几年前从上海被捕的,后来转到徐州女子监狱服刑。

吴菲在检举信上说:一九四九年二月到三月间,国民党国防部保密局上海站在上海浦东举办了一期特务培训班,目的是为败走台湾后,培养在大陆潜伏的人员,当时她的代号是十五号,这位许秋莲的代号是十六号,两人的床铺紧挨着,交流较多。后来听说十六号潜伏下来,并嫁给了一个解放军大官,解放后一直未有音讯。这张报纸上的这位许秋莲很可能就是十六号。她愿以脑袋担保,她说的是实情⋯⋯

当地公安机关拿到检举信后,认为此事涉及军方,尤其涉案对象是军队高级干部的家属,直接把检举信派专人送到南京军区保卫部。

秋莲平静地对杜副部长说:"这个十五号说的是实情,我的确就是十六号。后来还有个新代号——'公牛'。"

"许秋莲是你的化名吗?"

"不是。从出生到现在,我一直使用这个名字。"

接着,秋莲把她家真实的身世简单讲了讲:祖籍厦门,父亲叫许宗衡,是国民党二十五军副军长,阵亡于淮海战役。母亲解放前病逝于上海。当年入伍时,她只把父亲的情况隐瞒了,其他方面情况,都是真实的。当然,她是潜伏特务的情况,一直隐瞒到现在。

杜副部长提出,要带她到指定的地点继续审查,不能住家里了,希望她配合。她点点头说:"会的。我去换一下衣服。总不能还穿着军装出门吧?再带几件换洗衣物。"

众人看着杜副部长。杜副部长点下头说:"希望快一点。"

秋莲起身进了卧室。

她先脱下军装。这身军装,陪伴她二十五年了,她没有穿够。但是从今以后,她不配穿了。她从柜子里找出一套便装,仔细地穿上,对着梳妆台的镜子照了照,又拿起梳子,梳理一下有点凌乱的短发。然后,她打开床头柜最下面的抽屉，抽出一本商务印书馆五十年代出版的《资本论》，打开书页，从里面捏出一个早已经压成片状的小塑料袋，撕开口子，把里面白色的粉末，全部倒进了嘴里。

这包药面，是二十九年前培训班结束、面对青天白日旗宣誓之后，上峰发给每个学员的，目的是要他们"宁为玉碎，不为瓦全"，紧要时刻为党国尽忠，自裁用的。据说五十毫克足以毙命，这一包至少在一克以上。那年高伦写反标被抓，她去看守所见他时，曾经把这包药面带在身上。和上次的心情一样，现在她吞下它，并非"宁为玉碎，不为瓦全"，更非为党国尽忠，而是她无颜面对丈夫和孩子们，无颜面对那些曾经帮助过她的人，还有她曾经帮助过的人。

她把小塑料袋随手一丢，只觉头疼欲裂，呼吸困难，喉咙像被紧紧扼住。她往后一倒，就什么都不知道了。

十六

一天一夜之后，许秋莲在第九十七医院被抢救过来。参与抢救的医生分析说，因为时间久了，药效已失掉大部分，否则她绝无生还可能，十条命都没了。

这一天一夜，医院不少工作人员、还有许多病号，不时地来急救室门外探察，人们牵挂许秋莲。她所在内科的医生护士轮流过来守候。当她脱离生命危险的消息一经传出，不少人默默流了泪。

马九龙暂时没把事情真相告诉孩子们，只说你们的妈妈患了急性心脏病，拉到医院抢救。下午，马九龙在办公室接到妻子活过来的电话，一擂桌子说："老子就知道，一个人没那么容易死。"

马九龙戴上老花镜，费力地写了两封信。一封是给军区党委的，他要求上级尽快免去他的军长职务，准许他告老还乡，离休回江西老家去,他想家了。一封是写给卢道亮的,这是封道歉信,信中他对老战友说:"都怪我警惕性不够,一意孤行,鬼迷心窍。但是,这辈子娶许秋莲,我不后悔。"

他把两封信分别装进两个信封,正正规规放在办公桌上,然后打电话要车。他出了办公楼,车子也到了。他上车,对司机说:"到九十七医院。"

车子不一会儿就到了第九十七医院门口。他不让把车开进去,下了车,对司机说:"你走吧。"司机还想说什么,他不耐烦地一瞪眼,司机只好鸣一下喇叭,赶紧驾车离开。

经过医院大门时,他看到院门口有个小摊位,一个面孔黝黑的中年妇女在卖新采下来的莲蓬,地上堆了一堆。他走近摊位,拿起一支莲蓬,感觉沉甸甸的,莲房里面,都是饱满的莲子,苦涩而又香甜的莲子。他想买一支,却发现没带钱。抬头看,车子已走远。中年妇女眼睛盯着他那只空袖筒,挥一挥手说:"拿走吧。"

他说声谢谢,举着那支莲蓬,脚步沉重地朝住院大楼走去……

子弹穿过头颅

一

"韩天成，山东沂水县人，一九一七年生，一九三六年参军，现年七十七岁。离休前任三十七军军长，离休后享受副兵团级待遇，现住凤凰山干休所七号楼。他在战争年代多处负伤，身体状况一直不大好，最近又有了点老年性痴呆症的前兆，行动越来越困难。他与夫人和孩子的关系也很糟糕，基本上不来往，多年来坚持独住，在老干部中家庭情况比较特殊。你的任务就是给韩军长当公务员，好好照料他的生活，让他安度晚年……"

我笔直地站在机关办公大楼一间明亮的房间里，听老干部处的处长介绍情况。其实他没必要介绍那么细，因为我很小的时候就知道韩天成很多事情，他传奇般的经历在我们家乡一带广为人知，尽管现在家乡活着的人里几乎没有人见过他。

在这之前，我是机关大院警卫营的上等兵，每天腰上挎着没装子弹的五九式手枪在营门口站岗放哨，其实和一个摆设差不多。从现在起，我就是退役将军韩天成的公务员了。这个公务员可不像政府机关里坐办公室的那一种，而是侍候人的差事。说真的，如果给现职首长当公务员，我会很乐意的，侍候那些离了权柄的老领导，苦累不说，弄不好一点光都沾不上。这么说并不是我挑肥拣瘦，而是现实中肥与瘦的区别太大了。

但韩天成是个例外，因为我没有任何理由拒绝。

当天下午，我就带着简单的行李，随老干部处的一位干事来干休所报到。离开警卫营之际，我有一种莫名的伤感。我知道伤感的原因主要来自与林建明的分别。林建明是我最好的战友，我们是同一天入伍的，他的家乡在河北的一座小县城，父母都是中学教师。他一米八四的个头，长相英俊，接人待物彬彬有礼，像个穿军装的绅士，在警卫营鹤立鸡群，一眼就能把他挑出来。当兵一年多来，我们朝夕相处，他睡下铺，我睡上铺，彼此知冷知热，无话不谈，关系融洽，毫无芥蒂。我们最大的愿望就是能有机会参加一次军校招生考试，争取提干，给自己找条出路，同时替没有权势的父母除掉一块心病。在军营里，最值得留恋的就是战友之情，如果你没有几个心心相印的战友，你就是当一辈子兵，军营也不会给你留下什么印象，就等于你白来这里走了一遭。所以在和林建明分手时，我的心情闷闷不乐，连一句道别的话都说不出来。林建明却真心替我高兴，拍着我的肩膀说：又不是生离死别，你难过什么！去照顾首长是你的福分，没准儿你将来混好了，我还要沾你光呢！

凤凰山干休所紧傍着凤凰山修建。凤凰山是这座城市的风水宝地，林木葱郁，花草繁茂，空气清新，环境优美，离市中心也不远，却又仿佛世外桃源。山上建有烈士纪念碑，埋葬着许多解放这座城市时捐躯的英雄，还有一座专门摆放高级干部骨灰盒的纪念堂，大概相当于北京的八宝山革命公墓吧。尽管严格地说，凤凰山更像一块墓地，但这里阴气并不浊重，甚至没有一点森然的感觉，人们愿意把这里当作生活中的乐园，视它为喧嚣都市里难得的清净之地。能住进凤凰山干休所的都曾是部队的高级将领，其他人是没有这个福分的。

就在三天之前,我曾来过一次凤凰山干休所。营里组织我们来这儿植树。那天天气不太好,头顶上偶尔无声无息地落下几滴雨珠,洒在我们身上和脚下,凉沁沁的,让人感到舒坦。十几个穿着没戴军衔的旧军装的老兵远远近近地望着我们,他们大都已经老得不成样子了,几乎一律罗圈着腿,佝偻着腰,步履沉重,呼吸急促,目光迷蒙。如果不是在这里与他们相遇,你很难想象他们曾经是统兵数万叱咤一时的将领。但迟暮之年的他们分明又有着一种挥之不去的威严,我们受这种看不见摸不着但确实存在的威严笼罩,不敢大声说话,只知道低头使劲干活,气氛不免沉郁滞闷。

在紧挨山脚的围墙边,我和林建明合挖一个树坑。林建明说挖得差不多了,我却感到还有点浅,想再深挖一点。事情就是这么开始的。很多事情都是这样出人意料,悄然而至。林建明用铁锹把儿拄着下巴,微喘着看我挖,我猛一用力,先听到咔的一声,接着感到虎口给震得麻酥酥的,想必是铲到了硬物,比如一块石头或砖头之类。我往掌心里吐了口唾沫,几下子就把那个硬物起了出来。

但随即我的脑袋胀大了,林建明也傻了眼。那个硬物不是石头砖头,而是一个灰白色的骷髅!透过上面星星点点的泥土,我看到它此刻放射出陈旧的光芒。它犹如一件价值连城的出土文物,在它重新见到阳光的那一刻,必定会让人大吃一惊。它好像复活了一般,在我眼前跳动了几下。

我使劲揉了揉眼睛。很多人围过来,喊喊喳喳议论不休。有人说,这只骷髅的主人肯定是个烈士,应该把它埋到山坡上的陵园里,再立个碑;有人反驳说,你又没有考察,怎么知道,如果是敌人的,那不闹笑话了吗?还有人提议,再往下挖挖,看下面有没有身子骨。更有一个胆子特大的家伙,把骷髅提在手里,拍打掉上面的黄土,又把手伸进里面,往外掏泥巴——许多年前,那里面自然是脑浆、血肉等有生命的脑组织。他掏着掏着，突然就尖叫一声，扔掉骷髅头，仿佛里面有什么活物咬了他的脏手。紧接着我们看到一个细小黑暗的东西从他的手中滑落到地上，像一只虫子的化石。

仔细辨认，那是一粒子弹头。子弹穿过头颅。是从眉心处穿过去的。现在再看骷髅，给人的感觉是那人活着时有三只眼。最上面的那只眼可以被称作天眼。

这枚吞噬过一个生命的子弹头的出现，使植树的场面更显混乱，被它击中的不光是我们这些几乎不知战争为何物的年轻军人，居然还把那些历尽枪林弹雨的退役将军们也吸引过来。许是他们早已对这种情形陌生了，我想。但他们仅仅扫了一眼，就默默地离开了。只有一个人没有走开。这人个头不高，异常精瘦，胡须皆白，目光混浊，行动迟缓，形同一截枯木。他不但没走，还艰难地分开众人，挤到中间，费力地蹲下来。我离他很近，我看到他的手哆嗦得厉害，眼角挂着两滴黏稠的液体，分不清是刚流下的，还是一直就有。众人都噤了声，定定地望着他，不知他想干什么。过了许久，他腮部的肌肉滚了几滚，掉出两个有点含糊的字，就像从一只干瘪的豆荚里抖落出两粒发霉的豆子。他好像在念叨："钉子……"声音很虚。

如果我不接他的话，如果我接话时说普通话，而不是说土得掉渣的家乡话，也许就没有后面的事情了。但我说了，我恭恭敬敬地用土得掉渣的家乡口音说："首长，不是钉子儿，是一颗弹子儿。"

他缓缓地摇摇头，身子跟着摇晃。我扶他站起来，他又说："钉子……"

有人忍不住想笑，我也感到好笑，心想这位老首长一定是糊涂了，于是我憋住笑，又说："首长您看花眼了，是弹子儿，不是钉子儿。"

他有点不耐烦地摆摆手——其实我们这时都没搞明白他的意思。过了几天后，我才弄懂他说的是丁子，而不是钉子。丁子是他当年最要好的战友孙男丁的小名。接下来发生的事情更让我感到意外。他怔怔地望着我,看得我心里发毛,又不便走开。所有的人也都大眼瞪小眼地望着我们,没人说话,气氛压抑。稀稀拉拉的雨丝不知什么时候停了,沁凉的春风扫拂着背后山坡上的树木,发出低哑的啸声。他颤悠悠地抓住我的手,突然说:"小同志,你是沂水县人吧?"他的嗓音比刚才清晰了许多。

我愣了一下。我从他的话音里也听出了再熟悉不过的味道,尽管这个口音不可避免地遭到了某些杂乱语音的侵蚀,但我仍是不解其意地点点头。他又问:"沂水啥地方?"

"鲁山镇韩家洼。"

"你叫啥名儿?"

"俺叫韩天起。"

他笑了,脸上粗粝的皱纹四处奔波。他似乎使出全部的力气拽着我的手,说:"俺叫韩天成。"

二

韩天成老将军选我做他的公务员,纯粹是因为我们拥有一个共同的故乡。或者说他把我当成了他心目中的故乡,在风烛残年之际于感情上有所依傍。

干休所的于副所长领着我到七号楼报到。进门之前,我抱着行李卷,站在楼前的空地上,认真打量了几眼这栋两层的小洋楼。小楼方方正正,像一座结实的碉堡。墙上爬满了曲折凌乱的藤蔓,就像一个巨大的蛛网——那是一种俗称爬墙虎的木本植物,此刻刚刚发芽,到了秋天,它会严严实实地把小楼覆盖。

于副所长说:"小韩,韩军长很随和,很好侍候,你不用紧张。"

于副所长按了几下门铃，半天没动静。其实门虚掩着，于副所长干脆直接推门进去，大声喊道："韩老，您要的公务员我给您送来了。"

进门后我才发现，韩天成就靠在门口的老式帆布沙发上打盹。墙角的电视机却开着，但节目已经结束，屏幕上满是沙沙的雪花。他哼哼两声，往起站，于副所长象征性地扶了他一把。于副所长说："首长交代的事我们说办就办，够快的吧。"又说："门铃是不是坏了，改天我派人来修修。"

韩天成说："我这里一年到头没几人光顾，用不着修。"

我注意到老人的气色比三天前要好许多。我腾出右手，向他行了个还算标准的军礼。他高兴地上上下下打量了我一阵儿，说："到家了，把东西放下吧。"

到家了——这个说法使我心里泛起一股暖流。是的，在以后的日子里，韩天成将军的这栋小洋楼便成了我暂时的家，而在入伍之后，对于我来说，家的概念已经模糊了，家不过是一个遥远的背景。于副所长告辞后，老人拉我坐在沙发上，仔细问了问我们的故乡和我家中的情况。我们的故乡韩家洼是个偏远的小山村，村里半数以上的人家都姓韩，另外还有陈、姚等几个旁门左姓，他们都是逃难来的，在村里并没有什么根基。这些韩姓人无疑共有着一个老祖宗，但在长达几百年呈放射状的繁衍过程中，同族人之间的血缘和亲情都不可避免地淡化了，除了五兄六弟三姑四姨之外，彼此间难有实质性的来往。我家和韩天成家的情况就是这样。

闲谈间，他随口叫我起子——这种叫法我可是头一次听到——我疑心他叫的别人而不是叫我，因而那个瞬间我对自己感到了陌生。他补充说他过去的小名叫成子。他还提到他的一个叫丁子的生死兄弟，虽只提了一两句，但我已经感受到了他们之间不寻常的友谊。

我向他讲起我的爷爷。我爷爷的年纪和他差不多。据我爷爷说，小时候他们经常在一起玩。有一年，家里揭不开锅，爷爷饿得两眼昏花，死不了活不成的样子，韩天成慷慨地送给他一个白面馍馍。爷爷说他一辈子吃过的东西里，就数那个白面馍馍香，我小时候常听他念叨——他一边吃馍一边说，这馍馍味道离韩天成送我的那个差老鼻子啦。韩天成当兵离家后，我爷爷也偷偷跑出去找队伍，但他走到半路又回来了，原因是他在途中一个麦秸垛里过夜时做了个梦，梦见自己的脑袋被子弹打成了马蜂窝，他害怕了。爷爷遗憾地咂咂嘴说，要不是那个丧气梦，说不定俺也混好了，子孙后代也用不着在这山窝窝里跟着受罪。

　　韩天成闭目想了半天，说他怎么也想不起我爷爷，还说离家时间太久了，把什么都忘了。我想这很正常。在远离故乡的地方，我们的相遇胜过一切。他干咳了两声，说："我当兵离家快六十年了，第一回遇到这么近的老乡，真是没想到。"我说："我也没想到。在这里遇到您，我特别高兴。"

　　停了停，他又说："侍候人不是好差事。我选你来侍候我，你不会不乐意吧？"我马上站起来，表白道："我非常乐意。就算我替咱家乡的人孝敬您，也是完全应该的。"那天我丝毫没有感到拘谨，说话很连贯，我想这主要是因为我和他是纯粹的老乡的缘故。如果面对的人是个素昧平生的高级首长，我会很紧张的。我又补了一句："咱家乡的人都很想念您。"

　　听了这话，他叹口气，一个劲儿地摇头。但他没再说什么。

　　在韩家洼，韩天成确实是一个如雷贯耳的名字。几十年来，这个名字不断地在人们口中传诵，这个名字带给人们许多的话题，使寂寞的小山村显得与众不同。战争年代，韩家洼外出当兵扛枪的人不少于一个排，但大多数人战死沙场，死得无声无息，现在活着的人已没有人记得他们。几个侥幸活下来的，有的解放后重返故里，重新变成在土地上觅食的山民，有的在外地当了小官，不显山不露水地终老异乡，唯有韩天成,官越当越大,算是成了气候。然而奇怪的是,他当兵离家之后,漫漫六十年的时间,他居然没有回过一次家乡!

闲谈了一阵儿,他领我参观他的居所。这栋小洋楼从外面看很气派,没走进它的人以为里面会装修得富丽堂皇,其实里面除了空旷,没什么好炫耀的——只有几件简单的家具,而且大都是部队配发的,已经老旧得不像样子了。楼上的三间房里更是什么东西也没有,由于久不住人,地面落满尘土,墙皮发灰发黄,墙角上挂着蛛网,给人以岁月沧桑感。我挽挽袖子就要收拾,他拦住我说,收拾了也没用,没人住。他同意我把楼下的客厅、卫生间、厨房和两间居室打扫一下。

他的卧室是紧挨客厅东边的那一间,里面有一张窄小的行军床、一张黄漆斑驳的三屉桌、一把坐得走了形的藤椅、一只三开门的老式衣柜和一个小小的书橱。这样的摆设现在你走进任何人的家里,都难以见到了,可它居然是一个老将军的卧室。如果不是亲眼所见,我绝对不会相信。我看到床上的被褥虽然年代久远,仿佛一碰就变成粉末,但被子叠得板板正正,铺面弄得平平整整——唯有这一点告诉我,主人曾经作为职业军人的过去。床头柜上的电话机落满了灰尘,又告诉我主人寂寞的现在。他坐在门口的一只小马扎上看我干,偶尔说一句不着边际的话。我埋头收拾房间的时候,禁不住想,他离开家乡到这里来,难道就是为了整日守着这栋空荡荡的小洋楼吗?

他让我住进客厅西面的那间小屋。想到这间大约十平方米的小屋将成为我独居的卧室,我的精神气儿上来了,心情不像刚才那般沉郁了。我累出一头汗,翻来覆去打扫了好几遍。我像进入一间古堡那样,小心翼翼把里面的灰尘除掉,把里面的几个破纸箱子扔到外面的垃圾箱里,用清水把那张同样有年头的行军床冲洗干净,窗子擦得能照出人影,还找来锤头和钉子,把一只快要散架的木箱重新钉牢,我将用它盛放个人物品。

晚饭时，我端着个铝锅到干休所食堂打饭。我来这里报到之前，于副所长已经交代过，韩老生活十分简朴，家里从不开伙，早点一般在外面的小摊上吃，中午和晚上吃食堂。所里征求过韩老的意见，我来后还是维持原状，我每月一百二十元的伙食费由所里换成饭票，直接交到韩老手里。这些饭票和韩老每月定期买的二百元饭票混在一起使用。于副所长说，你放开肚子吃就行，饭票不够用就让韩老掏腰包，他有的是钱。他留那么多钱干什么？

食堂里的饭菜质量尚说得过去，比我们连队的强多了。但端着八两米饭和一份芹菜炒肉丝、一份西红柿炒鸡蛋往回走时，我还是觉得在我们的故乡大名鼎鼎的韩天成，他的生活不该这么简单。多少人认为他在外面享受大富大贵，升官发财，以至于把故乡和祖宗都忘了。我作为他现实生活的见证人，目睹了这真实的一幕，获得了更多的发言权。但我想好了，日后回到故乡，我不会讲给他们听——即便讲了，他们也不会相信。

好在韩天成吃起这粗茶淡饭来津津有味。他的胃口甚至不亚于我。

那天晚些时候，服侍他睡下后，我说了句洋味十足的话。我说："祝首长晚安！"刚要抬腿出去，他却叫住我说："起子，你一来，我才觉着七号楼像个真正的家了。以后咱俩就是不折不扣的一家人，你干脆叫我成子哥吧！"

我吓了一跳。我的辈分在韩家洼的韩姓人里，算是高的，正所谓"萝卜不大，长在了背（辈）上"。虽说在我们家乡，同姓人之间特讲究辈分，有时不问年纪，只讲辈分，但这是在部队。况且我家和他家除了都姓韩外，没别的亲情和交情。如果在老家，按辈分叫他哥倒也罢了；可在这个地方，打死我我也不敢直呼他哥。于是我十分难为情地说："首长这可使不得。"他挥了挥手："咱俩本来就是一个辈分上的，有啥不可。这里我说了算！"说完，他发出了洪亮的笑声，这是我第一次听到他开怀大笑，我有点不相信自己的耳朵，无法把这种铜钟质的笑声和面前这个干枯的老人联系起来。

不管他怎么说，我打定主意，还是称他首长。我早已是一个训练有素的士兵了，当然知道在部队，上下级关系比什么都重要。令我稍感意外的是，以后我没按他的要求称呼他，一次也没有，他也没再提及这事。

夜里，起了风，不远处凤凰山上的树木在大风的作用下，发出大海般的涛声。我觉得置身其间的这座小楼仿佛是行进在茫茫波涛中的夜行船，无依无靠，前路渺渺。这个想法使我感到些许的恐惧。明亮的月光透过窗子照射进来，给我带来片刻的宁静。我怎么也睡不着。韩天成偶尔发出的干咳声穿过客厅，传到我的耳边，我想到了世事的变迁和不可预知。现在，我鬼使神差地和这个行将就木的老人走到了一起，开始在同一个时空里生活，而他的故事却从很早以前就开始了。

三

我记得我小时候，家里那两间青砖到顶的瓦房还没有拆除。两间房子虽然很老旧了，但照样结实耐用，冬暖夏凉。这样的房子相挨着有一大片，当然里面住着别的人家。我爷爷告诉我，这些宅子原都是老财主韩昭亮的，土改时分给了众人。

韩昭亮就是韩天成的父亲。

据说韩昭亮有一个祖上曾在外地做过县令，县令告老还乡后用攒下的银钱盖房置地，一下子成了方圆几十里内首屈一指的大户人家。家业传到韩昭亮手上，虽然赶上军阀混战，天灾人祸，民不聊生，家道不免有些败落，但韩家洼的土地仍有三分之二是他家的。韩昭亮靠他的精细和刻薄小心翼翼地守护着祖传的基业，并伺机扩张。遗憾的是，他没有赶上一个好时代。

韩天成是他唯一的儿子，也是他唯一的指望。村里上了年纪的人都记得，韩天成在他父亲四十一岁那年来到人世时，村里比过年过节都热闹。平素极其吝啬刻薄的韩大财主简直豁出去了，豪迈地命人打开粮仓起出银圆，在家里和门外大街上张灯结彩，从厨房里抬出整筐整筐热气腾腾的白面馍馍任由人吃，还花重金从沂水城请来戏班子大唱三天。事隔半个多世纪之后，村里那些上了年纪的人讲起此事，还津津乐道，口沫乱飞，仿佛事情就发生在昨天，吃进肚里的白面馍馍还没有消化掉，余味犹存呢。

后来我和韩天成熟稔、和谐得像一家人了，我忍不住就把这个传说讲给他听。他"唔"了一声，随即陷入沉思，良久无语。那时他的身体状况已经相当糟糕，说不行就不行。我知道他的思绪回到了过去的岁月。当一个即将离开这个世界的人听别人讲述他初临人世的情景时，他的心中一定会既感到温馨又感到残酷，波澜起伏，感慨万端。就仿佛他站在此岸遥望彼岸，彼岸是他无意中远离的，但再想回去已不可能。一个人的诞生和消失其实代表了这个世界的两极。末了，他说：从人情的角度看，我不是父母亲的好儿子；但从历史的角度看，我的路没有走错。

韩天成满地乱跑的时候，他的父亲专门为他雇了个长工，寸步不离地跟随着他，生怕有个闪失。他穿戴着华丽的衣帽，白白胖胖，双目生辉，那样子就像下凡到人间的金童。他走到哪里，哪里就变得亮闪闪的。稍稍懂事后，他父亲又为他请了个私塾先生教他识字。后来再送他到沂水城里的国立中学读书。他父亲把他以后要走的路都想好了，谁也没有想到，他后来走的却是另外一条路，一条与最初的设想相差十万八千里的路。

如果不是由于战争和世事的剧烈变迁，也许他会走那条似乎是前定的老路，就像他的曾祖父、祖父和父亲那样，守着土地、牲口和那一大片青砖到底的瓦房，做着传宗接代光大家业的梦境，在韩家洼终其一生。很多人都会这么认为。事实上，即便没有战争和剧烈的社会动荡，他也不一定就像他的先人那样过一辈子。任何一个志存高远的人都不会甘心在闭塞的韩家洼守一辈子。山还是那些山，地还是那些地，几千年几万年不变，有什么好守的呢？

在他人生的紧要关口，有一个因素起到了至关重要的作用，这个因素就是书本的力量。

一次，他从城里回到乡下，他的父亲领着他到村外的大田里转悠。韩家洼上好的土地大都是他家的，由别人租种着。他的父亲有理由为之自豪。但他的父亲并不满足，他父亲幻想着把自家的土地再扩大一倍乃至更多，让九泉之下的祖宗先人睡得更安稳，让子孙后代过得更滋润。一路上，父亲喋喋不休地讲着他未来的打算，他却皱皱眉头说，咱们家的地太多而别人家的地太少了，老是这样，要出乱子的。他父亲愣了一下，仿佛不认识似的望着儿子。他又说，我觉得这样的局面不会太久了，爹爹，如果你想过得安稳，就把土地匀一些给别人。

韩昭亮无言以对，并且心生不快，脸子立马拉了下来。老财主觉得儿子的话是屁话，是鬼话，祖宗遗下的基业是他的命根子，他一棵草都不舍得扔掉，混账小子却劝他把油汪汪的土地分给别人，这简直是要老子的命！他的父亲气哼哼地走开了，他的眉头也皱得更紧了。

人们后来回忆，叛逆的种子其实在他父亲送他到城里读书时就埋下了。

乱世年代的学堂，是滋生叛逆的温床。他正是在那里，偷偷接受了当时最先进的思想和主义。那时上得起洋学堂的，大都是富人家的子弟，战争和革命改变了他们。这些有文化的人加入到没有文化的农民子弟中间，和一无所有的穷人相比，他们的脱胎换骨更是撕心裂肺，来得不易。

一九三六年春天,他不辞而别投奔队伍后,老财主韩昭亮哀哀地哭过一阵,像突然明白了什么似的,挥起双手两面开弓,使劲扇自己嘴巴,边扇边说,都怪我,都怪我,不该让小崽子进城读书呀,书本是祸害呀!不久,他本来就孱弱多病的母亲受不了这个打击撒手归天,老财主跪在老婆坟前,把自己的脸颊扇得血糊糊的,然后仰天长啸道,书本是祸害呀,不但害了小崽子,把他娘都害死了。以后每当提起此事,老财主就不停地重复这几句话。一直到一九四六年土改时,前方传来消息,他的宝贝儿子不但没丢性命而且还当了个什么官之后,他才改了口。他喃喃地说,难道俺当初供他读书是对的?是的,书本是福不是祸。他见人就讲,是他执意送儿子读书的,儿子读了很多书,才明白了道理,走上了正路。他还劝众人,宁肯不盖房子不置地,也要舍得花钱供小崽子们读书。

村子里确实有人信了老财主的话,或者把韩家父子的经历当作典范,不遗余力地供孩子读书。可惜的是,解放后相当长的一段时间里,读书人再也没有那么好的运气了。村里有个叫韩三根的老汉,听了韩昭亮的话,千辛万苦供儿子上了师范,毕业后分到镇上中学当老师,但那个倒霉蛋只领了一个月的工资,就被打成了右派,不久就在地区五七干校的一棵枣树上吊自杀。痛不欲生的韩三根老汉想找韩昭亮算账,但那时韩昭亮坟头上的野茅草已经青青黄黄变换了好几茬。他来到狗地主的孤坟前,怒气冲冲地撒了一泡尿,这笔账就算勾销了。

初来凤凰山干休所七号楼的那天夜里,我睡得很不踏实。到后半夜,风停了,同时月亮也隐去了,外面静得仿佛整个世界都不存在。那边,韩天成好像也没睡好。也许他一直这样。人老了,觉就少,白天的日子不好打发,夜晚的光景更是难熬。天快亮时,我好不容易睡实了,却又被他穿衣下地的声音弄醒。我赶忙爬起来披上外衣,走到他的卧室门口,蒙蒙怔怔地说:"首长,起这么早呀。"

他说:"我出去散步,老习惯了。你要是没睡好,接着睡。"

我确实没睡好,但我不可能接着再睡。我们当公务员的,说穿了和过去的仆人一个样,哪有主人起床了仆人还在睡大觉的道理。想了想,我说:"首长,我陪您去吧。"

他走在前头,出门时趔趄了一下,摇摇晃晃的,我紧着上前扶了他一把。他说:"不碍事,我倒不了的,你松手,我自己走就行。"

四

我们从正冲着凤凰山的小东门出去,沿着一条林间小路,向山上走。小东门只有早晨才打开,便于老同志从这里直接上山。白天和夜晚都锁着,以防止外人溜进来乱窜。

干休所几乎所有的老人差不多都在这个时候出来晨练。人到了这把年纪,最大的愿望就是想方设法尽可能地延续生命,多活一天是一天。他们互相懒散地打着招呼,偶尔开一两句并不能使人发笑的玩笑。如果发现哪位没出来,不用问就知道,他的身体又出了毛病,在家卧床休息或是住进了医院;如果他长时间不出来,估计麻烦大了——事情往往就是这样——后来我注意到,也许用不了几天,干休所办公楼门口的小黑板上就会冒出两行触目惊心的大字:×××同志遗体告别仪式定于明天下午三点在西郊殡仪馆一号大厅举行,自愿参加。就像在战争年代,队伍里熟悉的或似曾相识的面孔不见了,那么,他不是负了伤就是牺牲了。所以,如果晨练时不见了谁,老同志们会交换一下眼神,轻轻嘀咕两声,显出关切的样子。

我第一次随韩天成晨练时,他走在前面,步态不稳,我总担心他要跌倒，随时做着搀扶他的准备。对于此刻扮演的这个角色，我感到疲累，心想如果回到当年，他是指挥千军万马的高级将领，跟在他屁股后面的我，自然是他的警卫员了，我挎着盒子枪，威风凛凛不离左右，那该是何等风光！可现在，他失了威风，我谈何风光。

老将军们在小路上相遇，彼此间并不热情，有的仅止于点点头而已。我看到他们有的在林间徒手散步，有的打太极拳，有的练气功，有的在舞剑，各有各的锻炼方式。有趣的是，他们不扎堆，每人都有自己的地盘，各练各的，互不干扰。我不知道韩天成的地盘在什么地方，又不便问，只好闷头跟他走。树木湿漉漉的，水汽很重。我们用了半个多小时的时间，绕过半座山，到达了南坡一块空旷的地方。

由于突然从林子里钻出，加上我的视线一直不离韩天成的背影，所以，他刚刚停住脚步时，我并没看清面前的景物。等他咕噜了一声"到了"，我抬眼一看，头皮顿时一阵酥麻，眼皮一阵狂跳。天哪，在我们脚下的山坡上，密密麻麻排列了数不胜数的墓碑，仿佛是圣手造就的森林。它们横成列，竖成行，整整齐齐，壮观极了。每一座半米多高的石碑下面，都有一个用条石垒就的、长方形的墓基，中间是平整的黄土。墓基的形状真的很像一张床——条石是坚固的床沿，黄土是铺在床上的被褥，石碑是床头的靠背，床的主人睡在很厚很厚的被子下面——但他却再也不能醒来了。

其实去年清明节时我们曾来过这里一次，为烈士扫墓，但时间很短，走马观花一般。当时还有几个刚入党的弟兄在这里挥拳宣誓。现在，他们的誓言早已被风刮走，烈士墓地却还是原来的样子，冷静地藏在寂寞的山间。这个时刻我感受到，瞻仰烈士最好不要搞大呼隆，像赶集似的，一个人慢慢走来，静静地在这里待一会儿，效果也许更好。

每天早晨来凤凰山锻炼的人很多，满山遍野都是，而这片墓地周围却见不到几个人,好像谁也不愿意一大早就弄得心情沉痛。从远处传来的似有似无的人语,使这片圣灵之地更显宁静。可韩天成不管这些,这里就是他的"地盘"。他说他每天早晨都来这儿,不是来锻炼身体,而是静静地待一阵子,陪陪躺在下面的弟兄们。这便是他每一天的开始。

他在一座铭文已经模糊不清的墓基边坐下来,示意我也坐下。我迟疑了一下,只得遵命。他微闭眼睛,不再说话,显得很虚弱,仿佛一阵风就能把他吹倒。这时,我突然产生了一个奇怪的念头,觉得他不是来陪弟兄们,而是来求得弟兄们陪伴他的。他们原本就是同一个时代的人,战争使他们过早地分了手,当时代的轮子转了千百圈之后,他以活着的方式走进他们中间,似乎仍然没有一点隔阂,交流起来还是那么轻快、便捷、和谐。这可不是人人都能做到的。死去了的,虽然消失了肉体,但灵魂还在,只不过它是孤独的。与此同时,也把另一份孤独留给了活着的人。只有相互间默默地交流,才能消除彼此间的孤独。韩天成是不是悟到了这一点?

过了好久,见他睁开眼睛,我小声问:"首长,这些烈士里有你的战友吗?"

他说:"没有,我一个也不认识他们。四八年攻打这座城市时,我所在的兵团不是华野主力,捞不着攻城。我们在南面三百里外的地方打援,但敌人没敢来援。"顿了顿,他又说:"起子,告诉我,你都看见了啥?"

我说:"看见了啥? 噢噢,全是墓碑。"

他说:"我指的不是这个。"

我挠挠头皮说:"不是这个,那还有啥。"

他说:"你闭上眼睛再看。"

我疑疑惑惑地闭上眼睛,然后摇摇头说:"还是啥也没有呀。"

他说:"你要用心去看。"

我越来越糊涂，越来越不明白他的意思，窘极了。

这回轮到他大摇其头了。他伸手轻轻拍打着冰冷的墓碑，像在拍打一个婴儿的头颅，然后说："你还是没有用心。如果你真的用心去看，你就会看到，每个墓床下面都躺着一个年轻人。他们差不多和你一般大。他们身上都带着伤痕——枪伤、刀伤、弹伤，伤痕累累，血肉模糊，可他们已经不知道疼了。但你在看清他们后，你就会觉得疼，心疼！"

我吃惊地张大了嘴巴，有点傻眼。在他低沉的讲述中，我使劲眨巴了几下眼睛，恍惚之间真的看到了黄土下面一排排年轻的躯体。他们身上遍布着伤口，他们的肉体仿佛是透明的，只是血液不再流动。许多闪着寒光的弹头和炮弹皮扎根于各个部位，那些进入到关键部位——譬如头颅、心脏里的金属物件尤其醒目和狰狞。而那些支离破碎、血肉连连的躯体更使我骇然。一瞬间，我感到了彻头彻尾的恐惧，呼吸都变得急促了，心口窝怅怅的，禁不住索索战栗，脸色肯定极其难看。

这时，韩天成却呵呵地笑了。他在这个时刻的笑声又让我起了一层鸡皮疙瘩。随即，他正色道："起子你要记住，要想当一个好兵，就得一闭眼睛看到这些！"

我下意识地点点头。说真的，我没想过非要当一个好兵，我离开家乡到部队里来，主要的目的就是找一条出路，找一条比在家乡待着更有意思的出路。但这个瞬间，面对脚下躺着的同我一样年轻的躯体，我所有的杂念都不存在了，我还能说什么？

脚边草叶上的露珠渐渐收干时，太阳从东边的高楼大厦间露出了脸，把朝阳的一面山坡照得明晃晃的。我感到了一丝暖意。抬腕看看表，都快七点了，韩天成仍没有往回走的意思。他说："起子，你入伍那年多大？"

"十九。"我说。

"噢，我参加革命的那年也是十九。"

"可您后来当了军长。我可能一辈子都没出息。"我有点伤感。

"你说错了。"他咳嗽一阵，喘着粗气，"我现在不是啥也没有了吗？可你才刚刚开始，路还长着呢！只要有路走，比啥都强。"

我记下了这句话。

他换了个话题："起子，如果马上让你去前线打仗，你害怕吗？"

我一愣，不知怎么回答。他用眼神鼓励我说实话，于是我就实话实说："肯定会有点害怕。"

他宽容地笑了："说不害怕那是假的。你是个诚实的娃娃，我喜欢你这样的娃娃。"

他又微闭上眼睛，陷入刚才那样的状态中。

一九三六年春天，已经半年多没好好做功课的韩天成终于下定了决心。他和九个同学一起，跟随一个在沂水城里活动的地下党员悄悄出了城。他们昼伏夜行，躲避着敌人沿途设置的道道关卡，朝蒙山深处的一处秘密营地进发。三天的路程他们走了七天。在过一个山口时，有个同学不小心摔下了悬崖，脑浆四溅，当场毙命。这似乎是一个不祥的征兆——还没有闻到一丝硝烟的气味，他们就目睹了发生在身边的死亡过程，突然、迅捷、惨烈。一个细雨蒙蒙的日子，他们面色苍白，疲惫不堪地到达营地，成为鲁中游击大队的一名普通士兵。半个月后，游击大队得到情报，山下的六里营子进驻了一个班的敌方武装，是去那儿催粮的。游击大队打算拿这个班的敌人开刀，派出一支二十多人的小分队袭击他们。也许是为了考验刚入伍的这帮学生兵政治动机是否纯洁，这支临时组成的小分队里就包括刚刚学会打枪的他们。但情况比最初的预料要糟糕得多，驻进六里营子的敌人并非一个班而是一个排，且敌人早有防备。麻烦就大了。他们悄悄接近目标，以为神不知鬼不觉，可刚到村口,就遭到敌人一顿排枪的扫射,火力异常密集。小分队硬着头皮冲了一阵,简直等于以卵击石,只好边打边撤。这个比想象还要糟糕十倍的场面让韩天成始料不及,眼看着身边的人一个个倒下去,发出麻袋颓然落地的噗噗声,嗅着一团团迅速洇开的血腥气,他真的傻了眼,居然忘了打枪,想逃跑都迈不开步子。而且要命的是,他的裆里湿漉漉的,显然是尿了裤子。那一刻,他确实是后悔了。如果那时他还有思维,他的第一个念头恐怕就是自己不该头脑发热,仓促投身于残酷厮杀的战场。他的第二个念头就是借机溜掉,回家乡去,从此远离战争。但是,一杆英国造来福枪的子弹击中了他的小腿,使他所有的念头在一瞬间化为泡影。他扑倒在地,满眼是金星闪烁的泪。就在他哭天天不应叫地地不灵的时候,一个身块高大的粗壮少年返身朝他跑来。他觉得来人有点面熟。少年好像还低低叫了他一声"少爷",然后弯腰熟练地背起他,朝着溃散的小分队的影子追去。

　　这个救他的粗壮少年名叫孙男丁,就是韩天成后来常常念叨的"丁子"。这一天是他们友谊的开始。脱离危险地带后,丁子告诉哎哎哟哟叫唤个不停的韩天成,他是离韩家洼五里远的孙家洼人。前年除夕夜,他曾去过韩家大宅一趟,从厨房的大锅里拎走了两只正在蒸着的鸡,外带一瓷壶烧酒,又顺手从晾衣绳上扯走了一件洋布褂子。韩天成想起来了,那年除夕夜,家里确实给弄得乱了套,原来是这小子干的。丁子有点不好意思地说,不过你家的鸡没有蒸熟,我只吃了几口,但把酒喝了,醉了一天一夜,醒来后发现两只鸡被老鼠拖走了,气得我鼻子都歪了。你那件洋布褂子我还没穿烂,你若想要我就还你。他被丁子的话逗乐了,感觉到伤口不那么疼了,要求下来自己走。丁子不同意,说我就是累死也要把你背回去。

　　丁子是个孤儿,房无一间地无一寸,他又不愿给有钱人家做长工或打短工,一年到头靠偷鸡摸狗过日子——当然主要是偷大户人家的。他说他就是为了填饱肚子才来当兵的,来了三个月了,顿顿吃得饱,以后即便被打死,也不亏了。

仓皇逃回营地后,他养了三个月的伤。疗伤期间,丁子三天两头来陪他,还特意攀到很高的峰顶为他采草药。伤好之后,他可以偷偷实现自己的第二个念头了,但这时他的那个隐秘念头却不知不觉消失了。和他一同出来参加革命的那九个同学,来的路上摔死了一个,上次偷袭六里营子牺牲了三个,前些日子又逃走了一个,剩下的那四个跟随三中队到别处开辟新的游击区了,不知是死是活——一九四九年进城后,他多方打听,得知那四个同学分别阵亡于抗战期间的牛头山之役、柳埠之役和解放战争期间的孟良崮之役、渡江战役——而此时的他参加革命三个多月,只放过一枪,连根敌人的汗毛都没伤着,自己倒稀里糊涂吃了敌人一枪,他还能往哪里走?他走了又能干什么?这时的他只有为自己那个曾经有过的卑微念头而汗颜了。

他很快发现,闻过一回硝烟味儿后,就不知道什么叫恐惧了。第二次参战,他一枪就把一个满脸大胡子的国民党新三旅的兵打得脑浆喷薄而出,他连眼睛都没眨一下。那是他有生以来第一回杀人,从此就开了杀戒,一发而不可收。杀人的滋味很痛快,杀人的滋味其实也不怎么好受。等他明白这个理儿时,战争已经结束了。

五

由于我的到来,韩天成老将军的精气神儿明显好转。有一次,住八号楼的军区原副参谋长胡德平少将和他开玩笑,说老韩呢,前些日子我都觉得该轮到你爬烟囱了,哪知你活着活着又来劲了。韩天成回敬他说,老胡,看看咱俩到底谁先完蛋。他边说边笑眯眯地指指我,说我老韩找了个拐棍,老家来的,有他帮我撑着地,就有了底气,我要走的路还长着呢！胡老将军哼哼一笑，说比老婆还好使吗？韩天成说，比三个老婆都强。胡德平一生结过三次婚，头一个是湖北老家的，进城那年给他蹬了；第二个是军区总医院的护士长，姓康，前年死的。据说老康临死前曾留下话，说她死后老胡干什么都行，就是不能再婚。可没出一年，胡老就把第三任夫人——艺术学院一位退休的舞蹈老师领回了家。有一阵子，胡老见人就说，是老康托梦给他，让他再婚的，晚年没人照顾他，九泉之下的老康不放心。韩天成说我比三个老婆都强，是故意拿话呛他。哪想胡德平也不是善茬，立马反驳道，老韩你是吃不到葡萄就说葡萄酸，你他妈是个老狐狸。他们笑骂一阵，各回各的家。

我已经摸清楚了，韩天成并非没有老婆。他名义上的夫人叫宋燕玲，离休前是省人事厅副厅长，只是因为多年来性格不合，不在一起罢了。有一次帮他收拾抽屉时，我翻腾到了宋副厅长的照片，估计是二十年前照的，照片上的她神色庄重，一脸严肃，一看便知是个不易接近的人。但她的气质和相貌绝对是不差的。韩天成见我端详照片，像有什么秘密被人戳穿，有些愠怒，伸手抓了过去。以后我再也没见到那张二寸大小的黑白照片。

韩天成六十五岁那年搬进七号楼后，一直独住。事实上在这之前他们也没怎么住在一起，他一直在下面的部队里任职，宋燕玲带着他们唯一的儿子韩军住省城。他和儿子韩军的关系好像也不怎么融洽，韩军一年到头露不了几回面，每次来了，象征性地问候两句，抽身就走。倒是儿媳艳芳时常过来看看，有时还给老头子带点吃的。韩天成有一次对我说："我这个儿媳比儿子聪明。她明白哄好了我，才能得到我的遗产。"

过惯了独居的日子，他对生活愈来愈不讲究。干休所三十多位退役将军，没人像他这样子。我来之后，这栋缺少人间烟火的小洋楼才有了点过日子的味道。我先是提出少吃食堂，尽量自己做着吃，当新兵时我曾干过两个月的炊事员，一般的家常菜能凑合着做出来，即便我烧的菜不怎么样,毕竟是在自己家里吃呀。他同意了,并且吃了几餐之后,对我的手艺赞不绝口。接着,在我的建议下,又买来了一张席梦思床、两节组合柜和一台大彩电。他频繁地用遥控器指挥着彩电行动,仿佛幼童得到了一件崭新的玩具。他兴致勃勃地对我说:"起子,还想买啥,你看着办,我有钱。以前从没想过攒钱,可我拿出存折数了数,竟然攒下了十多万,这钱来得太容易了,我这辈子是花不完了,留它做啥?他又重复一遍,留它做啥?他们最担心我死前当党费交出去。我就是不交党费也不会留给他们。你看捐给希望工程行不行?党不缺钱,希望工程缺钱。"

我想了想,说:"可以捐给咱老家,盖个希望小学,名字就叫天成小学。"

他嘿嘿乐了,猛拍一下膝盖:"这个主意蛮不错,但叫天成小学不妥。不妨叫丁子小学!没有丁子,就没有我成子的今天,应该记住他!"

他为自己的这个想法着实兴奋了一阵子。到了临睡时,却又把我喊过去,说起子,我琢磨半天,觉得还是不要突出个人,不光是丁子牺牲了,很多同志都牺牲了,把他们藏在心里,比啥都强。这样吧,将来希望小学盖好了,干脆叫育英小学。

这个话题说过之后,就搁下了。

我决定把楼上的三间房子也整理一下,起码整理一间,摆张桌子,让他情绪好时练练书法。据我所知,干休所好几位老将军练书法练上了瘾,住十三号楼的吴主任一幅字卖好几百,所里的战士退伍时他都要送一幅。韩天成说他不会去写那些半吊子书法,手里握了一辈子枪,手腕子和枪筒子一样硬,写不好字的,写不好干脆就别写。又说枪杆子和笔杆子完全是两码事,枪杆子打出的是子弹,笔杆子泄出的是文化,近了这头,就远了那头,你只能占一头。我说,不在里面练书法,干点别的也行呀,比如下雨阴天的,出不了门,可以在里面打打拳下下棋啥的。

他勉强同意了。等我把楼上最大的那间整理出来后，他吭哧吭哧地爬上二楼，扶着门框说："很好。将来你可以在里面娶媳妇。"

没想到他冒出这么一句，我的脸腾地红了。他嘿嘿笑着："起子你还害羞呢。喂，告诉我谈了对象没有？"

我忙说："没有。没有。"头摇得像个货郎鼓。

不凑巧的是，我们正说着，所里的通信员来送书信，两份报纸中间夹着一封写给我的信。只扫了一眼信封上的字迹我就知道，信是姚秀写的。我有点不自然地把信抓在手里。这一丝慌乱却被他敏锐地捕捉到了，他大声说："好啊起子，这信肯定是个女娃子写的。刚刚你还矢口否认，现在在看你怎么交代！"

我讪笑着，确实不知该怎么交代，因为我真的说不清我和姚秀到底是什么关系。她也是韩家洼人，我们同岁，而且还是小学和中学的同学。后来我考上县高中，她回家种地，我们见面的机会少了。偶尔我在上学或放学的路上遇到她，她正在路边的责任田里干活，或是扛着农具偶然和我相遇。每次相遇，无非是打个招呼而已，比如她说：上学去呀；比如我说：干活去呀。我发现她的脸蛋比过去黑多了，心里生出一点酸涩。我觉得我不是心疼她，而是心疼她的脸蛋，姑娘的脸蛋是不能够放到骄阳下暴晒的。说话间到了三年前，我高考落榜（只差半分），一时感到天塌地裂——没有人能够理解一个山村知识青年的心情，他试图走出那些大山的全部努力一瞬间化为泡影，十多年的心血眼看着白白扔掉了！我羞于见人，整天在家蒙头睡大觉。那一天午后，家里人都下地了，院子里除了鸡啄食拉屎的声音外，没有别的声音，我闭着眼睛躺在床上，能够听到外面阳光唰唰的降落声。突然，院门吱呀一响，有个人迟疑着脚步走进来，在我睡觉的厢房外面停顿一会儿，然后轻轻推开了门。我懒得睁眼，心想进来的若是个贼我也不会管他，他就是搬光我家的东西，他就是拿刀杀我我也不管。但来人不是贼，因为我听到了一声悠长的叹息，贼是不会叹息的。过了好久，我实在忍不住了，撑开眼皮冷冷地觑了一眼——

是姚秀。

姚秀她斜倚着门框，一动不动地望着我。阳光从她背后扑向她，在她周身镶了一道耀眼的金边，仿佛想熔化她。她的头发盘在头顶，脸蛋儿愈显暴露。她双目灼灼闪亮，含义复杂。她咬着下嘴唇，神色凄迷。我像个落水者，无力地朝她招了招手，她就踱过来，坐在床边。多日不见，这时我却觉得她的脸蛋不那么黑了，透出一种健康而结实的紫红色。突然，我用尽全力坐起来，我真的像个遇见了稻草的落水者那样，死死地抱住了她。我把她当成了救命的稻草紧紧抱住不放，她心甘情愿当作稻草被我抱着，一直到我懵里懵懂剥下她的裤子她才灵醒过来，由一根稻草重新变成活生生的人。她飞快地提上裤子，飞快地伸手抹了一把我眼角的泪痕，飞快地亲了一下我的嘴唇，然后飞快地跑出我的屋子。院子里的鸡受到惊吓，咯咯叫着，纷纷飞向屋顶和墙头，翅膀掀起的气浪击打得窗子发出嗡嗡的共鸣。第二天一早，我就出人意料地扛起锄头下了地。从那以后，每天我都像个真正的农民那样，起早贪黑下地干活，不急不躁，无怨无悔。同样是从那以后，姚秀没再登过我家的门，即便是路上见了，她也不冷不热的，甚至于脑袋一低，加快步子走掉。我搞不清她是怎么想的，我也不想问她。这年年底，我爹把刚领到手的售粮款一分为二塞进两个信袋，然后又分别塞进镇武装部长和村支书韩道银的口袋，我便顺顺当当入了伍。出发前的某一天黄昏，我最后一次到野外去，我站在一个山头上，打望着远处连绵不绝的群山和近处层层叠叠的田畴，打望着夕阳、炊烟和荒草，想到这里即将变成辽远的背景，一种悲壮的感觉油然而生。身后有人叫我的名字，我回头一看，是姚秀。这时我感到她的脸蛋好像又变黑了。一时无话，最后还是她先开了口。她脑袋微微勾着，用双手绞着发梢，低眉顺眼地说："俺以前想过,如果你喜欢俺,俺就跟你,不要你家一分钱。可你要走了,俺知道这个想法就要落空了。不过呢,如果你在外面混不下去,就给俺来封信,俺好等你回来。"说完,她也没问我有啥想法,扭头朝山下跑去。

到了部队后,我思前想后,觉得无论如何应该给姚秀写封信。平心而论,她是个不错的女孩,在乡下能娶到这样的女人,九泉之下的祖宗先人都会乐得合不拢嘴。但若是往高了看,她又是个没有前程的乡下姑娘。就这么着,我们有一搭无一搭地通着信,信上的内容也是干巴巴的。

韩天成眨巴着泪囊突出的小眼睛,像个老顽童似的,非要我当着他的面拆信。还说要是我不介意的话,他想了解一下信的内容。我知道他是关心我,同时也关心故乡的现状,他对来自故乡的任何信息都表现出极大的兴趣。我按他的要求做了。信笺脱离信封的同时,另有一张硬纸片从我手中滑落在地。是姚秀的一张照片。我弯腰捡起,未及端详,就被他要了去。他反反复复打量它,我耐心地等待着他的反应。他说:"多好的姑娘……我已有六十年没见过家乡的姑娘了……"

他的语音里带着一股莫名的伤感和凄凉,眼角不知何时挂了两滴清泪。夕阳涂满了窗玻璃,房间里弥漫着过滤后的光线,昏黄、黯淡、虚飘。我预感到要有一件事情发生,心头惴惴不安。果然,他喟然长叹一声,说:"起子,我问你,你听说过一个叫小蔡的女人吗?"

六

恐怕谁也不能否认,小蔡是韩天成一生中一个重要的人物。从某种程度上说,他生活道路的改变与小蔡有着不可分割的关系。

我来七号楼快两个月了,一直等待着从他口中说出小蔡,但他讳莫如深,闭口不谈,独自坚守着一个秘密。他终于坚守不住了——如果再坚守下去，他就要被彻底地压垮；抑或是他刻意想忘掉它，永远地忘掉，仿佛什么都没有发生。但在经过百般努力之后，他发现自己所有的努力都是徒劳的，他不可能忘掉，就像他不可能忘掉自己的历史一样。而到了这时，他不仅不想忘掉，反而还想知道更多的事情。

其实，他试图坚守或忘掉的，早已不是什么秘密。在我们的家乡，小蔡一直都是最受人注目的人物之一。人们见到小蔡，就好比见到了韩天成。小蔡就是韩天成的影子。他们的故事也被人们传得沸沸扬扬，人所共知，而且几十年里经久不散。

没有人知道小蔡具体叫什么名字。她年轻的时候人们叫她小蔡，年老后人们就叫她蔡婆婆。她不是韩家洼人，据说她的老家在百多里外的蔡家峪，有一年蔡家峪发洪灾，她父亲被大水卷走，很多人都被大水卷走，那些活下来的纷纷外出逃难——这样的事情那年头实在算不得新鲜。她的母亲一手牵着她，一手牵着她的弟弟，鬼使神差一般朝韩家洼蹒跚而来。那年她八岁，她弟弟五岁。还在路上时，她母亲就合计着必须把一个孩子送人，因为她没有能力养活两个。到了韩家洼，有能力领养一个孩子的除了韩昭亮还能有谁？于是，她哇哇大哭着被韩昭亮领回了家。进了韩家大宅，她立马就不哭了，因为她从来没有见过这么阔气的宅院，她还看到院子里的鸡见了洒在地上的金灿灿的谷粒，头都不低一下，鸡们昂首阔步趾高气扬，比门外大街上的行人都体面——这个时候即便她母亲再来领她，她都不可能跟着走了。

谁都清楚，刻薄成性的土财主韩昭亮愿意领养一个女童并非是他发善心，他是想培植一个不花钱的女佣。这个推断很快就被证实了，小蔡成了韩家一把干活的好手，她里里外外，殷勤侍候着主人一家老小。而且几年之后，她居然出落得鼻子是鼻子眼是眼，很像那么回事。

韩天成比小蔡小三岁。平时一贯高傲的韩家少爷起初根本没把这个黄毛丫头放在眼里，虽然她经常在他身边转来转去。私塾先生教给他的那些陈词滥调已经够他心烦了,况且他还没有长大呢。到沂水城里的新式学堂就读之后,他的心情才逐渐好起来。以后再回家,他猛不丁发现小蔡已经不是原先那个不起眼的黄毛丫头了,她变了,变得让他都不敢相认了。同时他发现自己也变了,变得自己都不认识自己了。

不光他们在变,整个世界也都在变。

后来发生的事情不免有一些猜测的成分。但猜测也罢,真实也罢,韩家洼男女老少对此却深信不疑——

大约在他十六岁那年的隆冬时节,他从城里回家,一进院门,小蔡就扭着腰肢迎上来,从他手里接过一应物品,嘴里少爷长少爷短地叫着,哈出的热气直扑他的脸颊。他像个客人一样被小蔡领进他住的偏房,小蔡又端来一个火盆侍候他取暖,然后细声细气告诉他,老爷把她许配给了孙家洼的小地主孙七,跟他做二房,孙七则划给老爷五亩水浇田,腊月初六她就过门。他觉得这事与他无关,听过就忘了。到了夜里,寒风呼啸,大雪纷飞,小蔡还像先前那样半夜起来替少爷掖被角,给火盆添炭,乃至早晨帮着倒尿壶。小蔡蹑手蹑脚进了门,走到他的床前。如果他那一刻正死睡,也许就没有后来的事情了。偏偏他醒着。他已经到了常常睡不踏实的年纪。借着雪光,他看到小蔡蓬松着头发,披着带补丁的碎花粗布棉袄,脸上挂着慵倦的表情,敞开的怀里胸脯格外厚实;小蔡身上黏糊糊的气息一点不剩地钻进了他的鼻孔。他有点恐惧,有点迷乱,有点不知所措。夜半时分的不期而遇起到了火上浇油的作用——就在小蔡把手伸过来替他掖被角的时候,他的忍耐终于达到了极限。于是,他就像蛇捉青蛙那样,突然捉住了小蔡的一只手。接下来的事情是在慌乱中完成的,小蔡激烈的反抗渐趋微弱,一个结果不可避免的注定了。多年以后他肯定为自己的莽撞和不计后果后悔过。小蔡呢?没人知道。

第二天一大早,他郑重地对他的父亲说,最好不要逼迫小蔡嫁给孙七，因为她愿意侍候老爷一辈子。

说小蔡是他的第一个女人那是毫无疑问的。后来在两年多的时间里，他和小蔡断断续续保持着这种关系，小蔡是他求学期间的一种牵挂，但这种不伦不类、偷偷摸摸的交往又使他感到沉重。说真的，他更喜欢新式女性，可他对于小蔡命运和肉体的主宰同样令他陶醉，难以自拔。很快，一九三六年的春天来到了。

小蔡可能是他投身革命行动的唯一一个知情人。如果小蔡把消息走漏出去，他是不可能走脱的，光他父亲这一关就无法逾越。在他打定主意之后，估计他对小蔡有过什么许诺，比如"你等着我""我会回来的"之类。当时小蔡一定会泪水涟涟，泣不成声，或许他也流了泪。但他马上就抹去了它，义无反顾地走了——也许那一刻他们谁也没有想到，这一去竟成永诀。

说到底，他投身革命是一种最好的选择。他拯救了自己，同时也拯救了他的地主父亲。一九四六年秋天，韩家洼搞起了土改，如果他没有投身革命的话，那么等待他们父子的，将是最严厉的惩处。村里只有半顷地的小地主韩昭良都落了个尸身不全，他们父子被愤怒的翻身户剁成八瓣都未可知。即便他们侥幸逃脱，一九四七年夏天他们肯定会作为还乡团回来报复，最后仍是难逃厄运。正因为他选择了光明，土改时他的父亲虽被划为地主，但保住了性命。

开批斗大会时，贫协会的人动员"苦大仇深"的小蔡上台揭发老地主的罪行，小蔡死活不肯上台，她说，俺是他养大的，没有他俺可能早就饿死了，俺不能忘恩负义。人家责怪她觉悟太低。她说，啥觉悟不觉悟的，俺就这样了。

一九四八年春天，这一带全部解放，老地主家苦心孤诣经营几辈子的土地和宅院全成了别人的，老地主本人只落下一间过去守园人住的茅屋作为栖身之所。就在这时，小蔡的已长成壮汉的弟弟来到韩家洼，接她回老家。她却冷冰冰地说，俺不认识你们，俺也没有老家，这儿就是俺的家，哪里俺也不去！她弟弟见劝不下，赌气走了。好心的村人也早已把她当成了韩家洼人，紧接着为她张罗婆家，她毕竟已经三十出头了。可她坚决拒绝了人们的好意，任谁来劝她都是一句话——俺一辈子不嫁！

不久，据说来村里指导二次土改的工作队队长看上了她，三天两头来缠她，而且软的不行就来硬的。一天深夜，那位掌握着韩家洼最高权力的队长酒后闯进她住的小屋，眼看就要得手，她冷不丁挤出一句恶狠狠的话——你再敢碰俺一指头，看韩天成回来不剁下你的××！只这一句，就让队长的酒醒了大半，以后他再也没敢踏进她的小屋一步。

世上没有不透风的墙，人们很快就把她和韩家少爷的瓜葛理得差不多了。村里上了年纪的人都记得，那段时间她几乎天天到村子通往山外的唯一一条路口上去，向着远方眺望。有人和她打趣，说小蔡，是不是等韩家少爷呀。她说，是呀，就等他呀。少爷腿不好，临走那年托我给做条皮裤子，这不，早做好了，狗皮的，穿上暖和得很呢，就等他来取呢。

差不多就是这个时候，韩天成率领他的第四十七团攻下了泗河城。队伍举行了隆重的入城仪式，欢庆的锣鼓和秧歌发出震天喧响，韩天成骑着高头大马行在最前面。谁也说不清到底是怎么回事，反正走着走着，突然有一条长长的彩带飘过来，搭缠在他的脖颈上，而彩带的另一头抓在一个少女的手中。他顺着抖动的彩带望过去，看到了一张青春勃发的脸——这张脸一下子使他回到十二年前，他在沂水国立中学就读时的岁月，那时他的周围有不少这样的脸庞。但从那以后，戎马倥偬，岁月在枪林弹雨中流逝，这样的气息对他来说真是久违了！……他打马立住，柔声说，你叫什么？

当天傍晚，那张青春勃发的脸蛋仿佛再次从天而降。她居然躲过了卫兵的盘查，出现在泗河城各界人士为庆祝大军入城而举行的晚会上。很多双眼睛同时瞄上了她，她的眼睛却瞄上了坐在主宾位置的韩天成。最终那两双眼睛里迸发出的光芒缠绕在一起，使热闹的晚会现场都黯然失色。

那年韩天成三十一岁，宋燕玲十八岁。宋燕玲是个小手工业者的女儿，当时她正在省城的女子师范学校读书，原本回泗河城的老家逃避战乱的，没想到正赶上大军攻打这座古城——却也因此而促成了一桩令她的小姐妹们羡慕不已的婚姻。尽管后来的事实证明这桩婚姻并不成功，但她那时一百个愿意。

五年之后，韩天成的队伍从朝鲜战场调回国内休整。一位沂水老乡带来了他的父亲已经谢世的消息。可以说这个消息彻底掐断了他与故乡的联系。如果不算小蔡的话，他在故乡就没有什么亲人了——小蔡又算个怎么回事呢？他困惑，他无奈，所以他不敢往下想。这个时节，他的夫人宋燕玲已经在省政府机关上班，他们的儿子也快出生了。

老地主死后，是小蔡为他操持的丧事。她央求村里照顾了一口薄板棺材，才使他不至于在奔向黄泉的路上以草席裹身。以后每逢老地主的祭日，小蔡都到他的坟上烧点纸钱。日子流水一样过去，小蔡转眼间变成了白发苍苍的蔡婆婆。韩家洼人的心肠毕竟还是软的，蔡婆婆后来一直享受五保户的待遇。她早已不再等待，人们在她面前也不忍心再提及韩家少爷。我记得我刚上学的那年，有一回在路上遇见拄着拐棍一步三摇的蔡婆婆，她叫住我，问我去干啥。我说去上学。她眼睛一亮，扔掉拐棍，上前摸着我的额头说，听婆婆的话，好好读书，读出名堂就去城里做事，到时别忘了帮俺把狗皮裤子捎给韩家少爷。年底，蔡婆婆无疾而终，临死时紧紧抱着一条已经被虫子蛀得快要成粉末的狗皮裤子。村里人把她连同狗皮裤子一起葬在了一片向阳的山坡上

韩天成瘦小的身躯深深陷在沙发里，面色惨淡，许久无语。共同回

忆往事使我们都感到十分疲倦，几近虚脱。最终是他打破了沉默，他呜噜着，说："我的膝关节一到冬天就怕寒不假，但我从不记得让她做过狗皮裤子。"

我不想就这个细节和他展开争论。现在再争论这个已经没有任何意义了。我只是担心他的身体，因为我发现，这个夏天的傍晚，他仿佛一下子苍老了十岁，连日来的精气神儿一扫而光。

七

夏天，爬墙虎青翠的藤蔓覆盖了干休所的每栋小楼，这些小楼看上去像是搭在野地里的一座座窝棚。小风吹来，数不清的椭圆形叶片像一面面精致的小扇子，仿佛接到同一个命令似的一起扇动，煞是喜人。白天，满目的叶片反射着阳光，到了晚上，它们便发出沙沙的响声，犹如在讲述一个流传千古的故事。

我一直没有养成午睡的习惯，中午，大概除了哨兵，干休所所有的人都在午休，我就搬张椅子到门口的葡萄架下复习功课。原先我以为当公务员很轻松，可以抽出不少时间自学，以便明年参加全军统考。来后才发现，属于我个人的时间并不多。

韩将军倒是非常支持我。他对我说，起子，好好干吧，干出点名堂来，不要让人说我们韩家洼的男人是窝囊废！他边说边冲我晃晃拳头，我也冲他晃晃拳头。他接着用郑重的语气说，你才刚开始嘛，谁也不敢说你日后当不了师长、军长、军区司令、总参谋长！话音未落，我们就都为这个缥缈的巨大前景颇感滑稽地笑了。笑毕，他又若有所思地说，当然，干不好也没啥，可以回韩家洼。哪里是天堂？我看故乡就是天堂！这句话使我洞察了他深埋已久的恋乡情结。

为了表示对我的支持，他嘱我晚上可以多学一会儿，早晨不必起那么早，他自己上山就行，不用我陪，我只要七点半准时赶到山下的小广场就可以——我们一般都在那里的小摊上吃早点。我觉得这样不妥，每天仍坚持陪他到凤凰山南坡的烈士墓地闭目静坐。这使我尤感疲惫。

某个周末的上午，韩将军到院里溜达，我留在家里学习。突然，我最亲密的战友林建明出现在我面前，他专门请假来看我了。这是我离开机关警卫营后我们第一次见面。他神采奕奕，满面红光，我以为他得了什么好事情，比如入党或立了功之类。他愈发得意地说，那些都不算啥。他神秘兮兮地告诉我，他偷偷喜欢上了通信总站的一个女孩，那女孩也挺喜欢他。她的名字叫赵冬。我回忆了一下，多少想起一点赵冬模糊的影子。记忆中的赵冬容貌俏丽，走起路来喜欢像模特那样扭腰甩胯，这使她在女兵群里格外惹眼。她的嗓音也不错，好像她和林建明还在一个晚会上合唱过一首歌曲，算是认识了。她是本市人，就在家门口当兵。也是一个周末，林建明在营门口值勤，赵冬娉娉婷婷朝他走来。林建明勇敢地迎着她的目光，一直到她走到跟前，然后他扑哧笑了。赵冬狐疑地说，你笑什么？他说我笑你们女兵的服装，本来一个个漂漂亮亮的，穿上这身军装，却像个童养媳受气包似的。听了他的形容，赵冬咯咯笑着说，没错，我们就是部队的童养媳社会的受气包。他接上说，那么我们男兵像什么？对，我们像长工。赵冬说，小长工，好好扛活吧，将来熬个大东家。赵冬走出好远后，又回过头来朝他招了招手。他的目光一直追随着她消失在人群里，他觉得他的心也被赵冬带走了，从此不再安宁。很久以前，他就不喜欢军营里的战争故事，他喜欢军营里的爱情故事。连续失眠了三个夜晚后，他按捺不住地给赵冬写了一封信——没敢在营区附近的邮局发，他特意跑到市中心的一家邮局投寄的。接下来他陷入了痛苦的等待，心想若是那封信石沉大海，对于他将是一个沉重的打击，他也许就会从此消沉下去，对生活难再抱有幻想。令他喜不自禁地是，一个星期后，他收到了赵冬的来信，赵冬在信上表达了同他一样的心情，还说她看了来信的邮戳，他那封信是在她家楼下的邮局发的，她也特意请假跑到家门口的邮局，发出了这封信。从此，他们靠书信保持着秘密往来，热切地等待爱情果实真正成熟的那一天。望着我的朋友兴高采烈的脸，我觉得我有必要提醒他，他们的举动是一种冒险。军营里人人皆知，士兵不准就地谈恋爱，尤其是男女士兵之间，更不能越雷池半步，否则会受到严厉的惩处。林建明却傻笑着说："我当然明白这些。不过除了我们三人，不会有别人知道。"他冲我挤挤眼睛，又说："除非你去告密。"

我觉得这句话不需要回答，就没接他的话。他顾自说下去："即便事情败露，我也不怕。你没有尝过爱情的滋味，所以你体会不到它的力量。为了爱情，我愿意放弃一切。"

"一个男人，最好先有了前程，再来考虑爱情。比如你我，眼下最要紧的就是考上军校，否则什么都将会竹篮打水一场空。"我指指自己的脑袋，"看来是你的脑子出了问题。"

他愣了一下，看了我半天，才说："天起，你变得俗气了。"

我们之间不可避免地出现了一点裂隙，这使我对他的将来忧心忡忡。这时，韩将军回来了，我忙把林建明介绍给他，并说这是我最好的战友。老头呵呵笑着，拍拍我和林建明的肩膀，说："我看出来了，你们的关系就像当年我和丁子一样。"

老头执意要留林建明吃午饭，吩咐我多搞点好吃的。就餐时，我们喝了一点酒，三人都很快活。林建明走后，老头感慨道："见了你的朋友，就让我想起丁子，总觉得他还活着。"他抬起右手，用食指和中指使劲点着太阳穴，同时摇晃了一下，差点跌倒。

老头独立生活的能力已经越来越差。夏天来临之后，最让我犯愁的就是每天要帮他洗澡。开始他硬撑着自己洗，可有一次他滑倒在卫生间里——幸亏没摔出偏瘫骨折什么的，否则我就不好交代了。从那以后，我坚决不同意他单独进卫生间冲澡。

第一次照应他洗浴时，他极不情愿地脱衣服，我也有点不自然。但我迅即被眼前的事实惊呆了——我眼花缭乱地数了数，他身上有六处伤痕！而在这之前，我只见过他左腿肚上的一处枪伤。他从未向我谈起过他喋血疆场的经历，更不会主动炫耀战争留给他的印痕。也许在他眼里，士兵挂彩和树木长疤没有什么不同。可事实明摆着，这副干枯的身躯曾有过六次为钢铁所伤的经历。如今，枪弹纷飞的岁月早已过去，而那段岁月却在这副不起眼的躯体上留下了磨不掉的痕迹，它们就像六枚坚硬的花朵，长久地开放，闪耀着金属的光泽。至少在这具躯体消亡之前，它们不会枯萎。

我替他往身上抹肥皂，帮他擦干水珠。我一次次抚摸那些质地坚硬的印记，一次次心惊肉跳。说真的，我不喜欢他的身体，但我喜欢那些伤痕，因为每个痕迹都有一段往事。我喜欢那些尘封已久的往事。

他胸口靠右边的那处刀伤最为骇目——再往左偏一点点，他就要随这一刀而无声无息了。

我问他六处伤疤的来历，他不说其他那五个地方，只是指着胸口处说："这是日本人留下的。"显然，那五处伤痕是中国人留下的。

一九三九年夏天的黄龙岗之役是他抗战期间参加的最惨烈的一次战役。在那之前，游击大队在日军强大的军事压力下东躲西藏，非万不得已不会出手；在那之后，他们更不想和日本人硬碰硬，能打就打，打不了就跑。事实上，黄龙岗之役的规模并不大，而且是他擅自决定打这一仗的。那时他已经当上了中队长，丁子在他手下当排长。他率领他的中队去黄龙岗一带发动群众扩大武装，和前来扫荡的一个小队的日军不期相遇。按照以往惯例，他应该及时撤离，但他手痒痒了。已经不止一次地见了鬼子就躲让他窝火透了，他手下有七十多人，鬼子只有三十多人，两个打一个，他不信打不过，他实在不想放弃送到嘴边的肥肉。于是，他一咬牙，命令部队抢占制高点，呈一字排开，准备战斗，谁要逃跑就地枪决。在战斗发生之前的短暂空隙里，他兴奋得血液倒流，因为他们已有两年时间没有好好打一仗了。然而，双方甫一交手，他就感到不大对劲，鬼子清一色的三八大盖，火力猛，战术素养高；他的弟兄手里握着的只是些"汉阳造""单打一""老套筒"之类的破烂武器，而且有十多人只拿一把大刀片。但这时再想撤走已来不及，鬼子切断了他们的退路，他唯有硬着头皮干了。好在他们占领了有利地形，鬼子第一次冲锋很快被打退了。没等他们喘口气，鬼子嗷嗷叫着再次冲上来，他扔掉不好使唤的短枪，从身旁一位战死的弟兄手里抓过一杆汉阳造，一边下令放近了打，一边朝越来越近的鬼子瞄准。也许就是从这一仗开始，他变得格外对敌人的头颅感兴趣。他固执地认为日本人大老远地到中国来，一定是他们的脑子出了问题，所以他要把炽热的子弹送进他们装满了秽物的脑袋，尽管他们都戴着钢盔，给子弹寻找目标增加了困难。他瞄准了正弯腰朝他奔跑而来的一个老鬼子，从年龄上看，那混蛋足可以当他的父亲，因此搂火之前他稍稍犹豫了一下。随即他手中的枪响了，他仿佛看清了那颗弹丸运行的轨迹——它像一簇闪着寒光的箭头，拖一串美丽的火星，长啸着去和老鬼子的头颅交媾。然而正是那顶绿油油的铁帽子暂时救了老鬼子的命，那颗弹丸撞上了它，在猛推它一把之后改变了方向，划了个弧线，落在老鬼子身后。似乎它有点不甘心，撞上铁帽子时它遗憾地尖叫了一声。他呢，当然更不甘心，他冷静地压低了一丝丝枪口，食指轻轻一抖，第二颗弹丸便追随着它的前任应声出镗。这一回，那颗深明大义的亲兄弟般的子弹没让他失望，他清晰地看到它贴着铁帽子的下沿，准确无误地钻进老鬼子的眉心，发出沉闷的爆响。随着这记闷响，那顶铁帽子居然应声飞向了半空。与此同时，老鬼子的面颊上涂满了色彩斑斓的秽物。

这确实是他心花怒放的时刻。如果他没有记错，这是他击碎的第二颗头颅。在此后十多年的杀伐中，他到底击碎了多少头颅，恐怕就是个谁也解不开的谜了。

那一仗的惨烈程度是所有人始料不及的，不到半个时辰的工夫，他手下的弟兄就损失了一大半，血腥气逼得人睁不开眼。后来，鬼子终于冲上了他们的阵地，双方展开了白刃战。拼刺刀他们好像也拼不过日本人，除了丁子身大力不亏外，其余人两个对付一个，才勉强和鬼子打个平手。丁子真是好样的，丁子挥舞着一把鬼头大刀，先是把一个戴眼镜的中年鬼子像削泥一样斜劈成两半，紧接着又直奔一个少年鬼子的脖颈。鬼头大刀就像天空中划过的一道优美闪电，带来一声清脆的炸雷——响雷过后，那个少年鬼子的头颅就离开了它原来的地方，与大地平行着，急速飞向远方。

他右胸处的伤痕就是这个时候落下的。一把三八大盖的三棱刺刀狞笑着奔向他的胸膛，他倒下了。到最后，连他在内，他的人还剩下八个活着的，鬼子剩下五个。假如不是大队长带人赶来救援，他们八个很可能干不过那五个鬼子，最终全部阵亡。大队长一到，那五个鬼子赶紧逃掉了。由于他擅自和敌人硬拼，给队伍带来了重大损失。他躺在病床上，接受了极为严厉的批评，并被撤销了中队长职务。丁子的排长职务也被撤销，改任班长。伤好之后，他到丁子手下当了一名士兵。丁子挠挠头皮说，成子，你看这事搞的，嘿嘿，这样吧，咱班我当班长，你说了算。

上级当然有上级的道理，上级怎样处理他他都没有怨言，就是枪毙他他也能心平气和地接受。但他不后悔，从不后悔——毕竟他让三十个鬼子躺在了中国的黄土堆上，毕竟他为游击大队挣来了三十支呱呱叫的三八大盖，很长一段时间里，这三十支三八枪都是游击大队最好的武器。同时他还相信，那些因为他的错误决定而长眠于黄龙岗的弟兄会原谅他的。

他唯一感到遗憾的是，他身上的六枪伤口只有一处是鬼子留给他的。

八

天气转凉之后，韩天成的身体每况愈下，食量减少，难以入眠，走平地如攀高山，有时意识发生障碍，面部肌肉僵硬，说话困难，口水连连，不停地咳嗽，呼吸声像一架老式风箱。他的心肺好像也出了毛病。

我为此感到害怕，尤其是夜深人静的时候。但他说，起子，我一时半会儿还死不了，我心里有数，你不用担心。

那年第一场小雪飘下来时，我陪他住了一个月的院，经过医护人员的精心治疗，他的病情得到了控制，我这才踏实了一点。

但他已经不可能再爬上凤凰山了。天气好的时候，我就搬两把椅子到门口的太阳下面，然后扶他出来，安顿他坐好，再往他身上盖床毯子。我们面对面坐着，找一些话题念叨。头顶上爬墙虎的叶子已经落光，干枯的枝丫全部裸露出来，像纵横交错的经脉，只是不见里面有血液流动。有一些枝条被风吹折了，但并不掉落下来，而是贴着墙体随风摇摆，明年春天，它们还会抽出新芽，然后顽强地向高处进发。

那段时间，我们坐在温煦的阳光下，有时说个没完，有时半天不说一句话。情绪好的时候，他像个刚懂事的孩子那样，好奇地缠着我给他讲故乡的山山水水，村落阡陌，世风人情。我谈起村口的那棵活了五百年的老槐树，谈起前些年还存在的那口深井和那盘石磨，他微微笑了。我谈到已经过世和仍然健在的几个老人，他说"还记得"或"不记得了"。有一天，我忍不住谈到了一个叫韩道银的人，此人是韩家洼的村支书，而且与他家还连带有一点点血缘关系——韩道银的祖爷爷和他的爷爷是堂兄弟，从辈分上讲韩道银该叫他叔。当然他不可能认识此人。

我说，韩道银这几年眼看着发了，办了好几个厂子，专门生产茅台酒和中华烟；而且年年朝百姓猛要集资，怕是相当一部分揣进了他的腰包。他买了小轿车，住上了三层的小洋楼，家底可是比当年首长家强老鼻子了；还和一个叫小翠的年轻寡妇打得火热……他烦躁地摆摆手，脸色很难看，示意我不要再讲了。他猛拍一下座椅扶手，眼里露出凶光，急促地呜噜了一串话——我只听清了其中一句：

"……敲碎他的脑壳……"

他浑浊的眼里突然迸出的凶光使我闻到了一股血腥之气。

接下来他半天不语，情绪明显地坏了。我有点后悔，不该给他讲这些。往后再谈故乡，我就专门挑好的讲，甚至现编一些美好事情卖给他。

一天，一辆小车无声地停在小院门口，从车里下来一位头发花白但气势压人的老妇。我从老妇的眉宇间看到了当年她青春勃发的英姿——无疑她就是宋燕玲。掐指算算，她也是六十五岁的人了。从省人事厅副厅长的位置退下来后，她一直赋闲在自己的那一栋小洋楼里。

我忙把她领进老头的房间，然后关门退出。通过老头先前陆陆续续的描述，我已经大致了解了他们的婚姻历程。他们当然都是坚定的革命者，但两个革命者性格简直不可调和，一谈就崩，一碰就炸，而且各不相让。共同的执拗和暴烈注定了他们婚姻生活的不幸，使他们难以平静地探究爱情的深度。也许还另有一个原因——解放后若干年里，男人在远离省城的好几座营盘里奔走，女人不甘心像那些没文化没思想的随军太太一样，把自己绑在男人身上，她舍不得丢下她的事业。其结果是，她坐上了足以令人垂涎的省人事厅副厅长的位置，这在干休所老将军们的家属中是独一无二的；但同时也使他们在精力旺盛的时候失去了交流感情的机会。

不一会儿，干休所于所长（就是以前的于副所长）颠颠跑了来，我把于所长送进老夫妻的房间,站在门厅里等他们出来。半小时后,于所长陪宋燕玲径直穿过客厅,朝小院门口的轿车走去。我忙跑去看老头。他仰靠在藤椅上,神态平静,我悬着的心这才放了下来。他呜哩呜噜说了几句,大意是老婆子来找他商量,说两人年纪都大了,是否搬到一块住?也好有个照应。他知道这是为他好,但年轻的时候就尿不到一个壶里,他到了这把讨人嫌的年纪恐怕更是麻烦。这辈子就这个样子了,下辈子如果还能做夫妻,再好好过吧。他握住我的手,说起子,他们嫌弃我,你不会嫌弃我,因为咱们兄弟是喝一眼井里的水长大的。

想到他把我当成了他最亲近的人,我心里热热的。我大声说:"首长,就这样过,挺好,我不嫌弃您!"

不知何时,于所长站在了房门口。他冲我招一下手,我跟他出了楼。于所长瞪我一眼,压低声音说:"小韩,你这孩子不会看眼色。老人就像小孩,你得学会哄他,不然你干得再卖力,也算不上一个好公务员。你要想法哄哄老头,争取让他们两口子住一块,所里也跟着少点麻烦。"

我答应了于所长,但我知道不会有结果。

转过年来,一连半个多月,天气阴沉沉的,冷风嗖嗖,刮得人心烦意乱。这年春节,人们就是在这种阴冷潮湿的天气里度过的。幸好这一阵子韩天成老头的身体和心情还算稳定,才使我不至于有度日如年的感觉。除夕之夜,我炒了一桌子菜,还包了饺子。他早早地坐在餐桌前,一个劲儿地嚷嚷倒酒倒酒。我不忍拂他的意趣,破例允许他喝一点干红,也为自己倒了一杯。他乜斜着我,说酒柜里还有一瓶茅台,是二十年前军区老司令送他的,那年他带二十五军参加全军演习,干得不赖。他朝墙角的一个柜子努努嘴,说起子,我要是你,就把那瓶酒干了。我嘿嘿笑着,装作不好意思地拎出那瓶真正的茅台,几口就下去了一半。那晚老头的心情格外好,他思维敏捷,说话连贯,笑声不断,胃口也不错。席间，他还愉快地回忆起六十多年前的一个除夕夜，说丁子那贼小子趁人不备，偷走了他家两只没蒸熟的鸡和一壶烧酒，气得他父亲吹胡子瞪眼的，把全家人都熊了一个遍。说那时尽管他家是远近闻名的大户，他父亲仍然节俭得要命，平日里根本舍不得吃肉。说老辈人就这样，盖房、置地、攒钱，岂不知房是招牌地是累，攒下银钱是催命鬼，到头来怎么样呢？后悔都来不及。他由他父亲说到丁子，说人生得一知己足矣，斯世当以同怀视之，丁子就是他年轻时候的知己。他再由丁子说到我，说我是他晚年的知己，他一生能有两个知己，真乃他的造化……

到了子夜，我们仍无睡意。后来窗外传来沙沙的响声，我拉开门一看，下雪了，晶莹的雪花在夜空中闪亮，把个除夕之夜铺排得雍容华丽。他拄着拐棍来到院子里，像个天真的孩童那样，伸出手去接雪花，说："大雪一过，天就该放晴了。"

果然，从大年初三开始，连日来的阴霾一扫而光，我又可以陪他到门口晒太阳了。

二月底的一个晴空万里的日子，他却突然像变了个人似的，把自己关在房间里，整日闭门不出，脸色灰暗，情绪低沉。喊他吃饭他说不饿，问他哪里不舒服他说心里不舒服，叫他吃药他说世上没有治心病的药。他这个突然的变化令我焦急万分，尽管肚子饿得咕咕叫，也只得装出没有食欲的样子，陪他干坐。我一遍遍地问他到底咋了，他说你该干啥干啥，与你无关。他都这个样子，我能去干啥？只好陪着他干坐。

到了晚间，他再也经不住我的问询，叹口长气，说起子你知道吗，今天是丁子五十周年祭日……

九

　　五十年前的这一天，也是晴空朗朗，但是在鲁南平原与鲁中山区交界处的石门关前，朗朗晴空却被敌我双方的炮火搅成了昏天黑地。此前，游击大队已经改编成了山东兵团的一个正规师，他当三营营长，丁子是副营长。他们师掩护新四军主力进入山东境内后，兵困马乏。可就在他们身后，国民党的三个整编师紧紧咬住不放。那一天凌晨，师长把他叫来，说三营要在石门关前留下打狙击，掩护全师撤退。师长故作镇静，笑眯眯的，其实满含杀机。师长递给他一支老刀牌纸烟，说韩天成你给我记住，三营必须坚持到今夜零点，一分一秒都不能少，守不住你就提头来见，除非在这之前你已经战死——妈的就是你死了，三营也得给我守到今夜零点，少一秒钟都不行！

　　太阳刚从地平线上露头，整编第十一师的一个先头团就到达了石门关前。韩天成迎风站在高处，望着山下流水一样源源涌来的敌人，真是羡慕得不得了——狗崽子们精良的装备在艳阳的照耀下流光溢彩，看他们的气势不把石门关踏平绝不会罢休。丁子蹽到他身边，说全营五百三十二人一个不剩地全拉上来了，这下可真要硬碰硬了，不是鱼死就是网破。他说我看这回很玄乎，搞不好鱼也死了网也破了，咱们怕是都活不到今夜零点，娘的豁出去吧！丁子却说，成子你得活下去——你也死不了。我一个大字都不识，我死了不可惜，你呢？你有文化，用处更大，所以你不能死。

　　整整一个白天不间断的厮杀，把原本朗朗的晴空打得阴风呼号，血雨升腾。敌人在山坡上丢下了差不多一千具死尸，他手下的五百多个弟兄有四百多个流尽了最后一滴血，活着的也都成了血人。石门关，石门关，成了敌我双方的鬼门关。他左肩胛骨中了一弹，丁子肋部吃了两块弹片。黄昏时分，敌人再一次发动冲锋。涌上来的步兵虽然很快被打退了，但要命的是，一辆坦克像从地底下拱出来似的，突然闯进了最西面的战壕。它打了个滚儿，重新站起来，履带上沾满了血，看上去它像一只嗜血的巨兽，狞笑着顺战壕扑来，上面的平射机枪哗哗叫着——幸亏他们把战壕修成了蛇形，否则，顷刻之间那挺平射机枪就会把壕沟里所有的人打成马蜂窝。那时部队还没有打坦克的经验，不知道该怎么对付它，所有的人都呆了，一时束手无策。如果不尽快搞掉这个钢铁怪物，不用一袋烟的工夫，它就会横辗战壕，三营的人一个也别想活着出去。

最危急的时刻就这样来临了，场面异常混乱。韩天成怒吼一声，举枪对准一个扔下枪想逃跑的士兵——最终他无奈地把一颗子弹射进了那个士兵的后脑勺。他记得那个兵是不久前刚投诚来的，长得文文静静，像个姑娘家，像个学生娃子，年龄和他当年投笔从戎时差不离，胡子还没长出来呢。但是，他没有别的办法，他只能打碎他洋溢着青春气息的脑壳……

钢铁怪物越逼越近，它的狞笑如雷贯耳。他冷静一下，命令身边的几个弟兄，快绑手榴弹，用集束手榴弹炸它！一个弟兄抱着一捆迎了上去，被怪物身上的机枪打得血肉横飞；又上去一个，又被打烂。一连上去七个，全被它打成了碎片！战壕里会喘气的人越来越少。他只剩一个念头——如果阵地不保，回去也是死，干脆就在这里让那个怪物把我的脑壳打碎把我的身子辗扁吧！他抓过一捆手榴弹，弯腰就往前冲——但是，他只迈出一步，脚腕子就被一只有力的大手拽住。他听到一个声音说："成子哥，我来。"

就这样，没等他反应过来，丁子劈手夺下他手中的集束手榴弹，猴子一样跳到沟沿上，朝着那个巨兽奔去。恰在这时，躲藏了一天的太阳突然露了脸，它蹲在西边的山头上，把万道霞光尽兴泼洒而来。丁子就迎着夕阳前行，他甚至连腰都不弯一下，而是挺胸昂头，舒展张扬着四肢行进。浓稠的霞光在他身体周围旋转缠绕，发出岩浆包溶石块的哧哧声。坦克里的射手大概想不到会有人顺着壕沿跑来，一时来不及调整枪口，串串涂满了霞光的子弹钻进丁子脚下的黄土里。随即，丁子摇晃了一下。他的肚腹和胸部接连中弹，噗噗的响声震得整条战壕都跟着颤动。他又摇晃了一下。但他没有倒下，他继续前行。他的肠子垂落下来，就像他的双腿间夹着一条彩色带花纹的拐杖。壕沟里所有活着的人都张大了嘴巴，所有的目光都被他吸了去。突然，他的头颅发出一声短促而清脆的爆响。紧接着，不知有多少粒子弹奔向他已经残缺不全的脑壳，就像数不清的马蜂一齐飞向它们的窝巢，眨眼之间，那个窝巢爆裂成了碎片，五彩斑驳的碎片呈扇形散开，在空中滞留了一会儿，然后天女散花般缓缓飘落。那一刻，即将熄灭的霞光重新又被点燃，天地之间浓妆艳抹……丁子的躯体再也不能前进了，但那个焦黑的躯体仍然没有倒下，它仿佛一截历尽风霜雨雪电打雷击的树桩，虽褪去了绿色，可就是不倒下！它牢牢生长在离坦克约五米远的地方，巍然挺立。这个气势居然将那个钢铁怪物都吓得停顿了一下，里面的平射机枪好像也给震慑得变成哑巴，暂时停止了射击。战场上寂静无声。

　　韩天成撕肝裂胆地叫了声丁子，但他听不到自己的声音。他觉得是自己的脑袋被击碎了，心脏剧烈地疼痛了一下——这一痛就是五十年！

　　接下来的事情谁也无法想象——当钢铁怪物再次吼叫着，前行至那截树桩跟前时，那截焦黑的树桩晃了晃，然后倒向战壕，准确地砸在正哗哗运转的坦克履带上，随即那捆手榴弹爆炸了，掀起的气浪把人的脸皮都揭去了一层……

　　六天之后，韩天成带领剩下的二十多名弟兄，在莱芜城外的吐丝口追上了师部。见了师长，他死去一般，扑通一声倒在地上。师长上前扶起他来，他半天说不出一句话。师长说，我已把三营事迹上报兵团部，兵团会通令嘉奖你们。

他痛哭一阵,说,可是,我的三营已经不存在了,五百多个弟兄呢!……

师长说,三营没了,你就当团长。

他说,丁子,孙男丁也牺牲了……

师长说,他是个好同志,记住他吧!

他说,三营没了,丁子也没了……我不当团长,我要三营,我要丁子……

师长说,喝点酒,治治伤,再好好睡一觉。

望着师长那张疙里疙瘩的脸,他感到那张脸丑陋极了。他真想上去扇师长两个耳光。他在心里咬牙切齿地说,老子才不当团长,老子就要三营,就要丁子……

十

我的朋友林建明打来电话,问我功课复习得咋样了。我说:"先别管我,先把你自己管好就行。"

他不去琢磨我话里的话,而且也不掩饰他的得意,说我很好,和赵冬的事情已经敲定,这一阵子拼命学习,做梦都想着高考。我会考上的,为了赵冬,我也得考上,永远留在部队,留在这座城市。

放下电话,我想我也得关心一下自己了。从丁子五十周年祭日的那一天开始,韩天成的身体状况急转直下,所有的症状都超过了以前,而且更糟糕的是,他的精神状态也不妙,常常沉默得像一块冰冷的石头,有时一整天不说一句话。像他这种历经千难万险的人,肉体可以被摧折,精神却不能垮,一旦精神出了毛病,将是灾难性的。为了更好地照料他,我把我的床搬到了他的房间,日夜与他相伴。由于用在他身上的时间越来越多,我个人可以支配的时间所剩无几,只能在他睡着以后翻翻课本。我把自己搞得小脸灰黄，疲惫不堪。我觉得为了他放弃考试也不是不可以，但又总是不太甘心。

在这个莺飞草长的春天，我陪着老头在干休所和医院之间来往奔波，常常在家里住几天，再到医院待一阵儿。他时而清醒时而糊涂，清醒时他对我念叨，说丁子死了，好多弟兄都死了，他却活下来了。丁子是替他死的，原本该死的是他，所以他的地位、房子、车子、存款都应该是丁子的而不是他的，只要有一口气，他就不能忘记这一点。糊涂时，他常常把我当成丁子，说一些老话旧事。或者把我当成鬼子兵、国民党兵什么的，突然抬起右臂对准我，右手食指做射击状；要不就枯坐在那里，目光呆滞，右手食指和中指顶着太阳穴，像个自戕动作。有一次，他从睡梦中醒来，硬说他的小洋楼是敌人的碉堡，窗子是射击孔，外面爬满墙的藤蔓是伪装网。他抱起枕头歪歪斜斜走到门口，往地上一竖，冲我说，快卧倒，要爆炸了。见半天没动静，他又拿起另一个枕头扔给我，命令我再上。还有一次，我搀着他在院子里散步，一辆小车驶过来，他猛一怔，说，敌人坦克上来了，给我炸掉它……

四月下旬的一天下午，我从医院取药品回来，突然不见了他的踪影。我急坏了，满院子找，都说没看见。住八号楼的胡德平老将军拦住我，惋惜地说，我看老韩活不过今年了。小伙子别急，他今天不会有事的。他能去哪里？你去山上找找看。胡老的话提醒了我，我飞奔着往山上爬，好几次滑倒在地，肘部和膝盖摔出了血，疼得我眼冒火星。我跑到南坡的陵园，果然看到了他的背影。他坐在一座墓基上，双臂死死抱住一块石碑，像溺水的人抱住一捆稻草——他居然脸贴着石碑睡着了，晶亮的涎水把铭文都打湿了一片。我摇醒他，他把右手放在头顶上，口齿含混地说这是在哪里，我的脑袋还在吗？

这是他最后一次上山。谁也弄不清他是怎么爬上来的，犹如神助一般，他竟然没有摔伤。回去的时候，于所长派来两名警卫战士，我们三人轮流背着他，好歹才把他护送下山。

我嗅到了死亡的气息。回到家后，我偷偷落了泪。当天傍晚，就和于所长一起把他送进了医院。从此，他再也没能回到七号楼。

院方提出让家属陪床，于所长打电话把他的儿子韩军叫了来。韩军磨磨蹭蹭来到后，面无表情地在他父亲的病床前踱了一会儿步。韩天成正在昏睡，并不知道儿子来看他。

一九七五年底，二十二岁的韩军涉嫌卷入一起流氓案，被公安机关刑事拘留。当时宋燕玲还在"靠边站"，她把电话打到韩天成在外地的军部，要他回省城一趟，找人把儿子办出来。她说，同时卷入那个案子的好几个有后台的嫌疑人都溜了，凭什么光抓韩军，你作为堂堂一军之长，不能袖手旁观。韩天成却一听就火了，说他干别的我原谅，乱搞女人绝对不可原谅，他是自作自受。儿子天天跟你在一起，你也有责任。话没说完，就把电话扔了。结果韩军被判五年徒刑。他们父子之间的芥蒂就是这时形成的。干休所人人都知道这事。

韩军把于所长叫到走廊上，有点动情地说："我爸在战争年代作战勇敢，出生入死，多次负伤，屡立战功，解放后又致力于我军现代化建设，兢兢业业，呕心沥血，做人正派，不搞腐化，像这样的高级干部，实在不多。他把一生都献给了党，最后时刻，就得靠党派人来侍候他，我想我的要求一点都不过分。"

韩军一席话，说得于所长张口结舌，无言以对。我站在一边，心想把那段话的后面几句去掉，就可以作为一篇简短的悼词。韩军说完后头也不回地走了。看他决绝的样子，恐怕他永远不想和他的父亲和解了。于所长脸色铁青，对着空荡荡的走廊说："怎么啦？你以为组织上不管吗？当然要管！不但要管，而且还要管好！"

于所长和我商量，说让我先顶一阵，他再派人来顶替我，保证不会耽误我参加考试。我点头同意。后来于所长到底没派人来，这样我就一直陪伴韩天成，直至他生命终结。

其实高干病房条件不错，老头住里间，我住外间，每天都可以洗热水澡；医院还时不时派个护士帮帮我，而且不用做饭，我觉得比在干休所时还轻松。有个叫黄涛的小护士见我有空就捧读课本，说："有韩老英雄保佑，小韩你会考上军校的。"这话说得我心花怒放。望着她姣好的姿容，我的身体竟然不争气地躁动起来。我的脸红了。

在韩天成最后的日子里，宋燕玲倒是表现出了她宽广的胸怀。她隔三岔五来医院探望，有时陪丈夫说几句话，有时啥也不说，就坐在床头，握住男人的手，看他休息。这一对没有摘到爱情果实的革命者，最后时刻焕发出的桑榆之情，算是给他们的往昔岁月做了一点补偿。

韩天成断断续续地对我谈了他对后事的要求。他说他过世之后，不要把骨灰盒放进凤凰山上的纪念堂，存在那里没用，白占地方，多少年后，谁还记得他？要把它葬在家乡的土地上，找个僻静处，拢一堆黄土，足矣。和土地在一起，他的灵魂才会踏实。又说他有个祖先，年轻时在外地做官，告老还乡后又做起振兴家业的梦，其实是害了后代。他从没做过这样的梦，只想百年之后把这把老骨头运回去，他从那里来，再回那里去，顺理成章。还说他的存款要建一所育英小学。他让我拣重要的记下来，向组织上汇报。

最后他对我说："起子，将来你也要这样做，不管你当多大的官。"

这天我回干休所取东西，见七号楼换装了崭新的铁门，韩军和他老婆艳芳正拿着皮尺丈量房间。我明白了，他们是趁老爹还有一口气，先把房子占下来，以免被干休所收走。我看到老头用来盛放存款折的一个小抽屉也被撬开了，心里颇不痛快。韩军扔给我一支烟，说："我父亲从没为我着想过，他是个不称职的父亲。他自己也承认这点。我给他做了四十多年儿子，得到的报酬就是这栋老房子和这点钱。和别人比比，多吗？不多。真不多！"

韩军非要拉我坐下聊聊。客厅里的破沙发已被弄走，我们只好盘腿坐在水泥地上。韩军说，是战争使父亲变得冷酷了。父亲最大的悲剧是不会遗忘，战争早已结束，他却仍然沉湎其中，可看看人家，谁还老念叨过去？眼前的事还忙不过来呢！巴顿有一句话说得好——一个将军，最好是在最后一场战斗中被最后一颗子弹打死……韩军又扔给我一支烟，替我点上，说："小韩，不管怎么说，我和我母亲确实非常感激你，你照顾了他一年多。"

我说："我和首长都是老韩家的后代，几百年前一个祖宗，照顾他是分内的事。再说，又是组织安排的，是我的本职工作，不需要感激。"

离开韩军，我首先想到，老头建育英小学的愿望已不可能实现。向组织上汇报他的遗愿时，我擅自做主，把关于遗产一项的处理要求悄悄抹去。

这期间还有一个不幸的消息，我的朋友林建明东窗事发，他和赵冬在一个咖啡馆约会时被捉住。其实他们的事领导早有察觉。士兵玩这种游戏等于玩火，林建明不是不知道，他实在是昏了头。结果他受到严重警告处分，被调出机关大院，派往东部山区的一个守备团继续站岗放哨，而且他参加全军统考的资格也被取消。赵冬则因为有人说情，暂时不作处理，等待年底复员。

林建明来医院向我告别时神色惨淡。他说他不后悔，他毕竟爱过，他爱赵冬，赵冬也爱他，这就够了。他们把一段真挚的爱情故事留给军营，让后来者咀嚼吧。他说这些的时候我已经知道，他和赵冬不会再有什么结果了。我送他下楼，在楼梯拐角处，他拥抱了我一下。这种重于泰山的战友情谊竟使我们有了诀别的感受。

韩天成是在六月下旬的一天深夜走的，走时很安详，死因是心脏衰竭。他没有惊动任何人，当时外面下着小雨，大家都在睡觉。我最先发现的。我做了个梦，梦见有个黑衣人在往悬崖下面推他，他也不反抗，任由那个黑衣人往下推。我突然就醒了，光脚跑到他床前伸手一试，他已经停止了呼吸。我看到他微微皱着眉，右手的食指和中指紧紧扣着太阳穴，像一个智者在思考。但我更倾向于认为，这个姿势像自戕动作。从此，这个画面长久地留在了我的脑海里。

医生费了好大劲才把他的手拿开。

追悼会那天，来了很多人，光小轿车就摆了一大片。一位中将致悼词时，我负责搀扶宋燕玲。我感觉到了她的颤抖。于所长跑上跑下，衣服都湿透了。这个会开完，紧接着还要开一个，参加这个会的大多数人要留下来，对另一个亡灵进行追悼。被追悼者是住八号楼的军区原副参谋长胡德平老将军，胡老几天前的夜里突发大面积心梗，当即死亡。

韩天成的远房侄子韩道银作为家乡代表参加了追悼会。我在停车场看到了他的皇冠车，车身上沾满了污泥。透过车窗玻璃，我看到里面坐着一个年轻女人，正是寡妇小翠。韩道银把女人带到这个令人悲伤的地方来，让我的胃一阵翻腾。这时，韩道银叼着烟卷踱过来，他大大咧咧地拍拍我的肩膀，说："你小子干得不赖嘛。将来混好了，可别忘了我啊，是我把你办出来的。"他又补了一句："也别忘了咱家乡。"我笑笑，啥也没说。望着他硕大无朋的头颅，我突然想起韩天成曾经说过的话："……敲碎他的脑壳……"

我的右手禁不住抖了抖。

十一

年底，我从陆军学院回故乡休假。到家后的第一件事情就是到南山去，去看看韩天成的坟茔。夏天安葬他时，我正在考场里挥汗如雨，没有跟着来。

他的坟在一面向阳的山坡上，那地方确实不赖，僻静，幽雅，少有人打搅；阳光充足，而且避风。别处都是百草凋零，黄叶飘舞，这面坡上，小草们却还透着隐隐绿意。山下是一条蜿蜒的小河，此刻，河心的冰凌在阳光下闪耀着炫目的白光，宛若一面巨大的镜子。

如果不是那块大理石墓碑，他的坟和别的坟没有什么两样。我面前隆起的黄土堆上，已经开过一茬紫色的裂萼花了。西面不远处就是蔡婆婆的小坟头。据说为他举行安葬仪式时，村里有些上了年纪的人提出，干脆把"韩家少爷"和小蔡葬一起算了，被上面来的人严厉制止。老财主韩昭亮夫妇的坟头早已因年代久远无人照看而没了踪影。

我没有在他的坟墓周围看到一行新鲜脚印。想想他在家乡已经没有一个亲人活着了。许多年来，他一直固执地断绝着与故土的联系，和家乡疏远在所难免。孙家洼有个叫孙正平的老干部，官至省军区副司令，孙副司令在位时，孙家洼不断有年轻人去投奔他，前前后后被他拉扯出去的至少有一个加强排，最早走的都当上了师长。但韩家洼从没有一个人去投奔韩天成，人们说，他连他爹娘的坟都不曾回来看一眼，添一把黄土，去找他又有什么用呢？……

我蹲下来，按照家乡的风俗，为他烧了一刀纸钱。纸帛爆响，青烟缭绕，灰蝶起舞，往事如云。六十年前，他决绝地与这里告别，做起闯荡天下的梦。六十年后，他终于还是回来了。他以肉体的形式走出，又以灵魂的形式返回，这似乎是一个宿命。

青烟散尽之后，我微闭上眼睛，试图看清黄土下面的他。但我只看到一只精致的小盒子，而无法看清他的面容和身躯。这时，我的脑子里出现了他把右手两根指头扣紧太阳穴的画面，感到热血一股股往脸上涌。我也不由自主地抬起右臂，伸出食指和中指，紧紧顶住太阳穴。这个姿势在别人眼里像一个智者在思索，但我更倾向于认为，这是个自戕动作。不知过了多久，我感到身后有点异常，就站起来，转过身子。

是姚秀。她在远远地望着我。我们已经有半年多没联系了，听说她过了年要去城里打工。我想喊过她来，和她说说话，但这时她已经走远了。

后记：一九九七年秋，我得到一个令人震惊的消息——我的朋友林建明出了事。不久前的一天深夜，他在上岗执勤时遭到两名歹徒的袭击。歹徒乘其不备，突然用钢珠枪朝他射击，一颗子弹打中了他的头颅，他当场死亡。歹徒抢走了他的枪。案子至今未破。

营地之光

在我们广袤的土地上，有许多形形色色的营盘。说它们形形色色，我想主要是指周围地物地貌和风土人情的不同，就营盘本身而言，它们的区别微乎其微。建筑风格大体一致，老房子总是比新房子多；至于里面的人，更不用说了，都是来自五湖四海，穿着一律的衣服，留着一律的发型，操着一律的军事政治术语，散发着一律的气味，手中的武器虽林林总总，但其用途是完全一致的。在我们的栖息地上，再也找不出比营盘中更整齐划一的人群了。

但是，此类人群的流动性又是其他人群无法做到的，变的是人，不变的是营盘。正所谓铁打的营盘流水的兵——这是人类的语言仓库中最形象独到的一句描述。如果非要找出一样东西和营盘比拟，那么，我认为车站最合适——铁打的车站流水的旅客。如果再推而论之，拿土地跟它相比也没有什么不妥，人总是一茬茬地生，一茬茬地死——铁打的土地流水的人。这世界，就这个样子。

当然，那些安营扎寨于大城市的营盘已经越来越不像营盘了，它们呼吸着含有二氧化硫、汽车废气和工业粉尘的污浊空气，成了五光十色的城市的一部分，里面三世同堂乃至四世同堂的人家并不少见。而在我爸待过的那类营盘里，绝大部分人是光棍，一小部分虽有老婆孩子，极少见到三世同堂的。大城市里的营盘一般都称作机关，有一年，我爸到军区机关办事，正巧赶上周末，我爸说要带我见见世面，就把我拽上了。进了机关，他东瞅瞅西看看，居然连路都走不利索了，活脱脱一副乡巴佬儿的模样，比我还好奇。后来我才知道，他是来联系调动的。机关的一位处长下部队时，曾暗示他不妨来机关活动活动，争取调过来。事实上那次他差点儿得逞，如果不是后来他的连队出了点事，他就会成为机关的一分子，我们全家都会跟着他走进大城市。因此，在回去的火车上，他格外大方地为我买了一罐雪碧，高门大嗓地说："儿子，痛痛快快喝吧！"那是我有生以来头一次喝易拉罐饮料，居然不清楚怎么打开它，慌乱中把拉环拽掉了，我爸最后还是用刀子将它启开。记忆中那玩意儿辣得舌尖发麻，直到现在，我仍对含有碳酸的饮料不感兴趣。也就是从那时起，我对机关这个词尤其敏感，曾经认认真真查过一回字典，并牢牢记住了字典上的解释。字典上说，机关指控制整个机器的关键。而我却总是据此联想到捕鼠器，老鼠一不小心，就会被它牢牢夹住。

  我对营盘的所有印象全部来自于往昔的生活片断，这种印象早已融入了我的血肉，钻进了我的骨髓，使我一辈子都不会有陌生感。现在，当车子驶近中原腹地的一座营盘时。远远地，我就闻到了再熟悉不过的气味。奇怪的是，我并没感到冲动。这座不大的营盘靠近一个破旧的小县城，我们这群新兵是从县城下的火车，一出车站，我抬眼就看到了不远处停着几辆解放牌老式卡车，不用说，是来接我们的车。这种绿漆斑驳的老爷车市面上已经不易见到了，而它们在营盘里却活得滋润，它们是军车序列里的老祖宗，俨然就是军车的象征。车子驶进营门，新兵们喊喊喳喳议论，瞪大眼睛望着营门口持枪站立的哨兵。哨兵的样子很威武，新兵们一定从他身上看到了自己不久的未来，个个都很兴奋，露出傻里傻气的模样。我的心里却异常的平静。我看到营门和我爸当年所在的牛头山军营的营门几乎如出一辙：一样的颜色，一样的简易，就连哨兵身后的木制绿色岗亭也十分相似，仿佛是同一个木工做出来的。

这座营盘的附近有一条小河，牛头山军营的附近也有一条小河，不同的是，这条小河里的水质受到了严重污染，水面上漂浮着肮脏的泡沫，眼下虽是严冬季节，小河却不结冰，水面上甚至还浮升起缕缕蒸汽。而在我的印象中，牛头山军营旁的小河是清澈见底的，水里游动着银色的小鱼，河底卧着河蚌和螺蛳。傍晚时分，我站在这座营盘围墙边的一座土岗上，瞭望夕阳下仍然发不出光来的污浊的河水，想起牛头山那座营盘边清亮的溪流，感受着时光的流逝，内心充满了温润和伤感。

十年前，也就是一九八四年，我八岁，刚上完小学一年级。仲秋时节，我帮我妈收完责任田里的庄稼，正准备种小麦时，我爸风尘仆仆地赶了回来，接我们去部队。本来我们母子二人随军的手续年初就办妥了，因为我爸所在的部队闹闹嚷嚷说要去边境轮战，随军就拖了下来。那半年里，我和我妈度日如年，生怕我爸上了前线有个三长两短。因为我爸是个军官，本来就有不少同学嫉妒我，平时他们又奈何不了我，还因为这个原因，我对父母亲的称呼不像本地人那样叫爹叫娘，而是按城里人的叫法称呼爸妈，也使别人觉得别扭。这会儿，他们巴不得我家出点事呢，幸好我们担心的事没有发生，因此当我爸到责任田里寻找我们的时候。我妈把手中的麦种使劲往远处一扬，说："不种了不种了，这地不是咱家的了！"

因为过于高兴，搬家收拾东西时，我妈显得格外大方，很多家当都留给了我爷爷和我大伯，只带上了少数值钱而又便于携带的东西。我也是，除了课本外，我把一应文具慷慨地送给了一个外号叫"鼻涕"的同学，他比我大两岁，学习成绩是班里最糟糕的，因为长年累月挂着鼻涕，所以落下个难听的外号。他爹是个酒鬼，他娘是个病秧子，在同学堆里他穿得最破。我很同情他。"鼻涕"接过我送的东西，抽了抽鼻子说："我以后还能见到你吗？"

我推了他一掌，说："怎么见不到？等你长大了。去部队找我玩，让我妈给你烙葱花饼吃。"

我的家乡在鲁、冀交界外的平原地带，不通火车。我们一家拎着大包小包，先乘长途汽车到省城，再转乘火车去胶东腹地的牛头山军营。在离军营三十里远的县城下了火车，我爸连里的文书小吴正带着几个兵坐在一辆解放牌卡车的车厢板上等我们呢。见我们露头，他们呼呼隆隆拥上来，抢过我们手中的包袱和提包。我爸皱了皱眉头说，怎么没弄个小车？小吴回答说，管理股就是不给派，连长你以后成了团首长，一定要治治那些势利小子。我爸哼哼一笑，仿佛他真的当上了团首长似的，不再计较。几个兵把我们的家当搬上车，大卡车轰轰隆隆往部队赶，那气势一点都不比小车差。我记得那天天气好极了，太阳暖洋洋地照着秋后干干净净的庄稼地，牛头山上的树叶已经泛黄，远远望去，满山遍野像着了火，透出炫目的色彩。路过那条水流平缓的小河时，我看一条鲤鱼露出水面打了个挺，激起的水花像一张越织越大的蜘蛛网。我兴奋地说："瞧，大鲤鱼！"

小吴说："鲤鱼跳龙门。连长，你们家的好日子来了。"

我爸的嘴角抖了抖，没说什么。我注意到一路上我爸并没流露出多么高兴的神情。是因为这一天他等待得太久了吗？按照部队干部家属随军的规定，副营职、当兵满十五年、年龄满三十五周岁。这三个条件中够上一个，即可办理随军。我们母子随军是由于我爸当兵满了十五年。谁都知道，靠年头办事是一个很被动的办法。那一刻我爸脑子里想些什么我猜不透，这也是我那个年龄的孩子难以做到的。

车子进入营门时，我看到正对着大门的墙壁上写着毛主席的"提高警惕,保卫祖国"八个龙飞凤舞的大字。而十年以后,当我踏进中原腹地的那座营盘不久,在同样位置矗立的照壁墙上,写的是江泽民主席的"政治合格、军事过硬、作风优良、纪律严明、保障有力"。

从我出生之后,我妈每年都带我来一次牛头山营盘。这是我第八次迈进这座军营的大门。而且这次进来,我们轻易不打算和它告别了。

我觉得从这一天起,我才算真正走进了我爸的生活。而在那之前,他对我是陌生的,陌生得形同路人。

我爸扛枪当兵与他的父亲我的爷爷有着极大的关系。鲁、冀交界处的苇河镇是个优美而宁静的地方,苇河是一条宽阔的河流,它上面连接着黄河,下面和几条不知名的河流相接,据说一直通到天津卫。在那个地方生活,当然挨饿是免不了的,那年头挨饿是平常事,不必大惊小怪。可我爸出去当兵绝不单单是为了混饭吃。我爸他们家的家境还是不错的,我爷爷有两个儿子,大儿子膀大腰圆,浑身有使不完的力气,二儿子也就是我爸个头儿没他哥哥高,力气也比他哥哥小,但是他同样很能干。再就是我爸上过六年半学,在镇上也算是个有文化的人了。而我大伯连学校的门槛都没迈进过。有两个能干的儿子,再加上我爷爷自己又正值盛年,这个四口之家的小日子过得也算是有滋有味的。

宁静是苇河镇的一大特色,那里除了鸟鸣、人语和牲畜的叫声,你听不到别的声音。"文化大革命"开始后,外面的世界闹得鸡飞狗跳,可苇河镇就是不为所动,我行我素。但到一九六八年秋天,大喇叭里传来的情况却让人们紧张起来。大喇叭上说,苏修在东北边境不断制造事端,装甲车碾过界碑,轧死我边民,轧死我渔民,抢劫我渔船;接着又说苏军朝我军边防巡逻队开火,战争阴云密布,等等。但过了一阵子,人们又有点疲态了,心想乌苏里江、黑瞎子岛、珍宝岛什么的,离咱这儿远着呢。可我爷爷不这么看,他尚未完全迟钝的嗅觉告诉他,后面肯定会发生一些事情。

果然，刚过完年，就传来征兵的消息。镇里的一些适龄青年和他们的爹娘开始睡不安稳了，他们想方设法找茬口，试图逃避被送往东北边境。也不知我爷爷当时是怎么想的，反正他和别人不一样，他背着我奶奶，也没和我大伯商量，就替他的大儿子第一个报了名。镇革委会领导乐得直拍屁股，说老王呀，你不愧是个老兵，觉悟就是高。我爷爷的脸腾地红了，他头一低手一摆，小声说应该的应该的，没啥没啥。可他回到家里后，我奶奶却抓住他又撕又咬，说老东西你心太狠，为了自己这张老脸，连亲生儿子的小命都不顾了。我爷爷一动不动，任她撕任她咬。那边，我大伯气呼呼的，抬脚把一只青瓷尿盆跺成了八瓣。在我的印象中，我爷爷是一个非常慈祥的老人，我从没见过他对人发过脾气，更没见过他动过谁一指头，人总是乐呵呵的，就连遇到来家里偷食的野狗，他也是笑模笑样地哄劝它走掉了事。但在那一刻，随着青瓷尿盆钻心刺肺般的裂声，我爷爷猛地挣脱开他的女人，一个箭步奔过去，对着大儿子的黑脸膛就是一个响亮的耳光，他气咻咻地说："想不到我养了一个熊包！"

一家人都愣住了。过了好久，才听见我大伯嗫嚅道："行，我是熊包，我认了。你呢？你算什么？"

这句话几乎将他的亲爹击倒在地。我爷爷霎时呆若木鸡，然后捂住树皮样粗糙的脸，蹲在地上半天没起来。在我长大懂事以后，才知道了我爷爷年轻时的复杂历史。抗战中期，日本兵来到苇河镇，烧了他家的房子。我爷爷一气之下参加了抗日武装，在苇河两岸的青纱帐里打鬼子杀汉奸。他负过伤立过功。抗战胜利后，游击队编入正规军，调到陇海铁路线上和国民党军作战，而这时我的家乡正进行土改，我爷爷家分得了二亩水浇地。淮海战役快结束时，给师长当马夫的我爷爷收到同乡捎来的一封家信，信上说，他的老母亲每天都到土地庙里烧香磕头，保佑儿子平安归来，眼睛都快哭瞎了；信上还说，由于爹娘身体不好，新分的二亩地里没收获几粒粮食。也许就是这封信阻断了我爷爷前进的步伐,他在部队即将进行渡江作战时停止了他革命的脚步,历经艰辛回到了家乡的土地上。恰恰就是这个差错,一笔勾销了他曾经有过的光荣,使他在后来的岁月里总是觉得底气不足。不久,全国解放了,他的战友们进了城,日子越过越舒坦。我上学之后,有一天收音机里讲到一位著名将军的名字,将军那时是某某军区的司令,我爷爷既自豪又羞涩地告诉我,他为这个人牵过三年马。又说,不知那匹雪青马现在咋样了,那可真是一匹好马,日本种。曾经有好心人怂恿我爷爷到县民政局找一找,要点补助,毕竟打过仗负过伤嘛。我爷爷头摇得像个货郎鼓,他说:"我老王再也丢不起人了!"

我大伯的一句话让我爷爷大病一场,他不停地嘟囔:"谁给我去问问,看部队上要不要我,若是要,我去。"我奶奶偷偷提着两盒点心去找镇革委会的头头,请求把她儿子的名字撤下来,人家当即就翻了脸。"你当这是闹着玩的?"不由分说就把两盒点心扔到了院子里。转天,武装部来人唤我大伯去县里体检,可我大伯不见了,过后才知是我奶奶把他藏到了镇外一座废弃的砖窑里。我爷爷急得团团转,武装部的人脸色很难看。后来我爸反复想过,他的爹那天如果过不去那个坎,也许就没脸活在世上了。关键时刻,是我爸站了出来。那时他正害着胃疼病,小脸枯黄,腰弯得像只虾米。他的爹从没打算让他背井离乡。我爷爷早就认为他的大儿子是扛枪吃粮的最佳人选。耳鸣目眩之际,我爷爷听到他的二儿子平静地说:"爹,我去试试吧。"我爷爷恍若抓住一根救命稻草,他的膝盖一阵乱抖,懵懵怔怔地说:"你?你去?好,好好。"接着又说了一句傻里傻气的话:"你愿意去,我给你当儿子都成!"多年以后我爸对我说,那一刻他特别担心我爷爷给他跪下。

一九六九年三月,刚过完十八岁生日的我爸怀揣一颗忐忑不安的心,奔向了不可知的未来。临动身前的那几天,我奶奶不停地冲她的男人大哭大闹,她的男人突然就涌出眼泪,说:"要是儿子真遇上个三长两短,下辈子我做牛做马报答他。"而我的父亲临走时依然平静地对他的父母说:"是死是活,都是我自觉自愿的。"

往后的历史背景人们都清楚了,六十年代末东北边境的战火很快就熄灭了,它仅仅成了和平时期的一段小插曲。我爸根本没获得亲耳聆听枪弹声的机会,同大多数士兵一样,他们的心房只是跟着战争剧烈颤动了几下,很快归于沉寂。

他们这批新兵在靠近渤海湾的一片沙滩上训练了一个半月,原说要随某某军调往东北边境,因局势很快缓和下来,他们心里踏实多了。训练结束后,他们被充实到牛头山军营。这座军营占地面积很大,牛头山北麓的漫坡地全被划拉进来了。但里面驻军不多,只有一个步兵团,师部在离此一百公里外的T市。据说当年日本人和国民党都曾在这儿屯过兵,某些至今已经摇摇欲坠的房屋就是历史的见证。

这个步兵团历史上没有什么卓著的战功。新中国成立以后,名牌部队和非名牌部队的命运是大不一样的。名牌部队之所以出名,是因为战争年代打过某些大仗恶仗,被授予某些荣誉称号,它的副产品就是涌现出许多叱咤风云的英雄,产生了一大批星光闪烁的将领。于是,在远离战争的年代里,在同样的条件下,那些名牌部队照样风光无限。这就好比一座村庄,这个村庄送走了一批批有出息的子弟,他们日后当然会时常想念他们的出发地,这个村庄的兴旺发达也就指日可待了。有一个现成的例子:和我爸坐一个车皮去部队的林久法,老家离我们苇河镇二里远,他和我爸在同一个新兵连接受的训练。有一年我见过他一回,也没觉出他比我爸强多少,甚至某些方面还不如我爸,但他却比我爸幸运多了,全因为他下连时给分到A军M师。临分手时林久法还哭了鼻子,说老乡们都去牛头山,只有他一个人去A军,到那儿连个照应都没有。岂不知A军便是一支名牌部队。他和我爸差不多同时当上连长的,不久，军长来他的连队视察工作，意外地发现，林久法使用的床铺、办公桌等一应物品都是当年军长在这个连当连长时使用过的。军长立马就对林久法另眼看待了。这以后林久法一帆风顺，我和我妈随军的那一年，林久法已经当上了团长。又过了八年，我爸转业时，从 M 师传来消息，林久法当师长了。这消息还真把我吓了一跳。我妈望着我爸，摇摇头说："啧啧，看看人家。"我爸则虎着脸，一言不发。我想在这样的时刻，他是没有发言权的。

从这个意义上说，走进牛头山军营的人不是十分幸运的。许多年里，它仿佛被外部的世界遗忘了，波澜不惊，平淡无奇。有人统计过，从这里走出的最耀眼的人物只是一个副军长，而且他在副军长的位置上只干了三个月就被查出患有严重的肝病，提前离休了。一九八四年秋天，我和我妈到达牛头山军营时，这件事刚刚发生，营院里人人都流露出忧心忡忡的样子。

我爸的命运偏偏就和这样一座营盘连在了一起。同时和他的命运连在一起的，还有那些曾经与他朝夕相处的弟兄们，当然也包括我们全家。从当兵开始，一直到转业，时光就在不知不觉中哗哗流走了，走得是那么仓促，甚至他自己都来不及回味。从一九六九年五月到一九八八年二月，他在三连待了近二十年时间，当过炊事员、通信员、副班长、班长、代理排长、副排长、排长、副连长、连长，每一个岗位上都洒下了他数不清的心血和汗水。一个人在一个连队待这么长时间不挪地方，这种情况恐怕是不多见的。

实在说，我爸并没有什么雄心壮志，他很少想过将来要当多大的官。当军人告别了战场之后，你就无法用杀敌的数字来衡量他的功绩了。军人的价值标准似乎也就仅剩一个：看他的职务高低。这真是一个无奈的价值标准。照这个标准来衡量我爸，他无疑是一个彻头彻尾的失败者。军营里有一句很流行的话："不想当将军的士兵不是好士兵。"

这句话实在是蛮不讲理，现实中真正能当上将军的人有几个？而且在某些情况下，往往是那些没想当将军的士兵正是好士兵。

我爸的头脑中是否有过想当英雄的念头，我表示怀疑。一九六九年，他出人意料地顶替他的哥哥当兵，很大程度上是为了顾全他老子的脸皮。在新兵教导队搞训练的日子里，他常常做噩梦，生怕训练结束后调往东北边境作战。但他又绝不是一个胆小鬼，如果真的让他上了前线，他不一定就比别人差。他那时的思想一定十分复杂，不是一句话就能概括的。一九七九年南部边境之战爆发前夕，牛头山军营骚动得很厉害。即将开往前线的传言像流萤一样纷飞，很多干部战士写血书，要求上前线，我爸没有写，他甚至连不痛不痒的决心书都没有递给上级，据说他只是偷偷摸摸写了一封情意切切的遗书，是留给我爷爷和我妈的，从上面丝毫看不出英雄气概。当上级正式决定他们团不参战时，担任副连长的我爸立即吩咐炊事班长："晚上多弄几个菜。"一九八四年初，又有小道消息传来，部队可能拉到南方轮战，那时边境的枪炮声仍在零零星星响着，部队去轮战并非空穴来风。后来我听一些老兵讲，那阵子他们连长的脾气非常之大，宛若凶神恶煞，动不动就黑着脸训人，吓得大伙儿躲着他走。后来，事情过去很久了，老兵们还心有余悸，说在你爸手下干了好几年，从没见他这么厉害过。

我长大成人之后，曾就这个问题和我爸探讨过一回，他深深吸一口烟，说："人怕死是很正常的，我相信绝大多数人都怕死，因为他不光为自己活着，他还为亲人活着。好好的一个人，为什么非要死？当然，话又说回来，如果需要他去死的时候，他也不应退缩，比如上了战场。所谓不怕死，都是逼出来的！"

在我爸漫长的军旅生涯中，一直未遇到直接面临生与死的机会，我不知道他对此感到遗憾还是感到庆幸。

我们母子二人正式住进牛头山军营后，我到牛头镇中心学校插班读二年级，我妈则到部队办的家属工厂上班，那些从各地农村随军来的家属们整天嘻嘻哈哈，她们生产一种没有注册商标的淀粉，我妈从村庄来到营盘里后还是要和粮食打交道。

从军营到牛头镇，大约二里远。出了营院大门，沿着河边的油漆路，一直往前走，拐一个山口就到了。牛头镇是个比较大的镇子，比我们家乡的苇河镇繁华多了。这一带雨水充足，空气湿润，姑娘们的脸蛋全部像优质苹果那样，白里透红，红里透白，让乍一闯进来的外地人目醉神迷，喉咙发痒，脚下打滑，傻话连篇。当地人主要靠种植水果为生，春天有草莓，夏天有杏子、樱桃，到秋天就更不用说了，漫山遍野都是苹果、梨子、葡萄、桑葚和肥桃，尤以苹果最多。深秋时节，苹果树像新娘子脸上突然被揭走的红盖头一样。这时，成熟的果实暴露在清风艳阳之下，个个红彤彤、羞答答的，令人眼花缭乱；那些更胆小更害羞的，仍然躲藏在几片椭圆形的叶子或同伴身后不肯出来，只是偶尔露一个脸儿，给你一种朦胧的想象和牵挂。而此时的苹果树则像一个刚由中年进入老年的婆婆，在她勤劳一生历经风霜之后，终于把数不清的女儿拉扯大了，她高兴得直摇晃，身子骨儿咔咔作响，仿佛在自豪地说，都来瞧瞧吧，我这群闺女有多漂亮，如果你喜欢，就把她领回家吧。

真的，我不骗你，秋天把牛头镇变得万紫千红，沉甸甸的、累累的果实几乎把它淹没，大气中弥漫着水果的混合醇香，五十里外都能闻到，让你不知不觉中步子变得轻飘，一副要醉倒的样子。如果爬上牛头山并非高不可攀的顶峰，你会发现自己陷入各种各样的果实的重围，牛头山仿佛也变成了一枚巨大的果实。放眼望去，北面的军营像一块方方正正的棋盘，东北面镇街的形状像一片边缘不齐的树叶，那条明亮的小河宛若一根弹性十足的扁担，把军营和镇子担了起来，恰好夹在军营和镇子之间的一座突兀的牛头状山头仿佛就是那挑担子的人。再往远处看，正在行驶的一列火车像毛毛虫似的；县城灰蒙蒙的，犹如一团落地不动的乌云……我不想再往下说了，我不往下说你也能猜出，牛头山是一座世外桃源，是个风景优美的地方。后来我在牛头山营盘正式居住的日子里，常常爬到山顶上去，望着远方出神。

我去牛头镇中心小学报到那天，是爸连里的文书小吴送我去的。在连队，文书是士兵里最牛气的人，其地位好比领导的秘书，少不了干些出头露面的事。小吴是四川人，个头不高，眉角有一颗女人那样的黑痣，说话有点"蛮"，走起路来像一股小旋风。小吴当新兵时，有一次我爸拉开他的床头柜，发现里面有很多零币，钢锅儿一摞摞码得规规整整，外面套上白纸，看上去像一支支放大了的烟卷，纸币则齐齐地用女孩子扎头发用的橡皮筋捆着。小吴说，家里为了让他当上兵，拿出哥哥定亲的彩礼请了客，他得攒钱帮哥哥早点把媳妇娶回来，多攒一分是一分。听了这话，我爸决定让小吴当文书。我爸对那些前途渺茫的人总是抱有深刻的同情。小吴对我爸的感激之心也是显而易见。按说他是我爸的战友，我应该叫他叔叔，他却让我叫他哥哥。兵们就和他开玩笑，说大春叫我们叔叔，小吴你也得叫我们叔叔。大春是我的小名。小吴脸微微一红说，喂喂，各论各的，各论各的。

带我去新学校报到的路上，小吴两条细腿像捣蒜的锤子似的，速度特快。他不得不时常停下来等我。后来他干脆让我骑在他肩上，驮着我走。傍着道路的小河像一条青丝绶带，潺潺的流水声仿佛来自天外，河两岸是成片成片的果园，熟果甘甜的气味浓得化不开。我们迎着朝阳走了不一会儿，小吴就气喘吁吁了。他说："弟弟，你要是个女娃子多好。"

我咯咯笑起来，说："我要是个女的，你不成了猪八戒背媳妇了吗？"

他忙说："对对，我是猪八戒，你是新娘子。"

在我们身后，稀稀拉拉跟随着十几个差不多和我同龄的学生，他们都是部队干部的孩子，也是去镇上学校上学的，他们跟在我们身后，羡慕地望着小吴肩膀上的我，小声嘀咕着什么。他们一定在议论我是谁家的孩子。到了街口，小吴放下我，牵着我的手往前走。我们脚下的这条街在牛头镇是最繁华的，两边都是店铺，有理发店、铁匠铺、海产店、干果店、小吃店和百货店，几乎所有的店铺门前都摆放着一堆堆的水果，果农们守着一杆秤，耐心地等顾客上钩。小吴说："弟弟，你得记住路，以后自己来上学。我倒想天天送你，可连长不会同意。"

我大声说："没问题！"

路过一个卖葡萄的摊位时，摊主主动和小吴打招呼。摊主是个中年人，秃头，细眉，两只豆眼灼灼有神，像两粒黑葡萄。他面前的葡萄堆上落满了苍蝇。小吴冲他打趣道："老拐子，你的苍蝇多少钱一斤？"

摊主大手一挥，苍蝇迅疾飞离。他说："怎么是苍蝇，吴班长你瞧瞧，我这可是有名的品种玫瑰红。"可他说话的工夫，苍蝇们又纷纷降落下来。

小吴说："老拐子你还嘴硬，你快看，这到底是卖葡萄还是卖苍蝇？"

摊主就又轰赶苍蝇。小吴冲我说，其实咱牛头山的苍蝇并不脏，都是吃新鲜水果长大的。如果苍蝇能卖钱，咱这儿的苍蝇肯定能卖个好价钱。当摊主得知我是三连王连长的儿子时，拎起一大串葡萄就往我怀里塞，这时我才发现他的左腿有毛病。小吴替我谢绝了，说老拐子你别拉拢我小弟，王连长知道了要骂我。那些背着书包的部队子弟已经走到我们前头去了，小吴又重牵起我的手赶路。他告诉我，老拐子的老婆腿脚也不大利索，他先前是个酒鬼，喝起酒来啥也不顾，气得老婆跑回娘家死活不想回来，还要和他打离婚。有一次我爸去镇里办事，见他在路边拎着个酒瓶子，灌一口酒抹一把泪。我爸二话不说，上前夺过酒瓶子，提溜着他去了二十里外的牛角镇他丈人家，好说歹说，才使他老婆回心转意。我爸还当着那家人的面踢了他一脚。从那以后，他果真戒了酒，承包了一座葡萄园，老婆还为他生了一对双胞胎。小吴补充说："不过，他种的葡萄还不是最好的。刘宝亮种的才是真正的玫瑰红，吃一颗能甜得你翻一个跟头。弟弟，哪天我领你去他家的葡萄园玩玩，他有个女娃子叫刘玲，她的耳垂和你的差不多，又大又圆，像一颗玛瑙。"

牛头镇中心学校建得蛮气派，一律红砖到顶的房子，房前屋后栽着高大的白杨和低矮的垂柳，操场上铺着细沙。小吴直接领我去了二年级一班。他那时还担任着校外辅导员，经常给学生们讲雷锋刘胡兰董存瑞邱少云的故事，和学校的人很熟。他对一位刚走进教室的白白胖胖的女教师说了几句什么，女教师笑盈盈地看我一眼，然后俯身冲已经各就各位的一大片脑袋说："同学们，你们又多了一位新同学。他爸爸就是大军三连的王连长。你们中有些人见过王连长，王连长年年都带兵参加助民劳动，帮我们不少同学家里干过活……"

女教师话没说完，同学们就都自发地站了起来，桌椅板凳一阵乱响。随后就是连成一片的掌声，仿佛在欢迎一位刚从战场上归来的英雄。我心里热乎乎的，傻乎乎地站在教室门口，披一身明亮而新鲜的阳光，一时不知怎么办才好。

刚到学校的那段时间，我感到非常孤独，主要是和大伙儿不熟悉。镇上的孩子把我们这些军官子弟当作"贵族"看待，总觉得隔了一层什么。那些军营里的孩子在我进来之前已经形成了各自的小圈子，我要想加入某一个小圈子，还需要时间。每天上学放学的路上，我常常一个人孤零零地走。那时我还没学会普通话，我那带有土腥气的口音也影响了我和同学们接触。当地人自然说他们当地的方言，但大伙儿都在说同一种方言，我的口音夹杂在其中就显得很不协调，仿佛我是一只远方的鸟，飞到别人的林子里来了。因此我下决心学普通话。后来我终于能说一口标准的普通话了，我想这是牛头山营盘赋予我的本领。

那段时间，我妈也顾不上我，她刚进工厂，工厂里的一切都让她感到新鲜。她跟在那些比她早进厂的家属们的屁股后面问这问那，还忙着和其中的两个拜"干姐妹"。一到星期天，就央求人家陪她去县城转悠，但也没看见她买过什么东西。只要她从厂里回来，屁股上、袖子上、鞋上肯定沾着白乎乎的淀粉，头上脸上也是，看上去像一只面口袋，我疑心她是存心不拍打干净。有一次我对她说："你身上都是粉。你是不是可以用洗衣服的水做面汤？"她瞪我一眼，说："小狗日的，你笑话我是不是？"

我爸呢，干脆连面都不照。他常常一个星期不回一趟家，而家离他的兵舍不过三百米远，偶尔回来换身衣服，一支烟没抽完又走掉了。忙是一个原因，我想主要的还是他不习惯家庭生活，一个人独身惯了。一天下午我放学回来，推门就见他正蹲在院子里的水龙头下面洗衣服，我说："让我妈洗嘛。"他一愣，仿佛这才想起老婆已经随军，脏衣服不用自己动手洗了。他马上站起来，甩甩手，挠挠头说："我刚才就觉得不太对劲嘛。你妈回来让她给我洗净晾干，明天我还要穿。"话没说完，人已走出大门。一天深夜，我和我妈早已睡下，突然听到外面敲门，我妈不高兴地说，闹嚷嚷地你想干什么嘛。他在外面说，肚子饿得咕咕叫，回来找点吃的。我妈以为他会在家里住下，谁知他拿着两张卷了葱的大饼扬长而去。我妈气哼哼地关紧门，对我说："你爸把连队当成了家，咱家倒像是旅馆，想来就来，想走就走，牛头山军营没见几个这样的，我们娘俩大老远跟他跑这儿来，到底图什么！"

家对于我爸仿佛可有可无，老婆孩子的事放不到他的心上，真让我妈大伤脑筋。在我的印象中，他极少过问我的学习成绩，我妈冲他唠叨，他说学习全靠自觉。学生和兵不一样，有些兵你不牢牢地管住他，他就捣蛋；学生不是这样，靠别人逼着学的学生永远成不了好学生。我上五年级时，班主任老师一天中午突然来访。老师赤着脸支支吾吾，我爸以为我在学校里惹了祸,紧张地问:"怎么啦?他偷东西啦?和人打仗啦?还是调戏女同学啦?"当得知我不过是上课精力不集中,考试成绩又往后靠了几位时,他笑了,说:"行行,我管管他。"老师走了后,我以为屁股上至少要挨他一脚,内心里做好了准备,暗暗收缩肌肉往上运气。但他只是认真打量我一眼,小声咕噜道:"大不了和你爷爷一样,种一辈子地。"

我小声说道:"我可不愿种地。"

他说:"种地也没什么不好。"

我爸对家庭生活感到陌生和漠然,起初我以为过些日子会改变的,他独身的时间太久了,虽然他婚后每年都回去探亲或者我妈带我来部队,但每年在一起一两个月的时间和出一趟差又有什么区别?在后来的岁月中,他确实在很大程度上有所改变,可我仍然觉得,我们父子、他们夫妻之间的亲密程度总是缺点火候,就好比一枚螺钉,出厂的时候锃亮崭新,后来生锈了,这个时候不论你怎么打磨,都不可能使它恢复原来的样子了。

不过,在我最初感到孤独的那段时间,我爸也确实忙得拉不开栓,他对家庭的忽略不计是可以理解的。秋末冬初时节,一年一度的老兵退伍工作开始。这是一个敏感时期,因为每到这个时刻,总有些老兵惹出事端。各种性情的人日夜在一起,平时被掩盖住的很多矛盾,这时候却要爆发一下了,再不爆发就没有机会了。因此,每年这个时候部队都要紧张一阵子,如临大敌。

这一年的老兵复退工作尚未开始,我爸的神经就绷得紧紧的了,三连有十几个一九八〇年底入伍的城市兵,他们分别来自济南、武汉、天津和岳阳。这一茬兵后来被公认为比较糟糕的一茬,据说他们入伍时都是街道办事处推荐的,部队和武装部没怎么插手,街道办事处的老太太们就借机动员一些平时谁也管不了的人混入了革命队伍,当然理由也很充分,你们部队不是大熔炉吗?那好,我们把这些坏渣送到你们炉子里炼炼吧。他们被塞进炉子里炼了几年,出炉时有的确实变成了好钢,有的仍旧是坏渣。现在,当你往外捡这些坏渣时,它不在你手上烫个火泡它就觉得憋屈。

  在这个特殊时刻,我爸感叹着时光的变迁。仅仅在几年之前,部队曾经是个多么有吸引力的地方啊!不论是边关哨所、大漠深处,还是雪域高原,更不用说在内地,只要是营盘,它就发光发热,它就是一个香饽饽,它就是中国版图上最美好的地方,它就是天地间最明亮的风景和最坚固的城堡,它使人热血澎湃激情似火,它让人流连忘返视死如归,全国的年轻人几乎百分之百地都梦想能够穿上一身军装握上一支钢枪。那个时期的营盘真是如日中天、光芒四射!我爸不由得想起他当班长、副排长和排长时,和当将军一样威风八面,手下的弟兄不论家底有多厚,背景有多深,确是个个低眉顺眼,你拔一根鸡毛他真拿它当令箭。可是倏忽之间,世道变了,人心变了。对于年轻人来说,考大学、做生意、出国,条条大路通罗马,营盘的辉煌成了依稀往事,辉煌的营盘就像一颗陈年老珠,渐渐地黯淡了。谁还留恋这个在斑斓的世界里只有一种颜色的营盘?

  在这个特殊的时刻,我爸感叹之余,一定想起了他当排长时的一个特殊的部下。后来我爸多次向我谈起过此人。他的名字叫秋江。秋江在我爸的排里待过一年多。他中等个头,秀气文雅,一抬手一投足都让人看出他是一个极有教养的人。但是在他离开牛头山营盘之前,谁也不清楚他的来历。他档案上的社会关系一栏里只简简单单写着:父亲秋××,革命干部;母亲××,家庭妇女。我爸是在团新兵教导队认识他的,当时我爸在教导队训练新兵。一天,在食堂门口,有一个新兵把吃剩下的半个馒头往泔水桶里扔时,不小心掉到了地上。那个新兵离开后,秋江却走过去,弯腰捡起沾了脏水的半个馒头轻轻丢进泔水桶里。我爸看到了这一幕，记住了这个人。新兵下连时，我爸就把他要到了自己手下。他平时沉言寡语，不大合群，有空就坐下来看书，偶尔拿出一支竹笛吹上一阵，吹得山高水长，余音袅袅。连里曾经一度想把他列为"重点人"。所谓重点人不是说他多么重要，而是怀疑他会捅娄子，要重点防备。我爸不同意，说如果秋江出事，你们处理我好了，大不了我回家种地去。有一次搞五公里越野，秋江半路掉了队，他的班长气得咬牙切齿，骂他不争气，给全班丢脸。我爸见他脸蛋通红，伸手一摸滚烫滚烫，知道他正发烧。我爸当即就火了，把班长猛一顿训，然后亲自搀着他去了卫生队。一年多之后，师长突然直奔三连，把秋江叫到小车里谈话。师长说军区司令员亲自给他打来电话，要秋江马上回北京报到。师长搓着大手嗔怪秋江，说你隐藏得太深了，真是想不到。到这时人们才知道，秋江的父亲是谁。他父亲是一位货真价实的解放军上将，一个如雷贯耳的大人物。全团的人都傻了眼。上将在"文革"期间没怎么受冲击，也就是说秋江来牛头山军营不是为了寻找避风港，而是实实在在来锻炼的。秋江就要走了，师长说，用我的车送用我的车送。但秋江只同意用师长的车拉行李，他提出要他的排长骑自行车送他去车站。团长政委找了半天才在连队的菜地里找到秋江的排长，此时我的爸爸正坐在一条田埂上抽烟。你瞧，我爸就是这种上不了台面的人，他不愿去凑那个热闹。团长说，快去快去，秋江找你。我爸说，算了吧团长。你代我向他道个别就行了，我对他也没啥好说的，该说的以前都说了。当团长说明白秋江的意思后，我爸不好再拒绝。就这样，我爸骑上连里那辆叮咣作响的破自行车，在众目睽睽之下驮着秋江往火车站赶。火车进站了，秋江突然想起什么，他从军用挎包里摸出那支笛子，双手捧着递给我爸，说，排长，留个纪念吧。

现在，在这个特殊时刻，我爸下意识地拉开办公桌的抽屉，拿出那支竹笛。他试着吹了几下，吹不成调。除了抽烟和偶尔喝口洒，我爸没有任何业余爱好。但这支普通的竹笛却让他想起那些结束了的故事。他想起一九七八年以前,他手下的兵里,父母亲是县团级以上干部的,不少于一个排。而这种景象在他以后的军旅生涯中再也没有碰到。

现在,我爸必须面对复员老兵可能发出的挑衅。副连长外出学习,三个排长都很年轻,最重要的是,指导员李朝纲在这时候回老家看望父母去了。也就是说,连队全指望我爸撑着。每年这时候,总有个把儿平时和老兵闹过不愉快的干部找理由走开,显然他们担心老兵离队之际会让他们栽面子。比如指导员李朝纲,去年曾有一个复员老兵当着他的面摔了一个碗,要不是别人紧拉慢劝,那家伙不定给他什么难看呢!平心而论,李朝纲工作能力还是蛮突出的,他口才好,写经验材料是把刷子,点子好多,遇事灵活,这使他在上级眼里是个很能干的基层主官,前程明摆着比我爸远大。他的最大弱点是贪小便宜。去年春天,李朝纲到市场上买来三只生猪蹄,然后交给炊事班长韩向阳,让放到大冷库里冻上,从这以后,李朝纲隔三岔五就吩咐韩向阳把一只或两只猪蹄送到他家里,到了年底,他竟然对韩向阳说,我的猪蹄还没吃完吧?那好,你把剩下的全取出来送我家去。

我想我爸一定从李朝纲身上得到了启发。有一次他对我说:"天下的人里,我最瞧不起那些自私鬼!天下人的缺点中,我认为最大的缺点就是自私!这可能就是我爸和李朝纲关键时刻会发生分歧的原因所在。我爸好歹是一连之长,好赖管着百十个弟兄,难免有人探家归来或是平时带点土特产来我家串门,他唯一的表示就是不屑地用脚点点人家放在地板上的东西,目光灼灼地盯着对方说:"什么好玩意儿?噢,两条烟。你呀,太瞧不起你的连长了,他再穷也不缺你这点东西。听我的,拿回去散给弟兄们,等你将来混好了,还记得我老王,给我买辆车我也敢坐!"如果对方执迷不悟,我爸就会板起脸:"是不是要我帮你拎回去?"有时趁我爸不在,我妈把东西留下了,我爸知道了就会冲我妈发火:"真是穷不起了,你是不是盼着我给开回老家种地?"我妈知道自己理亏,一声不吭。以后再有人来敲门,我妈就习惯性地先从门缝里瞅瞅,如果对方手里拎着东西,我妈就吓得不敢开门,她隔着门缝对人家喊:"老王不在家,你去连队找他吧。"

窗外白杨树上的叶子已经落光,萧瑟寒风扬起地上的尘土。部队此时停止了正常训练,集中精力进行老兵复员事宜。事情并没出乎人们的意料,那一年我爸连里确实有几个老兵想在离队之际"痛痛快快干一场"。我爸作为一个已经有十五年军龄的职业军人,他当然明白"打蛇先打头,擒贼先擒王"的兵法常识。三连的"王"是一个名叫杨志德的济南兵,其他人都看他的眼色行事。他五短身材,一脸横肉,性格暴戾,几年来一直是连里的"重点人"。以李朝纲为首的连队党支部曾采取种种办法做他的思想工作,教育说服不成,又采用纪律处分的方式,但杨志德无畏无惧。他说,处分嘛,老子不怕,给一个提着,给两个挑着,给三个背着,能拿我怎么样!李朝纲多次代表党支部向上级反映这几个兵的问题。团长说,我们不管你们用什么办法,把这几个兵安安全全地送走就行,他们捅了娄子惹了乱子,你们哪个也跑不了!再反映,团政委也火了,说,难道你叫我请他们喝酒不成!李朝纲没辙儿了,所以他老父亲一生病住院,他就顺水行舟,干脆请假回老家了。

前天中午开饭时,杨志德嫌炊事员小巩给他打的菜里有两块肥肉,当即把饭碗扣了。小巩是个新兵,没见过这阵势,扔下勺子哭着跑开了。一个叫王大明的天津老兵跟着起哄,抬脚踢翻了一张板凳,弄得全连的人都没了食欲。我爸黑着脸一言不发。我想他一定恨得咬牙切齿。但在几年后我们再谈起这个话题时,我爸却摇摇头说:"千万不要小瞧那些有缺点的兵,上了战场,往往是这种人不要命。和平时期嘛,人们更易喜欢那些谨小慎微的人。"

当晚,我爸分别找老兵们谈话。天津兵王大明说:"李朝纲曾答应为我解决组织问题，而且还收了我两条大前门烟，现在竹篮打水一场空，我咽不下这口气。"

我爸咧嘴笑了，他拉开抽屉，拿出同样的两条烟说："我也送给你两条，你要走了，算是我的一点心意，你要认我这个连长，就收下。"

王大明一拍桌子说："我不要烟我要党票！"

我爸把桌子拍得更响，说："你配吗？你不配！"

王大明说："不配的多了，你们不给解决我就要闹！"

我爸站起来，指着他的鼻子说："我告诉你，现在连里听我招呼的不下一百人，只要我打声口哨，就会有人进来砸断你的腿！闹大了没关系，老子大不了回家种地去！"

王大明是个欺软怕硬的滑头鬼，见我爸来了硬的，他马上不再吭气，低头抓起那两条大前门退了出去。后来我爸谈起这个兵时直摇头，说这家伙忒没出息，送给人家两条破烟还念念不忘。果然，六年后传来消息：在天津一家工厂干财会的王大明因贪污公款被判了无期徒刑。得知这个消息时，我爸没有因为预言应验而自得，更没露出丝毫幸灾乐祸的表情，他反而感到内疚。我清晰地听到他叹了一口气，说小王好赖跟我干了四年，他变成这样子我心里不好受。

我爸没有找杨志德谈话。第二天晚上，我爸正在连部枯坐，文书小吴慌慌张张推门进来，说："连长不好了，杨志德耍酒疯，打碎了宿舍玻璃，摔了暖壶，他们班长和排长劝不住，弄不好要打乱仗。"

我爸说："知道了，你通知全体人员，都在宿舍里待着，谁也不要声张，就当没这回事。"

说完，我爸从文件柜里抽出一个薄薄的牛皮纸袋，大步跨进靠近水房的那间宿舍，一屋子的人都怔了怔。杨志德脸膛赤红，小胡子哆哆嗦嗦，手里提着个酒瓶子，咆哮道："你们算个尿，团长来了老子都不怕！

我爸平静地说："除了杨志德，你们都出去。"

大伙儿都愣着不动。我爸又说:"怎么,你们怕杨志德杀了我不成?他没这个胆量,你们不用担心。"

众人这才磨磨叽叽地往外走。我爸抬脚砰的一声踹上门,他刚想说什么,听到门外还有动静,就又拉开门,使劲吼道:"都给我站远点!"

屋里只剩下他们两个,突如其来的安静使杨志德看上去有点不大适应。还是我爸先开了口,他说:"杨志德我知道你心里窝着火,想找个人打一架。那就咱俩过过招吧。我还知道你练过武功,我可能打不过你,但我不怕你。我这个人平时怕死,现在我不怕死。你先来吧!"

杨志德愣在那里一动不动,他好像没听见我爸说了什么似的。我爸说:"你怎么不动手?你不动手就是孬种!"

杨志德的小胡子又哆嗦一阵,我爸注意到他手中的酒瓶子也跟着抖动,他脸上的横肉赤红得几乎滴血。我爸哼哼一笑:"你不动手,那我可就不客气了。"

我爸边说边举起右手。杨志德下意识地倒退两步。

接下来的过程颇富戏剧性。当我后来听说这件事情后,我觉得那个晚上的我爸简直称得上优秀的演员。出乎所有人的预料,甚至可能也出乎他自己的预料,我爸的右拳在下落的过程中突然改变了方向,嗵的一声砸在他自己的胸脯上。随着这记闷响,他摇晃了几下,差点跌倒。可以想象,我爸把所有的愤怒、羞惭和期冀都凝聚在了他的拳头上,这一拳的分量完全能够将一个人击倒在地。但我爸没有倒下,他只是摇晃了一下,仿佛有一股狂风猛烈灌入他的躯体,胸膛里发出烈焰腾空般的轰轰声。杨志德惊呆了,手中的酒瓶颓然落在水泥地上,发出一声喑哑的爆裂声。我爸血红着眼睛,挺直腰板,厉声喝道:"杨志德!呸!你的良心让狗吃了!知道我为啥不打你?你不配!好好,我不怪你,你本来就是个渣子。但部队这个炉子没有把你炼好,他也有责任,就让我替它担这个责任吧,他娘的!……"

我爸边说边举起右手。这时,杨志德像刚醒过来似的,迟疑了一下,上前两步拉住了我爸的胳膊。我爸猛地甩开他的手,从右手捏着的牛皮纸袋里抽出一沓纸片,说:"你听着,这是你几年来写的决心书、检讨书,既然它们一点作用没起到,留着又有何用!"

话音未落,我爸就把那一沓厚厚的纸片撕得粉碎。他手一扬,纸片像飘飞的雪花一样布满了整个房间,仿佛他挥手之间就从老天爷那里申请来了鹅毛大雪。杨志德犹如被抽筋断骨一般,缓缓蹲下,蹲在雪后白茫茫的地上,脑袋低垂着,一点一点捡拾冰莹玉露般的碎玻璃片子。我爸看都没看他,大踏步走出去,冲着在走廊里探头探脑喊喊喳喳的兵们低声说:"没事了,熄灯睡觉。"

我初来时的孤独感很快就成了往事。本来孤独就是一个含义不清的概念,当你不怕它时,你就是在深山老林待上十年,你也感觉不出什么;而当你害怕它时,你就是住在闹市,它也会时常光顾。我先是和军营里年龄差不多的四五个男孩交上了朋友,我们的父亲都是基层军官,而且他们也刚随军不久。也许更重要的是他们的家乡都很贫困,他们祖祖辈辈都是农民,所以我们很容易沟通。那些家在城市或富裕地区的军官是轻易不会让自己老婆孩子随军的。

天气热起来后,我们几个男孩喜欢用柳条扎个帽子,模仿电影里游击队员的样子戴在头上,手里握一根木棍当枪使。见后面有女同学相随,我们就找个地方隐蔽起来瞄准,等女同学走近后,我们突然跳出来,大喊"缴枪不杀",然后嘻嘻哈哈地一起去学校。有时路上玩野了性子,耽误了上课,老师倒不怎么为难我们,但如果被校长发现,就会有点麻烦。我们的校长五十多岁,又矮又胖,不长胡子,说起话来声音尖尖的,听说他终生未娶。我们的校长虽然面目和善,但他其实很严厉,学校里的捣蛋鬼见到他就像耗子见到猫一样。偶尔校长撞见我们迟到,远远地就扯起尖嗓子说:"哪个班的?"我们吓得挤成一堆不敢吭声。这时边上如果有个认识我们的老师说一声"部队上的",校长就说:"部队上的?部队上的孩子都有国家正式户口,有正式户口,也得好好学,你们不想想,那户口来得容易吗?"从这件事情上你能看出,牛头山一带的人对外地人是很友好的,他们从来不排斥我们这些远方来的人,而且还对我们格外关照。不知是因为当地教学质量差,还是由于我们过于贪玩,据我所知,牛头山军营的干部子弟在整整十年间没有一人考上大学,只送走了两个中专生。一九九〇年,我们的校长得了绝症,在他弥留之际,我约几个同学去县医院看望他时,他还曾断断续续谈起此事,他说:"咱这地方不比城市,教学质量不过关,没给你们部队培养出几个高才生,我很遗憾。"我们拉着校长的手哭了,有个同学说:"校长,不怪学校,只怪我们自己不争气。"

确实怪我们自己不争气。我们除了上课迟到,还时常相约着到老百姓的果园里偷瓜摸枣。也许我们在老家的田野上野惯了,乍到这个多少有点城市化的地方一时还改不过来。其实,牛头山的果农都很好客,哪怕你是一个与他们素不相识的人,如果你饿了渴了,只要你大大方方走进他们的果园,不用你开口,他们就会主动拽住你,请你放开肚子品尝他们的劳动果实。但是我们不想腆着脸皮走进人家的果园,我们愿意采取秘密行动的方式,到"敌人"的眼皮底下去"虎口夺食"。因此,每次行动前,我们都研究一番行动方案,制定一个行动计划,比如谁来打掩护、谁来"主攻"、谁来接应等。但每次获得的"战利品"我们并不看重,每次得手后,我们不敢把它们带回家去,家里也不缺少,我们都是兴味索然地胡乱吃下几个果实后,其余的就摆放在公路上,然后躲在一边观察,耐心等着过路的人把它们捡走,末了我们带着大功告成的愉快心情回家去。

在我到达牛头山军营后的第二个年头,秋意正浓的时候,我们决定袭击刘宝亮的葡萄园,原因是我爸连队的文书小吴多次向我吹牛,说要带我去吃刘宝亮的玫瑰红,可迟迟不见他行动。那天下午放学后,我们把书包里的一应学习用具埋在路边的一丛杂草里,掖上空书包,先是朝目标迂回,然后匍匐前进,慢慢接近目标。刘宝亮家的葡萄园用干树枝和荆棘环绕着,上面爬满青青的藤蔓,看上去像敌人阵地上的铁丝网,这使我们更加兴奋。我们费了很大劲才弄开一个口子,刚好能钻过去。我先伸进去脑袋,听听里面没动静,便蹬腿示意他们跟我进入。刘宝亮家的葡萄的确名不虚传,数不清的葡萄串在夕阳的照射下流光溢彩,溢出一嘟噜一嘟噜的醉人清香。我们三下五除二就摘满了几书包。但我们高兴得太早了,就在我们撤退时,突然发现一个五十多岁的干巴老头手持一把铁锹,横刀立马一般站在我们身后。他就是葡萄园主刘宝亮了。刘宝亮说:"小崽子,看你们往哪里跑!"

我们没有跑,因为刘宝亮话音未落先笑了起来,笑得脸皮乱颤。他扔掉铁锹,说:"部队上的?你们这些孩子,瞧不起我老汉咋的,想吃葡萄从正门进来摘就是了,用得着钻洞子?嘿嘿,小狗才钻洞子。"刘宝亮的俏皮话把我们都逗乐了。这时我才发现我的右肩膀被荆丛划破了,正一跳一跳地疼。刘宝亮赶过来,拽下腰里掖着的灰白色毛巾按在我的伤口上。接下来,如果没有那句多余的话,我们会愉快地离开这里的,但和我同班的同学说了,他说:"刘爷爷,他爸是三连王连长。"

刘宝亮眉毛一拧,脸上漾开的笑纹极快地收拢,那张脸就变成了一枚硬核桃的样子。同时他把按在我伤口处的毛巾抽下来,愤愤地说:"我正要找你爸算账呢!他连里有个姓吴的南蛮子,脸皮忒厚,缠着我家闺女不放。啥玩意儿嘛。惹恼了我老汉,看我不砸断他的狗腿!"

我有点摸不着头脑。这时,有个清脆的声音在那边说:"爹,你又胡咧咧。你难为人家孩子干啥呀!"透过葡萄架的缝隙,我看到一个小巧玲珑的姑娘朝这边走来。她皮肤白皙,长发披肩,穿着短衣短裙,脚蹬半高跟凉鞋,眼睛又大又黑。她这身打扮和城里的女孩子没什么两样。她自然便是刘玲了。刘玲不再搭理她的爹，她款款走到我跟前，冲我友好地笑了笑："你就是大春兄弟吧？看长得多精神，虎头虎脑的。"她边说边掏出一只绣花手帕，爱惜地在我肩部的破口处拭着。我闻到了一股沁人的香气——不知飘自她的身上，还是来自她的绣花手帕。我想起小吴说过，他的耳垂和我的相似，像一颗玛瑙，就抬眼去瞅，但她的耳朵被长发遮盖着，耳垂隐隐地藏在里面，看不到。

刘玲不理会她爹的唠叨，一直把我们送到大路上。我们书包里的葡萄都是她重新为我们摘的，她说我们自己摘的那些半生不熟，不中吃。分手时，她特意把我叫到一边，俯下身子叮嘱说："好兄弟，千万别把我爹的话告诉你爸，他老糊涂了，嘴上没个把门的。"我虽然对她和小吴的事感到蹊跷，但还是点了点头。走出好远后，我才想起刚才应该借机再看一眼她的耳垂，她的脸就在这么近的地方，我不知道以后还有没有这样的机会。

至于我和我爸连队里那些兵们的关系，我更是熟悉得一塌糊涂。不出三个月，我就把全连百十号人的名字全记住了。在路上遇见他们，我偶尔会假模假式地背起手，板起脸，突然叫出他们的名字，对方通常是条件反射一般响亮地答一声"到"，双脚立正站好，然后我就得意地笑了，挥挥手说，没事没事，忙你的去吧。有的老兵被我的样子逗得嘿嘿直乐，说，小崽子人没长大，倒学了一副官相。我经常每天放学之后并不忙着回家，总是背着沉重的书包拐到大操场上，然后盘腿坐在白杨树的阴影里看兵们操练。我看到我爸倒背着手在队列前踱来踱去，像在悠闲地散步，眼睛根本不看正在进行队列训练的兵们。但如果谁认为他们的连长正背对着自己，从而做起动作来有些懈怠，那他可就错了，他们的连长即便闭着眼睛也能觉察出谁在磨洋工。日复一日，年复一年，那些兵们周而复始地练习齐步、正步和跑步。多年之后，当我也站在这样的队列里时，我才发现这种周而复始的机械动作是非常枯燥的，但它既能消磨人的意志，也能塑造人的毅力。至于哪种说法更确切，全凭你自己体会了。

　　我还常常在兵们休息的时候溜到兵们的宿舍里玩，兵们总是把我团团围住问这问那。有一次他们哄着我喝酒，用筷子沾一点酒让我舔，但这个让我舔一下那个让我舔一下，居然把我灌醉了。两个兵把我扛回家，只说我困了，半夜里，我妈从我的呕吐物里闻出酒味，才知我喝了酒。和兵们的接触一多，渐渐地我发现他们都很关心男人与女人的事情。他们总是不厌其烦地追问我晚上睡觉时听到什么啦，因为我确实没听到什么，所以我的回答不能令他们满意。他们就耐心地教我，让我选择我爸回家睡觉的夜晚，先假装睡着，最好是还打几个小呼噜，然后仔细谛听我爸我妈干些什么。起初我没有识破他们的诡计，真按他们教我的办法做了一回，果然听到一些动静。再去兵舍里玩时，我就一五一十地讲了，乐得大伙儿前仰后合，有一个兵居然躺到地上打了个滚。但过了没几天，我妈就把我睡觉的小木床搬到了另一个房间，并板着脸宣布从今以后让我和大人分开睡。我这才懵懵懂懂觉出我办了傻事。长这么大，我跟我妈一天也没有分开过，但现在我变成了异己分子，心里不由得空荡荡的。当天晚上我爸没回家，睡下后我又爬起来敲我妈的门，央求说："妈，让我在你们的屋里再睡一宿吧。"

　　我妈拉开门，扑哧一声笑了，脸一红说："都怪你，丢死人啦，我都不敢出门啦。"

　　那天晚上我和我妈睡在大床上，说了半夜的话。在已经走过来的岁月中，我们母子比他们夫妻在一个房间过日子的时间要多得多。以前我没觉出啥，但那个夜晚却让我无比留恋。那天晚上，我妈讲起我很小的时候，她在清冷的夜晚守着我，伴着孤灯为我爸纳鞋底。她说，后来才知道你爸根本没怎么穿那些结实的布鞋，最后都生了虫扔掉了。而我妈常常是公鸡打鸣东方发白时才熄灯睡觉。有时街上的二流子深更半夜来敲窗户,她明明知道他们在吓唬她,可仍然吓得哆嗦,又不敢喊叫,怕别人误会,情急之下就扭我的屁股,我一哇哇大哭,她就觉得什么也不怕了。我妈讲到这里,我忽地坐起来说:"妈,以后谁再敢欺负你,我就打烂他的狗头!"

"可妈已经老了,快成老太婆了,谁还来欺负。"黑暗中,我妈轻轻地说。

经过这场小小的风波,我变得聪明多了,那些兵再也没从我嘴里抠出一星半点"晚上的事"。说真的,当我后来以一个兵的身份进入营盘时,我终于理解了他们。那些朝气蓬勃的年轻人对未来生活的渴望和想象是难以遏制的,也是自然而然的。我一直忘不掉牛头山军营的一个笑话,说是若干年以前,有一个沈阳籍的兵因为在夜幕降临之后,跑到"临时来队家属招待所"某个房间的后窗根下窥视,挨了处分,被提前安排退役。有人说那个兵曾经是我爸当副连长时的部下,我爸斩钉截铁地说,我没有这样的部下。我爸又说,你在营盘里待着,别的毛病可以原谅,这个毛病却不行!

然而转过年来,我爸最不想原谅的毛病却在他十分喜欢的连队文书小吴身上出现了。那天刘宝亮喝了酒,摇摇晃晃来部队找我爸"算账",却在营门口碰上了营里的教导员,心急难耐的刘宝亮就把小吴的"恶心事"说了。教导员感到事情有点不妙,生怕引起军民纠纷,就好言软语把刘宝亮打发走了,然后把我爸和新到任的指导员赵义金叫到营部问情况。那时李朝纲已调到军政治部当干事了。赵义金初来乍到情况不熟,我爸这个时候可以一手遮天。于是我爸矢口否认,说刘宝亮是个有名的糊涂蛋,眼神也不济,兴许看花了眼认错了人。并且大包大揽地说,如果真是小吴所为,捅了娄子他来担这个责任。当时小吴回到四川探亲,只有等他回来再说了。

其实我爸已经猜到了几分。晚上,他忧心忡忡地回到家里,把这件事情讲给我妈听,我忍不住就把那次在葡萄园里的见闻讲了。我爸听后当即发了火,说:"你为啥不早告诉老子!"吓得我躲进自己的房间不敢露面。在我的记忆中我爸极少冲我发脾气。

五天后,小吴怀揣我爸发给他的加急电报赶回来。我爸派人到车站接的他,直接把他接到我家里。他们进到我的小房间,关上门。我贴在门口听了一阵,听到我爸拍了几下桌子,还有小吴哭鼻子的声音。最后小吴嘟嘟囔囔说,我爱她,她也爱我,我们追求的是真正的爱情。我爸冷笑一声,粗鲁地说:"当兵的,少空谈什么爱情。啥叫爱情?日子能过得下去就算是爱情!"

接下来我爸对小吴的态度令人摸不着头脑。我爸在支委会上坚决反对再把小吴列为党员发展对象,同时在全体军人大会上大张旗鼓地表扬小吴工作细致,任劳任怨。营里几次追问小吴的问题,我爸不客气地顶了回去。半年后,小吴退伍回乡,我爸亲自去车站送他上了车。但仅过了一个月,我却又在刘宝亮的葡萄园里发现了小吴,他穿着时髦的便装,头发梳得油光光的,正和刘玲说说笑笑摘最后一茬葡萄。见到他,我吓了一跳,以为撞了鬼,扭头就跑。小吴迈着速度极快的步子奔过来截住我,乐呵呵地说:"这园子现在我说了算。弟弟你怕啥子呀!"

我突然明白了,说:"你好狠心,也不去看看我爸。"

小吴眼圈一红,说:"我做梦都想见连长。可他说过,三年内不准我踏进军营半步⋯⋯"

多年以来,我一直小心翼翼地观察我爸我妈的感情生活,就像很多人那样,既想了解父母的爱情,又怕知道得太多太细,从而生出不必要的尴尬和难为情。通过我的观察,我没觉得他们有多么亲密,但也没感到他们有多么生疏。他们谈不上青梅竹马、两小无猜,也算不得一见钟情、烈火干柴。所以我不知道他们之间有没有爱情,难道真像我爸说的,当兵的,能过得下去日子就算是有爱情?

说起来，我爸我妈还是小学同学，不过他们在学校时几乎没说一句话，更谈不上有什么往来。我爸当兵当到第三年头上，村上的媒婆孙王氏踮着一双小脚找我爷爷提亲来了。孙王氏是职业媒婆，我的家乡苇河镇周围十里八乡经她撮合成的夫妻不下一百对。孙王氏这样做并非是助人为乐，而是为了讨几顿酒菜几斤点心。孙王氏给我爸提的这门亲事的女主角就是后来的我妈。我爷爷笑呵呵地捋着胡须说，好啊好啊，二小子一回来就见面。年底，我爸回来了，孙王氏张罗着让他们相了亲。那个假期里，我爸领着我妈到县城唯一的照相馆照了一张合影，看了一场样板戏，在一家小饭铺吃下了二斤大肉包子，我爸还给我妈买了一块卡其布；我妈则为我爸做了一双千层底布鞋、两双绣花鞋垫。春节一过，我爸就回部队了。等他一年后再回来时，他已经穿上了四个兜的军装，成了意气风发的小排长。

那个年代，年轻军官找对象大概就和如今大款找情人一样，有很大的主动权。一些在农村老家定了亲的一旦提成小军官便后悔不迭，他们从土地上来，不愿再在土地上留下个尾巴，纷纷明里暗里地进行艰苦卓绝的"退亲"战斗，喜新厌旧情绪使军营躁动不安。而部队也适时开展了痛打"穿军装的陈世美"行动，一时闹哄哄的，营院里常常见到乡下来告状的农村姑娘，她们穿着大红大绿的衣服，哭哭啼啼，眼睛红肿，他们的父母愁眉不展，唉声叹气。那些提干前没慌慌定亲的小军官暗自庆幸自己有远见之明；那些经过艰苦奋斗的努力达到退亲目的的则喜上眉梢，干劲倍增；那些费了九牛二虎之力仍脱不了身的军官则像突然老了十岁，脾气明显地变坏了。更有甚者，不仅婚没退成，反而遭到处理，重新回到了土地上。和我爸同年入伍同批提干的侯四科就是一个活典型。侯四科入伍前就定了亲，他的对象是个有心计的女人。侯四科提干后提出退亲，他的对象二话没说跑到牛头山军营，哭求无效后，就把一件沾了血迹秽物的内裤交给了领导。这件女人的内裤决定了侯四科被处理回乡。大约我六岁那年，我爸回家休假，突然想起这位战友，就带我步行四里路去看望他。我们在他家的西瓜地里找到了他。当时他躲在窝棚里喝酒，他的女人正顶着烈日锄草，他的儿子在一棵枣树下睡着了，黑蚂蚁爬了小家伙一身。我见他家的西瓜比别人家的要小许多，人家地里的瓜像大人的头，他家地里的瓜像小孩的头。我爸和他很少说话，他们默默地喝净剩下的酒，侯四科哑着嗓子冲女人的背影喊，摘个瓜来吃。女人背对着窝棚说，瓜都不熟呢，你们喝绿豆汤吧，壶里有。侯四科恼了，骂骂咧咧道，妈的，谁说不熟。我爸没拉住他，他趔趔趄趄走出窝棚，搬来一个切开，果然不熟。他又搬来一个切开，还是生的。再摘一个，仍是不中吃。最后我们挑拣着每人吃了几口，不是个滋味。回去的路上，我爸一言不发，我以为他同情侯四科，谁知他却冒出一句："他们是自找的！"

　　在那个特殊时期，我爸是怎么想的？按说那时他和我妈在感情上陷得还不深，他及时撤退似乎不应有太大的阻力，可以肯定，会有好心的战友、朋友乃至个别关心他的领导提醒他抓住机会，当断不断后患无穷。我妈后来曾经零零星星对我谈起，那些日子她都做好了散伙的准备，一旦我爸变卦，她再嫁别人就是了，她不会掉一滴眼泪。"没准儿我能找个更好的。"我妈自信地说。可我爸却依照先前约定的日子回来完婚了，而且脸上丝毫看不出有什么不快活。我妈仍是不放心，就提醒我爸想妥了再办事，免得以后后悔。我爸说，一个人一生的大事，包括婚姻、事业，都是命中注定的，你想改变没那么容易，你得付出更大的代价。我爸又说，他们原本从土地上来，却又想完全脱开它，脱不开的，他们慢慢就会明白。我爸还说，一个男人，如果指望靠婚姻来捞取什么，这个男人就不是男人，连女人都不如。最后，我爸干脆幽默地说："家乡的小菜，吃着可口哪！"我爸天生没有幽默细胞，可他关键时刻一句幽默风趣的比喻，把我妈逗得咯咯直笑。我妈的心随即变踏实了。我妈对我说:"就凭你爸这几句话,不管他以后怎么待我,我都不生他的气。"后来南方边境发生战事,我爷爷夜里睡不着,把我妈叫过去拉呱,我妈就对我爷爷说:"万一大春他爸有个三长两短,不管他怎样,我一辈子都是老王家的人。我说到做到!"

我爸和我妈的关系就是这样,他们常常大事不糊涂,小事却拌嘴。但如果你赞扬他们忠贞不渝,我爸会说,喂,你先给我讲讲那个"渝"字怎么写,噢,懂了,那都是文人编的,我看是狗屁,只要两人都不往别人被窝里钻,就可以了,你还想怎么着?

我有一个同学,他妈是我妈来部队后交的干姐妹之一。他的爸爸当年也曾加入过庞大的退亲行列,但阴谋没有得逞,结婚后,和老婆的关系很淡,人称"钢铁战士"。他妈时不时来我家找我妈哭诉一番,说男人几个月都不和她"好"一回,我妈陪着唉声叹气。有一次我爸对她说,弟妹,他不和你"好",你就和别人"好"嘛,你跟他客气啥!

我妈刚到家属工厂上班时,有些自卑,因为所有的家属中,数她男人的官最小。渐渐的,我妈就有了一种优越感——她的优越感就是同这种女人相比后得来的。

大约在我十岁那年,我认识了一个叫雯雯的女孩。

雯雯随她妈妈从上海来牛头山军营探亲。雯雯的爸爸是团里的副政委,我经常在路上遇见他。他瘦高个头,不论什么样式的军装穿在他身上,都很合体,所以他一点都不像那些邋遢的军人。他见了大人不爱讲话,见了孩子却主动上前摸人家的脑袋,眼睛亮晶晶的,我的脑袋被他摸过不下十回。雯雯差不多每年暑假都随妈妈来部队,去年这时候我曾在营院里和她打过几次照面,但没留下什么印象。雯雯的妈妈却是牛头山人经常谈论的话题。她好像姓郭,个子很高,眉毛很淡,嘴唇很红,皮肤很白,脖子很长,胸脯很鼓,腰子很细,走起路来胯丑动得厉害,好像鞋底上安了弹簧。离她老远,就能闻到她身上的香味。传说她年轻时当过舞蹈演员。只要她这只"白天鹅"一来军营亮相,这里的女人好像连路都不会走了,不过她很少出门。

这个暑假里,雯雯一家临时住进我家后面的那排平房,和我家正对着,两排房子中间栽着棵一人多高的玉兰树。透过窗户,我有时见雯雯在房前的青砖地上玩耍,固执地追踪一只色彩斑斓的蝴蝶,或者手捏一只花壳瓢虫眯起眼睛对着阳光观察,说,你呀,比太阳还亮。雯雯喜欢穿牛仔裙,头发束在脑后,特有礼貌,一看就知道是大城市来的,她好像比我大一岁,比我高两个年级,比我多懂不少事情。让我不好意思说出口的是,她的个也比我高出不少。

一天下午,突然下起雨来,正在玉兰树下看书的雯雯慌忙跑进屋里。我站在后窗前,透过玻璃上滚动的水珠,空中斜斜的雨丝和玉兰树晃动的枝叶,凝望着雯雯的窗子。突然,我看见了雯雯。雯雯此时也站在窗前朝我凝望。我们几乎在同一个瞬间举起手来朝对方致意。接下来,我们都没有走开,我们不约而同地,也是徒劳地用手在玻璃上擦来擦去,试图更清晰地看到对方的面容。我看到雨水在雯雯面前的玻璃上汩汩流淌,仿佛泪水流在她脸上,或者流在我脸上。后来天放晴了,遍地是夕阳的碎片,雯雯兴致勃勃地来到院子里,光着脚丫踩水。她被一株樱桃大小的花朵迷住了,那株小花在雨后呈现出冷艳逼人的光泽。我听到她喊她的妈妈,问这是什么花。我还听到她的妈妈责怪她,好像说她不要像个乡下人似的。

我很想推开窗子大声告诉她,那是一株红绒花。我家乡河滩上有好多这样的花,牛头山临河的那面草坡上也有好多。我穿上雨鞋,出了营门,忙不迭地跑到遍布着红绒花的小树林里,一口气采下许多。第二天一早,我把它们摆到我的后窗台上。果然,雯雯从她的房间里看到了它们,她一步三回头地、迟迟疑疑地走到我的窗下,轻轻敲了敲窗子。我把窗子拉开一条缝,看到她冲我甜甜一笑。仿佛我们相识已久,她没有流露出一点羞涩的表情。她告诉我,她很喜这种花,也很喜欢这个地方。她还说,她的妈妈正在睡懒觉。后来,她捏起最艳的一株花放在鼻下嗅着,说:"我只要一朵。谢谢你,弟弟。"

雯雯和她妈妈是半夜里走的,她们回上海了。临走前她对我说,明年这时候她还会来。我记住了雯雯的话。在以后漫长的一年里,我觉得我长高了许多,肯定超过了雯雯。一年后,她果真又来了,长发变成了短发,短裙换成了长裙。但来了没几天,约一个星期吧,她的妈妈就要走,说一天也待不下去了。她告诉我这事的时候,我看到她又圆又亮的眼睛里含着忧伤。临走的那天上午,她隔着窗子央求我领她去看看山,她说她一共来这儿五趟,可一回山也没爬过。我说你妈妈同意吗?她说他们现在顾不上我了,我就是丢了,他们也不会晓得。我点点头,和她一前一后出了营门。我们来到遍地是红绒花的临河的山坡上,初升的太阳照得我们身上汗津津的。我脱下身上的小褂,说要采好多花让她带回去,带给她的爷爷奶奶和姥爷姥姥,带给她的同学的老师。她望着我,缓缓地摇摇头,说:"弟弟,勿要采,让它们好好地生长吧。"说这话时,她的眼睫毛上挂着一排细碎的泪珠,亮晶晶的,晃着我的眼睛。

那个阳光灿烂的上午,我牵着她柔软的小手,走过小树林,走过铺满野花的山坡,走过一片大青石,越过一个山冈,最后走到清幽幽的小河边。一路上我们很少说话,从不远处的草丛里蹿出一只野兔也没能引起我们的欢呼。我们站在小河边,看水打着旋儿流淌。她见我脸上挂着汗粒,就掏出一只干爽的手帕,为我拭去汗滴。然后她突然把那只小手帕展开,搭在我滚烫的脸上,然后她踮起脚尖,隔着手帕轻轻吻了吻我的额头。我感觉着她香甜的呼吸,一动也不敢动。那个瞬间,我听到了身上骨肉蓬勃生长的声音。

雯雯和她妈妈还是坐半夜里的火车。那天夜里,我毫无睡意,长时间地趴在窗台上,听着对面的动静。月亮露脸后,来了一辆小车。雯雯的妈妈头一个钻进去,雯雯站在车门口依偎着她的爸爸。她的爸爸则猛地搂抱了她一下,直到她妈妈催促了三遍,她才上车。

第二天上午,我睡到很晚。起床后,我习惯性地趴在后窗台上往外看。这个习惯性的动作后来我持续了好久。突然我发现窗玻璃外的水泥台上放着一支银光闪闪的钢笔,上面缠着一根红丝带,而且红丝带缠成了一朵花的形状,那支钢笔仿佛是花的秸秆。我打开窗子,把它紧紧握在手中,久久不愿松开。我知道以后再也见不到雯雯了。我还想到,从这一天起,我的童年该结束了。我甚至觉得,雯雯能影响我的一生。

这年年底,雯雯的爸爸转业回了上海。但后来还是听说,她的爸妈离婚了。春节前,我收到了雯雯寄来的一张贺年卡。我没有漂亮的贺年卡寄给她,就给她邮去一朵已经干枯了的红绒花,那是我在她走后的第二天专门为她采的,半年多来我一直把它压在枕头下面。

此后,再也没有了她的消息。

一九八七年春天,我爸的三连出了一件大事故。就是这个变故,改变了我们家未来的生活道路。

在那之前,军区司令部的一位处长来我爸的连队检查指导工作时,发现我爸是个"人才",就暗示我爸说,他的处里还缺一名参谋,他认为我爸是个合适的人选。我爸着实高兴了一阵,还借去军区机关办事的机会"活动"了一下,并且捎带着把我带进省城见了见世面。那段时间我妈比谁都激动,她说:"他爸呀,你在这个山沟沟里待了十八年,真该出去换换空气啦。风水轮流转,就是轮也该轮到你啦!"

团里见军区机关看上了我爸,也随即发现我爸确实是个"人才"。团长说,你调走,我们虽然舍不得,但会支持你。政委说,即便调不走也没关系,秋天让你当军务股长(这是个肥缺)。这个时期的我爸确有点"前途无量"的味道。

偏偏这个节骨眼上,三连出了事故。

肇事者是一班班长苏跃雷。

苏跃雷是烟台市人，长相英俊，身材高大，训练刻苦，带兵有方。他的班无论军事训练、政治教育还是内务卫生，都是全连最好的，几乎无可挑剔。你只看他一眼就会知道他是一个很有素养的兵，这样的兵连队里并不是太多。曾有人给他开玩笑说，把他调到三军仪仗队去，他一点都不比那些人差。我爸平时对他喜欢得不得了，多次说苏跃雷是个好苗子，这样的兵代表着军队的未来，应该重点培养。有一次团里搞共同科目评比，一班在全团拿了最高分，我爸特意把苏跃雷请到家里，大声招呼我妈给炒几盘菜，再弄两盅酒来犒劳犒劳他。他红着脸把酒喝了，没吃几口菜。那天他还辅导我做了几道算术题。别人早就把他当成我爸眼里的"红人"，处处高看一眼。

那个不幸的夜晚，大约一点多钟，整个牛头山营盘都被一声锐利的枪响惊醒了。谁也不知道发生了什么事情，但人们凭感觉意识到，和平时期的每一声枪响都是不正常的，令人胆战心惊的，尤其是在夜深人静的时候。那晚我爸是在家里过夜的，听到枪声，他爬起来边披衣服边往外跑，居然忘了穿鞋。我妈追到院门口，奋力把他的臭胶鞋扔给了他，才使他不至于赤脚跑到出事地点。事实上他还是把鞋穿颠倒了，因此在路上奔跑时，他感到别扭，仿佛脚下有鬼，摔了两个跟头，膝盖出了血，头皮一阵阵发麻。

出事地点就在大操场的中央。我爸赶到那里时，已经有几个巡逻执勤的哨兵在哀哀地呼叫。他们见到我爸，哭着说："苏跃雷……"就说不下去了。我爸的眼里金星闪烁，一句话也说不出来。他双腿跪在地上，抱起苏跃雷渐渐冷却的尸体，像抱着一座沉重的大山，压得他五脏六腑黑血喷溅，染红了半边天。很多人战战兢兢围上来，团保卫股和警卫排的人把他们吆喝走。三连指导员赵义金唉声叹气，营长教导员把我爸拽到一边，团长政委黑着脸一言不发，气氛压抑得宛若火药桶即将被点燃。

保卫股的人在几分钟内就得出结论，苏跃雷是自杀。一颗子弹穿过了他的太阳穴，黑血涂满了他原本英俊不凡的脸。这是一个老掉牙的血腥场面。他的上衣兜里装着一封简短的遗书，大意是：他不想活了，所以决定自杀；他的死与任何人无关；三连是个好集体，连长指导员都是好领导，同志们都是好兄弟。下面工工整整地署着他的大名。

一班的战士们回忆说，这晚轮到他们班负责营院巡逻，熄灯时，弟兄们劝他，反正是例行公事，班长就不要亲自去了。苏跃雷说他不放心，还是出去转转。他抓过专门为巡逻队配备的手枪（按规定不发子弹，他自杀用的子弹估计是以前打靶时私藏的），就出去了。大约十二点时，他还回来过一趟，为几个新兵掖了掖被子。接下来就出事了。苏跃雷的自杀简直是一个解不开的谜，因为没有发现任何足以造成他自杀的理由。由于失恋吗？谁也没听说过他谈恋爱；由于前途问题吗？连里早就答应让他今年参加军校招生考试，凭他的文化水平，考军校没问题。也许只有一个理由尚能立得住，那就是他的奶奶是上吊自杀的，而他的爸爸是跳楼自杀的，他有一个姐姐因失恋试图割腕自杀，但未遂。这似乎说明他的家族有自杀基因。不管怎么说，一个人不想活了，谁也拿他没办法。

但不管怎么说，苏跃雷是三连的兵，是在三连死的，三连要为他承担责任。它给我爸造成的后果是，调动一事无限期地拖下来了，三拖两拖也就没戏了。那段时间我爸把自己闷在房间里，沉默得像一块石头。有好几个夜晚他睡不着，仿佛梦游一般到苏跃雷自杀的地方坐上一阵，天亮后别人会在那里看到一堆烟头。我妈以为我爸因调动不成而难过，就去劝他，顺便埋怨了苏跃雷几句。不想捅了马蜂窝，我爸暴跳如雷，说："你凭什么怪苏跃雷？他人都死了，和他的死相比，我调动的事算个尿！老子哪儿也不去了，就老死在牛头山，死后就埋在这里！你如果觉得委屈，咱们现在就打离婚！"我妈吓得一声不敢吭。

没有人知道，他实实在在是为一个优秀士兵的死而悲戚。

最终我爸在当了七年连长之后，被任命为团保卫股长，手下只有一个兵，其主要职责是预防犯罪、抓抓小偷小摸之类。他对这项任命非常不满意，因为不能直接带兵了（他原本是想当一营副营长的）。离开了前呼后拥的士兵，他浑身都不舒服，总觉得自己成了军营里多余的人，所以在一九八九年我爷爷去世的时候，他的反常行为的答案就在这里。

一九八九年夏天，我大伯拍来电报，说我爷爷患脑溢血去世了，团里立即批准我爸回家发丧。当时部队正准备搞演习，按说保卫股长参不参加演习无所谓，可我爸出人意料地提出，他留下来坚持工作。他打发我妈带我回去替他灵前尽孝。他的做法得到了团首长的高度赞扬，宣传股的笔杆子还为他写了一篇报道，发在军区机关报上。

我爷爷的死使我悲痛不堪。我想起我在家乡度过的八年里，他老人家把全部的爱意都给了我。也许由于当初我爸顶替他的哥哥当兵而使他们的父亲免遭耻辱，同时帮助我爷爷卸下了心头上的某种重负，了却了某种心愿，我爷爷一辈子都感激他的二儿子，一辈子都未能原谅他的大儿子。因为我爸顶替我大伯当兵后混成了干部，我大妈一直觉得她的男人亏了，时常找茬跟我妈作对，我爷爷数次当众破口大骂我大妈，破了我的家乡"老公公不和儿媳妇斗"的世袭的规矩，落下了供人流传的笑柄。

我爷爷临死前留下两条遗嘱：一是自古尽忠难尽孝，不要告诉老二我的死讯（三年前我奶奶去世时，我爷爷就没告诉我爸），让老二安心工作，一定要在营盘里扎下根；二是大春长大了也要当兵。我大伯在我爷爷咽下最后一口气后，不由分说就违逆了第一条遗嘱，马上给我爸发了电报。他说："我就不信，天底下什么事能比死爹事大！"

办完我爷爷的丧事，我妈带我回部队。可到了家里，发现门锁着，一问才知我爸昨天夜里匆匆坐火车回老家去了。据说他下了汽车,直奔我爷爷的坟前,长跪不起。面对一堆崭新的黄土,他都想了些什么?没人知道。他在老家待了整整一个月,每天都到我爷爷的坟前去,亲眼看着小草从土里冒出来。他超了半个月的假,团里一连发了三封电报催他回来,他置之不理,说,大不了挨个处分,你们随便吧。一个月后,他满脸脏胡须像个野人似的回到牛头山,却没人再提关于他超假的事。

我爸那段时间反差极大的表现令人费解,我也是在许久之后才找到答案。演习前,有传言说一营营长要去军事学院深造,可演习结束后,一直未见一营营长去上学,我爸妄图接替营长一职的小算盘就落了空。他说,我以前从没想过要当什么"典型",这是唯一的一次。他又说:"现在想想,如果我靠这个当了营长,你说恶心不恶心?娘的,幸亏没当上!"

一九九二年春天,我爸在团保卫股股长的位置上提出转业,回故乡去。他已经四十一岁了,早就超过了他这一级干部的最高服役年限。他在这里待了整整二十三年,不能再待下去了。营盘里年轻的小军官一茬茬往外冒,他明显是落伍了,疲惫了。他的胃切除了二分之一。他的背也有点驼了。他成了罗圈腿。他的体重都不到一百斤。我的个头也已经超过他了。如果不是因为他肩膀上扛着少校军衔,新来的兵把他当成老炊事员也说不定。

牛头镇也仿佛在一眨眼的工夫变了样,理发馆变成了发廊,小吃店改成了情侣咖啡屋,修脚铺现在叫洗脚店,澡堂子搞起了桑拿按摩,至于舞厅夜总会,和街上的水果一样泛滥,每一个店堂的门口都有形迹可疑的漂亮小姐站在那儿招客。到了晚上,牛头镇灯火通明,像一座不夜城,而与它毗邻的牛头山营盘却还是老样子,与喧哗的镇子相比,这里沉静得仿佛压根就不存在似的。

在我爸决定转业的时候,他原先的老搭档李朝纲从军政治部组织处副处长的职位上下到团里当政委。李政委坐车从军部来，他一下车就直奔我家，抓住我爸的手使劲摇了摇，说："老王你不能走，这里的人谁走我都不拦，但你不能走！"李政委还说，他马上提请党委研究上报，先让我爸干副参谋长，过渡一下再当参谋长。"放心，军长政委那里我还能说上话。"

我爸笑了，他朝李政委胸脯上击了一掌："老李你还不了解我吗？我定下的事再改就难了，撞上南墙不回头，我一直是这个熊样子。对不对？"

李政委走出我家时，学着座山雕的样子念了一句唱词："老——九——不——能——走——哇——"原本挺滑稽的一句台词竟让他说出了凄凉的味道。

我们收拾东西，准备再一次搬家。家当可是比以前多多了，但我爸一点都不上心，丢掉什么带走什么，装箱打包捆捆扎扎，全是我妈领着我干的。我爸只管抱着一个大本子，翻来翻去像在破译什么秘密。那个大本子我见过好几回，看上去像一摞干煎饼，红塑料皮的封面掉光了颜色，扉页有一段毛主席语录。我爸把他从伍以来凡跟他当过部下的所有弟兄，都一个不落地记在了上面。记得我妈曾就此奚落过他，说你还是官小，你当了军长司令啥的，那么多手下，你记得过来吗！那段时间，我爸就把自己关在小房间里，或是走到院子里的玉兰树下，抱着他的宝贝看不够似的。那上面密密麻麻记下了一千多人的名字，有些名字的下面他打上了着重号，估计那是些给他留下深刻印象的人。有一天，我走到他身边，他表情凝重地指着三个人的名字念给我听。这三个名字是苏跃雷、许士民、迟小田。我马上就猜出，这是三个离开了人世的名字。果然，他点上一支烟，猛吸一口，说："苏跃雷是个少见的好兵，可他死了，就死在我的眼皮底下，我对不住他。我为什么没能留住他？许士民是我当副连长时的兵，南京人，长着一张娃娃脸。一九七八年他托关系调到了××师，不久那个师上了前线，他被流弹打死了。如果当时我劝他留下来，他就死不了。还有这个迟小田，下连不久就闹着学开车，我说你这个人迷迷糊糊，反应迟钝，不是个司机料子，他不听，到处找人，好歹弄了个驾驶证，这不，退伍回去的第二年，他连人带车掉进江里，尸首都没找到……如果他学车前我再往深里劝劝他，他也许就不去学开车，到现在肯定还会好好活着……"

一天，团收发室的小战士把一封挂号信送到了我家。是一个叫杨志德的人写来的。杨志德现如今已经成了省城著名的大款，太平洋实业公司总裁，资产据说不下两个亿。杨志德在信上说，亲爱的连长，听战友们说，你要转业了。到我这里来吧，想干点什么你自己定，就算你再帮帮我好吗？

看完信，我爸哑然失笑。愣了愣，他说："真是操蛋！家伙又小瞧你们连长了。你们连长当初对你们好，从没想过将来要沾你们的光。你们即便将来当了省长市长、亿万富翁，老子还是你们连长！你们明白这点就行，就比什么都强……"说完，他慢慢把信撕碎，扬手撒向绚丽的天空。那些洁白的纸片在风中飘呀飘呀，后来消失得无影无踪。

最后一个来看望我爸的，是牛头镇的葡萄大王吴建明，同来的还有他的夫人刘玲以及四岁的女儿吴点点。他们一进我家，吴建明上去就摁住女儿的脖子说："娃子，快给爷爷磕个头！"

我们都愣了。我爸最先反应过来，他摸了摸胡茬，说："爷爷？我有那么老吗？……小吴呀，你少扯淡。"我爸连忙扶起几乎要哭出声来的小点点，对她说："孩子你记住，以后除了你的老子，不要给任何人下跪。"

小吴一家走了后，我才想起居然又忘了看看刘玲的耳垂，是否和我的一样，像啥来着？噢，像玛瑙。

我们在牛头山军营待的最后几天，我妈突然不明不白地病了一场。

她一连做了好几个奇怪的梦,而且梦境都差不多。她梦见一个短发长脸的女人,穿着碎花旗袍,在这间屋子里走来走去,有时坐在窗前绣花,有时打开一台老式的留声机听戏曲,有时用一个小火炉熬亠奶,仿佛这间屋子就是她的家,她就是这里的女主人。到后来,我妈居然大白天里也能看到那个女人活动的身影。我妈就病了,出虚汗,说胡话,牙齿咬得咯咯响,时而清醒时而糊涂。她清醒时判断说,这房子太老了,下面可能压住了别人的阴宅。我爸说我妈扯淡,胡寻思,就黑天白夜地守着她,与她寸步不离。

在某些人眼里,我爸是以一个失败者的形象离开牛头山营盘的。他没打过仗,也没流过血,更没有任何值得别人记住的英雄壮举。他虽然立过两次三等功,但需要说明的是,这两个功都是人家在无法为他晋升职务的前提下,作为一种补偿奖给他的。我来这里时八岁,在这里待了八年。我爸离开家乡时十八岁,两年后我离开家乡去中原腹地那座营盘时,也是十八岁。

这是一种巧合,还是命中注定?

黄昏来临的时候,我孤立在中原腹地这座营盘围墙边的一个土岗上,望着远远近近的景物出神。城市和村庄在远处若隐若现,坦荡的土地铺向四面八方。冬日的天空寂寥无比,听不到任何声音。一队南行的大雁在极目处凝止不动,仿佛镶嵌在银色天幕上的一串宝石。细碎的流云缓缓飘浮,宛若往事依稀在心头。俯瞰从前,我的心里充满了波澜和眷念。思绪就像一张风帆,在记忆的河道里摇荡,摇荡出千百个剪影,多彩多姿,多姿多彩。

我们一家回到故乡的小县城后,我到县中学接着读高二,我妈则给安排到县面粉厂当工人。我爸的工作倒是费了不少周折。起初他联系的县公安局,毕竟与枪炮打了半辈子交道,我爸觉得当警察比较合适。但那一年有十几个转业干部想干公安,而人家只要两人,我爸觉得没戏了。令我爸意想不到的是，公安局把他排在了第一位。过后才知是我大伯背着我爸送给公安局长一万块钱。你现在可不要小瞧我这位没有文化的大伯，他先是跑运输，后来又办了砖瓦厂、饲料厂、养猪场，有了上百万家产，成了苇河镇的首富。我爸知道这事后，非常生气。我大伯劝他说："不就一万块钱吗？算我的！再说你当上警察，不出一年就能捞回来。"

我爸说："你以为我想发财？告诉你，我都四十多的人了，发财的机会早就错过了，到现在还图什么！"

我爸说完这话，就去了公安局长家。当他把那一万块钱甩给我大伯的时候，说："公安局请我去我也不去了，在这种领导手下做事，没啥意思！"

我爸最后进了县农业局，当了一名办事员。这个单位少不了和土地打交道。

从苇河镇到县城，不过五十里远。我爸去外面的世界闯荡了二十多年，难道仅仅是为了缩短这五十里的距离吗？当他后来往返于这五十里长的路途上时，他有什么感慨吗？

今年夏天，我高中毕业，照例参加了高考。我考不上大学早已是全家的共识，当确知我真的没考上时，我们全家到百货大楼对面的饭馆里吃了一顿，仿佛是庆祝当初预言的应验。走出饭馆，我妈突然发现，当年我爸和她定亲时，他们曾经在这里吃下两斤大肉包子。

又过了几个月，我就穿上了这身军装，来到了这座营盘。临走前，我爸拿出一支陈旧不堪的竹笛交给我，说是一个叫秋江的弟兄送给他的，现在他把它送给我。我伸出双手接过它，然后把它贴在胸前放了一会。我这个刚穿上军装的新兵蛋子在他这个已经脱了军装的老兵面前有点不自然。我想以后会好的。

现在，我站在围墙边的土岗上，手里就捏着这支普通的竹笛。我想到，过去的事情都已经消失了，永远地消失了。我又想，消失了也好，任何事情它都是这样，它永远在不停地消失，但又永远地在心中复活。

　　晚风浩荡，我身后的这座营盘沐浴在夕阳的余晖里。搭眼望去，它像一座古旧的村庄。其实，它就是一座村庄。各式各样的人来了，又走了。它生生不息，香火不断，子孙满堂。其实，那些遍布在土地上又被土地所包围的一座座城市，何尝不是另一种意义上的村庄？它们生得晚，来得迟，可是现在它们仿佛成了阔佬儿，它们像一个不肖的子孙，有点鄙视村庄了。不知不觉，我举起竹笛，横在唇上，一串音符跳荡出来。起初它们羞羞涩涩、忸忸怩怩，缠绕着我，不肯离去，后来它们舒展开来，打着滚儿，既欢快又忧伤，流水一样漫溢而去，渗透到营盘的角角落落，一草一木一砖一石间。我看到，有许多人被这些音符唤了来，他们站在土岗子下面，呼吸着这些灵动的音符。人群里好像还有一个漂亮的小女兵，她一双明丽的眼睛一眨不眨地望着我，像深夜波涛中的两盏渔火。她的眼睛让我想起我少年时代的朋友雯雯。雯雯，雯雯，我亲爱的朋友，你现在还好吗？……我缓缓地吹奏着，浩荡的晚风也加入进来，使我的独奏变成了雄浑的合唱，仿佛来自天国的篇章。就在这时，夕阳把最后的一抹晚霞泼洒过来，整座营盘犹如披上了金光闪烁的盔甲。

雨中玫瑰

一

　　每天早晨七点整，李明扬准时离家，到小区大门北面五十米外的站牌下等七十五路公共汽车。他住的这个小区名叫四季花园，新落成不久，算是这个大都市里的高级住宅区之一。不用说，住在这里面的都是先富起来的人。大概人有了钱，高人一等的感觉就会随之而来，所以李明扬在这里见到的人，不论男女老幼，不论高矮美丑，一律气宇轩昂，派头十足。包括他的老婆赵梅。初来乍到时，李明扬相当不习惯这里的人际关系，就连这里面的气味，也让他觉得不对劲，有点冲。就连大门口的门卫，也显得比别处的牛气——他们个个潇洒挺拔，身体条件不错，况且衣着鲜亮，再配上小区新颖别致的大门做近景、里面豪华如云的楼群做远景，看上去就更加不一般。李明扬有一次问过他们，每个月开多少钱。回答是每月一千五。一千五，相当于他这个正营职少校军官的工资。他苦笑着摇摇头。一千五百块钱就能让这些顶多是高中文化程度的外地小伙子感觉良好——李明扬从他们的口音里听出，他们没一个本市人。本市身材相貌这么出众的小伙子不会甘心于做一个门卫的。

　　七点钟，马路上已经相当热闹了，可是四季花园里还相当寂静。有钱人大都喜欢睡懒觉,因为他们大都喜欢熬夜。赵梅就是这样。赵梅凌晨一点之前很少睡觉。基本上她每天晚上都有应酬,一般是九点以后回家,回家后第一件事就是打开电视。说是看电视,其实她在不停地换台,换来换去,没一个满意的,嘴里骂着什么破节目,可她就是不离开电视;或者她开着电视,却根本不看,仰躺在大沙发上,把电话机放到大腿根上不停地拨电话;要不就是在客厅里踱来踱去,摸摸这拍拍那,不熬到时候不罢休。早晨六点四十分李明扬起床时,她睡得正欢,有时竟然还打着小呼噜。李明扬动作神速地穿衣洗漱,胡乱扒拉点吃的填填肚子,然后下楼。赵梅要睡到八点半以后才起床。以前她打的去公司,公司每月给报销五百块打的费,不久前公司给她配了一辆富康车,她自己开,就更方便了。

李明扬出家门往外走时,在院子里基本碰不到人。出了大门,他得加快脚步。如果顺利的话,在七点五分之前坐上车,时间上就会比较从容,心里就踏实了。这个大都市里,有个显著的特点,就是乘公共汽车的人格外多,似乎每时每刻所有的公共汽车上都乱成一锅粥。李明扬就犯愁这个。把家搬到四季花园半年多了,乘过无数次车了,李明扬居然不记得占过一回座位,并非他没有力气挤不过人,而是他不愿意与别人挤来挤去,所以每次他都尽量收敛着力气。事情就是这样,他不用力,别人一用力,他就会被挤得东倒西歪,仿佛他是个病恹恹的人。还有一点是,乘公交车上下班,他绝不穿军上装。他只是下身着军裤,为的是换起来方便。他觉得一个人穿着军装在人堆里挤来挤去,显得太随便,太扎眼,太不协调了,不但自己觉着别扭,恐怕你周围的人也觉得不对劲。

以前住在单位里时,抬腿就到了办公室,李明扬不会有这种感觉。他和赵梅在单位分给他的筒子楼里住了五年。虽然住着不方便,但他上下班方便。他把自己乘公交车的感觉说给赵梅听。赵梅想了想,说:

"等过些日子，再攒点钱，给你买辆车。"赵梅不像是开玩笑，可他却是连想也不敢想。他一个小干事，开私家车上下班，别人会怎么想？他还想不想在这里干？

公交车上混乱不堪，李明扬的思维却像野马奔腾。他想，天下还是穷人多啊！你看看这些一大早爬起来挤车的，就知道答案了。他又想，公交车是体察民情的地方呢，它和筒子楼一样，很能说明某些问题。他还想，自己若是将来有了相当大的权力，千万别忘了常到这些地方走走看看，就算是微服私访吧……这时公交车突然刹车，他一个趔趄。紧接着他就苦笑了一下——他给自己定的目标高了，相当大的权力，相当大的权力……他能获得吗？……痴心妄想吧！还是想想别的事情吧。想想手头这份材料再怎么锤炼一下……

车上乱，脑子里也乱。乱着乱着，目的地快到了。

李明扬在一个高级军事机关的宣传部当干事，主要工作就是写材料。七十五路公交车越过单位大门二百米左右才停车，有时透过车窗玻璃，他能徐徐看清机关大门和院里的主要建筑。大门口站哨的卫兵姿势不错，可就是总感觉身材上差一点，有时相貌上也差一点。李明扬这是不知不觉在拿他们和四季花园的门卫比。他断断续续地想，将来他能说了算时，一定要到下面部队里选一批高大英俊的士兵来这儿站哨执勤，这个机关管着下面几十万部队，挑百十来个仪仗队员那样的兵，容易得很。大门呢，也有些陈旧不堪了，估计是六七十年代建的，或许更早。再往里看，办公楼更显陈旧落伍。这个大都市几乎一天一个样，机关周围的高层建筑鳞次栉比，花样百出，五彩缤纷，这还算不上繁华地段；而他所在的机关大院却几十年如一日，单从外观上看，已经明显地和这个大都市格格不入了。

二

一般情况下，七点五十五分之前，李明扬肯定能进到办公室。他先把夹克脱下，放进一只文件柜里，再从里面拽出军上衣，用最快的速度换上。然后和前后脚赶来的年轻干事们一块打扫卫生。打扫得差不多时，副处长和处长到了。紧接着副部长和部长也到了。

部里的人除李明扬之外，全都住在机关大院，他们从家里往办公室走，顶多五分钟吧，而他李明扬却已经经历了一个小时的挤车之苦。也就是说，在上午上班之前，他是宣传部最辛苦的人。有一次他在办公室里说出这个发现，别人都说是呀是呀。可紧接着就有人说，你小子别得便宜卖乖呀，你住什么房子，我们又住什么房子？你的房子比部长的房子都豪华，我们还住贫民窟呢！又有人接上说，李干事，你要是觉得坐车来回跑辛苦，咱们换换得了。甚至就连处长也插话说，小李，我要是有你那么漂亮的宿舍，再远一点也甘心。李明扬赶紧摆摆手，他不想再讨论这档子事。

其实大伙儿都羡慕极了他的房子。这个大机关院子挺大，占了很大一片地，宿舍楼也挺多，一排连一排，楼号都快排到三位数了。可是，人们总还是觉得房子不够住。要说原因，都知道，被转业干部占去的太多了，有些干部已经转业十好几年了，还住着部队的房子。十七号楼共有二十四户人家，据说只有四户是在职的，其余的全是转业干部。而今大院里已经没有多少可供盖宿舍楼的地方了。处长都四十出头了，盼了好多年了，前不久才刚刚到手一套三居室，是老房子，设计极不合理，窗户都关不严了，不得不自己掏腰包换了铝合金窗子。因此一提房子，处长就来气，说，看看人家国家机关的处长住啥房子，我这个上校处长又是住的啥房子，咱这个单位真个是落伍了。处长都这样，其他人的情况就更是可想而知了。

八点钟一过，走廊里的动静小了，各个办公室开始有节奏地忙起来。电话铃响个不停，接电话的人习惯于压抑着嗓门交谈。办公楼七层有一半房间是宣传部的，但宣传部的小单位太多，光处、室就有七八个，所以办公室也显得很拥挤。李明扬的这个处包括处长在内，全挤在一块办公。在基层部队眼里，处长算个不小的干部了，可是在这个大机关，处长其实就是个大干事，根本算不得啥。

李明扬的办公桌紧靠窗子，每天上班坐下来后，他都习惯看一眼窗外的世界。只要八点钟一过，李明扬就看到楼下的这一片机关办公区霎时安静下来，路边的油松在艳阳照耀下发射出炫目的光，一块块草坪静静地卧在那里；水泥路上除了一辆辆小车驶过之外，很少有人行走。人呢，都集中到了办公楼里。机关和一般部队的区别或许就在这里——在部队，士兵主要是到练兵场上操练，而在这里，办公室，就是这些高级军事机关的军人们的大操场。

李明扬总感到自己这个处是最忙的单位，而他又是处里最忙的人。他算是主力干事，正是挑大梁的好时候，领导自然而然地把重担子撂给他，每天都有一大堆材料等着他写。他桌上的电脑一天到晚开着机。有时他觉得他这台电脑就像一头小牛那样，他真担心哪一天把它累趴下。他写经验总结、首长讲话；草拟各类决定、指示、通知、报告、请示；有上报给总部的，有在本机关交流的，有下发给部队的……林林总总，太多了。关键是不论什么材料，都不能马虎，更不能有差错。哪怕是个很小很小很无关紧要的材料，也不敢糊弄。有时为了某个提法、某个词句用的是否恰当合适而绞尽脑汁，再三推敲，反复和副处长、处长商讨，反复去向副部长、部长请示……

李明扬每年要写多少东西？他没有认真计算过，估计五六十万字是不成问题的。

他感到疲乏。但他每天还必须得打起十二分的精神，迎接一个又一个材料的挑战。其实想想也就释然了，没啥。副部长、部长他们这些老机关哪个不是这样熬过来的？多年的媳妇熬成婆呀！

李明扬没调进这个单位之前，是一位姓许的老干事坐在他现在坐的地方。据说许干事天生是一把写材料的刷子，二十出头时就进了这个大机关，当时是最年轻的机关干部，没几年工夫，就成了机关公认的"大手笔"，人称"材料王"，真可谓"著作等身"，名扬一时，风光无限。十几年过去了，这位许干事眼睛高度地近视了，背也驼了，腰也弯了，三十出头年纪，看上去像四十多岁。有一天，他写着写着，突然感到头晕目眩，紧接着冷汗直冒，小脸焦黄，恶心呕吐，昏倒在办公室里。他大病了一场。他病愈后，人们发现，他再也不能写材料了！他往办公桌前一坐，只要一提起笔，就会小脸焦黄，直冒冷汗，同时感到头晕目眩，恶心呕吐。在这个部门，一个当干事的不能写材料，你就算废了。许干事只有一条路：转业。李明扬调来后，曾问过处长这事。处长说，确有此事，老许拼得太狠了。处长又叹口气说，可惜了，老许可惜了，很有前途的一个人。处长又说，老许写东西特别有灵气，文笔老辣，观点新颖，常能别出心裁，立意高远，那时候首长信任他，机关干部们都挺佩服他，认为应该把他调到中办、国办去发挥更大的作用；《人民日报》的社论让他来写，一点问题都没有……

处长轻易不歌颂别人。处长这么一说，李明扬真信了。如此一来，那个从未见过面的许干事就被李明扬当成了榜样。仿佛是上天的安排，他现在用的桌椅不就是当年许干事用过的吗？

也是仗着年轻，李明扬拼了几年下来，虽然一度面黄肌瘦，掉过几斤肉，蜕过几层皮，可肉呀皮呀很快又回到了他身上。而他的材料更是日渐长进，虽不敢说在全机关名列前茅，在宣传部的干事中，应该说是数一数二了。最近，几次给司令政委写讲话稿，部长都点名让他先拿初稿，就很能说明问题。

李明扬终究是太忙了，只要往办公桌前一坐，打开电脑，屁股就离不开椅子了，常常是尿憋急了都懒得起身去方便，能拖一会儿是一会儿。别人可以抽空子翻翻报纸，议论几句时事，还可以打打电话什么的——打电话就是一种休息。李明扬是半路"出家"来部队的，兵龄还短，在部队没什么战友、同乡、哥们儿；平时走不开，下基层的次数也少，接触人结识人的机会就少，所以基本上没有电话找他。他只有一篇一篇地写材料。而他越是能写善写，部里处里越是不停地给他加任务。有一次，处长看过他刚打印完成的一份打算报给总部的经验材料后，啧啧赞赏道："小李呀，我有预感，用不了多久，你就会成为全机关最棒的笔杆子之一。而你还这么年轻，前程远大呀……"

李明扬白天忙，晚上也时常不消停。有时材料要得急，他就得晚上加班熬夜。他买了电脑，给赵梅说是搞文学创作用，其实他清楚，主要为了他晚上写材料方便。电脑买了好几年了，他写过一篇文学作品吗？没有！下班时他常常怀揣一张软盘回家，吃过晚饭往电脑里一插，接着写下午没写完的材料。后来上了网，下班关机前，他把未写完的材料变成电子邮件发往家里的电脑，回家接着写，那就更方便了。

三

写文章既熬人，又耗人。李明扬已经意识到了，照这样下去，他早晚要像一盏油灯那样，逃不掉被熬干的命运，油尽灯枯是必然的结局。他现在能够做到的，就是在那一天到来之前，尽量地做得潇洒一点，沉着一点，完美一点。他坐在办公桌前，面前是高品质的电脑，他微皱着光洁的额头，微眯着清澈的眼睛（他一点都不近视），轻咬住下唇，思索着，思索着，然后飞快地敲打键盘，屏幕上，一行行文字跳动着，仿佛是活着的思想。他从来不抓耳挠腮，龇牙咧嘴，即便遇到困难暂时卡壳，写不动了，他顶多揉揉额角，闭目养一会儿神，或者起身在房间里踱几步。很多时候，看上去他气定神闲，从容不迫，举重若轻，心无旁骛，胸有成竹。他工作时的姿势是优美的，迷人的，像个真正的智者那样，像一尊凝重的雕塑那样。

赵梅曾经十分迷恋他工作时的模样。

李明扬近来常常想起以前的日子。结婚之后，他和赵梅住在机关大院五十六号楼二楼的一间十四平方米大小的房子里。起初晚上加班写材料，他要到办公室去，怕影响赵梅。赵梅说，在家写不行吗？我愿意看着你写。他当然希望在家写，白天上了一天班，晚上他实在不愿再往办公室跑。那时没有电脑，他拿一沓白纸回家，吃过晚饭，就伏在那张公家配发的三屉桌上写。赵梅为了不打扰他，连电视都不看了，爬到床上去看书，尽量保持安静。他写东西是百分之百地投入，尽管是干巴巴的文字材料，他也感觉像作家创作文学作品那样，往笔端倾注着深深的感情。有时他猛地想起什么，回头一看，赵梅竟然睡着了，也不知何时睡着的。更多时候，赵梅正从侧面痴痴地注视着他呢，眼睛亮晶晶的，折射出敬佩和爱慕兼而有之的光芒。有一次，赵梅忍不住打断他，对他说："哇，李明扬，你写东西时的样子好酷，比任何时候的你都酷。"

他放下笔，转过身子，伸出一只手去，轻轻抚弄着赵梅柔软的长发或者光滑的脸蛋，说："你这个发现，很有意思。"

说时迟那时快，他的胳膊被赵梅死死地抱住了。二人笑闹着，身体就这样纠缠到了一块。该发生的事情于是就发生了。激情过后，赵梅满意地睡去，李明扬想起没完成的材料，重新抖擞精神爬起来，披上衣服继续写。

像这样的情景多次出现过。

还有一次，自然也是晚上，李明扬加班写材料时，赵梅突然插话说:"明扬,刚才看着你,我想起了一个人。"

李明扬说:"你说什么?"他仍沉浸在自己的思路中,没回过神来。

赵梅递给他一杯水,说:"我想起一个人,鲁迅先生。我见过鲁迅先生在书房写作时的一幅照片。我觉得你的样子特像他。"

这回李明扬听明白了,他哈哈大笑起来,觉得赵梅的这个发现真是有趣。

随着李明扬加班次数的增多,赵梅的发现也越来越多。有时她说李明扬像在延安窑洞写文章的毛主席,有时说他像日理万机的周总理;还说他们这间小屋的灯总是亮到深夜,使她想起中南海的灯光。每一个新发现出笼,都能让二人乐不可支,嘻嘻哈哈打闹一阵。

在家里加班熬夜写材料,本是挺烦人的事,可是愣让他们弄出了乐趣,这样的生活多么富有诗意。后来他买了电脑。再后来赵梅的应酬越来越多,几乎每天晚上都有饭局。赵梅已没有兴趣注视李明扬写作时的姿势。这种兴趣是渐渐失去的,二人还都浑然不觉。逢到李明扬在家加班,赵梅晚上进门后,顶多问一句晚饭吃的啥,然后往沙发上一倒,看电视,或者打电话。好在李明扬写东西时不怕干扰,白天他在乱糟糟的办公室都照写不误,抗干扰的能力极强。搬到四季花园后,房子大了,光书房就有二十多个平方米,李明扬加班熬夜几乎就和赵梅无关了。

再说结婚都好几年了,早就不是少男少女了,热乎劲儿早过去了,每天都有一大堆并不省心的事情要做,赵梅哪还有心思去注意李明扬写作时摆什么姿势。唯一不变的是,李明扬还像过去那样忙碌,每周至少要拿出三个晚上写材料。或许赵梅已经对李明扬这样的工作方式感到反感了——不久前,赵梅在一天晚上十点多回家后,来到书房,冷眼打量了一阵正伏案写作的李明扬,然后说:"李明扬,我问你,你写的东西,能发表吗?"

李明扬头也不抬地说:"发表?大部分不去发表,领导看过后存档,或者是上报和下发;小部分在内部刊物上登一下。"说完,他又纳闷儿,这些情况赵梅都熟悉呀。

赵梅又问:"有稿费吗?"

李明扬说:"没有呀。你怕我蒙你不成。又不是文学作品,从来都没稿费。"

赵梅继续用不咸不淡的口吻说:"没稿费你写它干啥,白忙活嘛!"

李明扬这时候仍没听出赵梅话里的意思,说:"工作嘛,不写哪成。"

赵梅说:"那我再问一句,部队一月给你开多少钱?"

李明扬觉出有点怪了,说:"你全清楚呀!乱七八糟全加起来,一千五左右。你今儿个是咋啦?我可是每月如数上交了,一点埋伏都没打!"

赵梅根本不接李明扬的话,冷冷地笑了笑,顾自说:"一千五,一千五,老公呀,你没白没黑地干,你可真对得起这一千五!……"赵梅收起笑容,住了嘴,回到客厅,把个李明扬晾在那里发愣。

现在李明扬当然明白了,赵梅对他的职业,对他的工作方式,对他的生命价值,甚至对他本人有想法了。明白过来后,李明扬吓了自己一跳:老天爷,原来他每个月只挣一千五百块钱,和四季花园大门口的门卫是一个工资档次。可是以前怎么就没有注意到这些呢?他真的没太在意,自己每个月只挣一千五。想来还是家里不缺钱花。说到底是赵梅能挣,为这个小家提供了丰富的经济食粮……

李明扬明白过来后,思路就有些乱了。他突然产生了一种不祥的预感,但转瞬即逝。正写的这份材料,什么观点呀,精神呀,意图呀,事例呀,等等等等,原本脑子里都有了,只等按顺序把它们拉出来就行了。偏偏这时脑子像一锅粥,都混了,乱了套。李明扬有点烦躁地站起来,在铺着圣象牌木地板的偌大书房里转了几个圈,索性关机,睡觉。

四

　　这一段时间，每天，李明扬仍然主要是在写材料。他努力使自己像先前那样，保持一种从容不迫、气定神闲、成竹在胸的工作姿态。然而，只有他自己知道，他这是在硬撑着。他的内心正承受着波澜、苦闷和阵痛。

　　事情的起因并不是赵梅埋怨李明扬挣钱少，也不是赵梅怪他的工作没有价值，或许这些只是赵梅悄悄改变她自己，进而一点一点"堕落"的外在的理由。挣钱少怎么样？他李明扬是个堂堂正正的男子汉，他从来不算计，不计较金钱。他从小就不爱钱。生活中，有的人一提起钱，立马两眼放光，古人说这叫见钱眼开。他李明扬不是这样的人。生活中，他脑子里很少出现钱。他真的缺乏钱的概念。他从来没幻想过将来会发财。他认为职业军人收入低是事实，明摆着。没事干时，大伙儿在办公室经常议论这个话题，一个个满腹委屈、愤愤不平的样子。李明扬却很少参与议论。按他的观点，如果你嫌当兵赚钱少，可以退出现役嘛，现在不像过去了，想走走不了，现在你非要走，没人会拦你嘛，反正你不想干，还有别人愿意干，这么大的中国，想当兵的人有的是，听说每年征兵，每年高考完搞录取时，很多人打破头皮想进部队，这也是事实嘛。他李明扬当初选择部队，绝不是想来这里发财的，只有傻瓜才认为这里能发财。

　　至于赵梅认为，李明扬的工作没多少实际价值，是在耗费生命（现在抱有这种观点的人还真不少），李明扬就更不想承认了。他是一个堂堂高级军事机关的宣传干部，负有对所属部队广大官兵进行教育鼓动的重大历史使命，安能说没有价值？他写了那么多经验材料，首长讲话，虽说每次都不能署上他的名字，虽说现在的读者和听众对文件呀，材料呀，讲话呀不是那么上心了，可总有人在看、在听、在信吧？润物细无声，总能起点作用吧？平时老有人唠叨，说你们这些耍嘴支子的、摇笔杆子的，是搞形式主义，搞假大空，搞文山会海，玩空手道，粉饰太平，报喜不报忧，是僵化的表现。这话或许也有一点点道理。可是你想过没有？这就是咱目前的特色呀，不搞行吗？这是当前工作的需要，是宣传工作的需要，明知用处不太大，也不能不搞。大道理还是要讲的。这也算是一种理想吧。都去挖空心思赚大钱，都盯着实际的利益，而忽视了崇高的理想和追求，像赵梅和她的老板宋道刚之流那样，一门心思赚钱赚钱，财迷心窍，都满身铜臭气了，岂不更糟糕！所以，李明扬绝不承认自己的工作没有价值。相反，他认为自己的职业是神圣的，是凛然不可侵犯的。你瞧不起他，他还瞧不起你呢！

李明扬不会为自己挣钱少而苦恼，也不会为别人认为自己是在空耗生命而苦恼。事情真正的起因是，他发现了赵梅的一个秘密。赵梅可能已经红杏出墙了！

大上个星期，星期五，李明扬快下班时，接到赵梅一个电话。赵梅说她晚上有应酬，不回家吃饭了。赵梅每逢晚上有应酬，都能提前打个招呼，这一点做得还是相当不错的。李明扬作为一个大男人，不可能像某些鼠肚鸡肠的小男人那样，干涉老婆的行动，限制老婆的自由。不就是晚上在外面吃顿饭吗？愿吃就吃呗。随着公司的生意越来越好，随着赵梅在公司里的职位越来越高，赵梅的应酬越来越频繁是很正常的，李明扬从来没干涉过赵梅，连一句怨言都没有。同样呢，赵梅作为一个受过高等教育的知识女性，也从不过多干涉李明扬的自由。上个月的一个周末，李明扬和大学里的同学、如今的大款周文廷在饭店喝了半夜酒。当晚李明扬就没回家。换上不懂事而又疑神疑鬼的女人，丈夫夜不归宿，非吵翻了天不可。赵梅决不做这样的傻事。第二天的上午李明扬头重脚轻回到四季花园，正洗漱打扮的赵梅抬起头来，大大咧咧地说，老公，没在外面寻花问柳吧？他们经常开类似的玩笑，因此谁也不感到突兀。李明扬往沙发上一倒，正色道，嗯？本人是革命军人，怎么会做这些偷鸡摸狗的事情！说罢，他们哈哈大笑，疲惫之气一扫而光。赵梅说，嗨，你瞧我都忘了，我找了个革命军人老公，完全可以放心，一百个放心！现在的男人呀，也就是你们当兵的，还算老实。李明扬说，那可不一定。不过呢，别人咱别管，我肯定会守身如玉的……

结婚六年多来，他们夫妻感情是相当和睦的，谁也没怀疑过对方对自己不忠。在当今时代，该是多么难能可贵呀。可是，大上个星期五，李明扬却发现赵梅有不轨之处，是无意当中发现的。

那天傍晚，李明扬下班后，换上便衣乘七十五路公共汽车回家。碰巧那几天不算太忙，难得清净放松一下，李明扬在颠簸的公交车上临时决定，他也不回家弄饭吃了，在外面找个馆子下下得了，反正赵梅也不回家。他一时拿不定主意去哪儿解决问题。公交车经过北三环的北方大酒店时，李明扬想起这儿的自助餐不错，赵梅曾带他来吃过两次，便决定下车。他找了个靠窗的座位，吃了个痛快淋漓，满面通红。吃饱喝足后，他望着身边来来往往的红男绿女，就觉得小腹直胀，身上就有些不对劲。他的脸更红了。他惭愧地想，他这是想赵梅了。也不知怎么搞的，这两年疲倦得很。按说呢，原本三十出头年纪（赵梅刚满三十岁），正是精力充沛的好时候，他和赵梅却有点疏于房事了，这是极其不正常的。很显然，他这边是让材料给闹的，只要有材料写，他别的心思全没有了；赵梅想来是让钱给闹的，赵梅赚钱心切，工作格外辛苦，每日里忙来忙去，回到家疲惫不堪，哪有心思播云弄雨，老老实实洗洗睡觉吧。说起来，这事谁都没错。他不写材料不行，因为这是他的本职工作；赵梅不赚钱也不行，不赚钱靠什么生活？如果不是赵梅，他能住上四季花园的房子吗？做梦去吧！

大家都没错，都有理。

可是现在，李明扬却想赵梅了。他想催赵梅早一点回家，夫妻二人过个愉快的周末，于是，就掏出手机，拨打赵梅的手机。蜂鸣音响了好一会儿，才接通。赵梅抢着说话，关切地问他，吃了没有。李明扬简单同她寒暄两句，接着问："你现在在什么地方？"

赵梅说："我在……我在北三环一家酒店，陪客户朋友吃饭呢。"

李明扬想起赵梅以前经常来这里，就有点兴奋地说："是在北方大酒店吗？"

赵梅说："这个，啊，是呀是呀。"

李明扬心想，真是太巧了。他赶忙站起身来巡视了一遍热气腾腾的大厅，却没见赵梅的身影，就说："你们在哪个房间？"

如果这时候赵梅能引起警觉，事情或许还有周旋的余地。偏偏赵梅忽略了，大意了。赵梅说："在……在二楼巴黎厅。"

其实这时候，就连李明扬也没意识到什么。李明扬甚至天真地想，如果他突然闯进去，肯定会给赵梅一个惊喜，于是他按捺住兴奋，抢先挂断了电话。

李明扬很快就被自己的这个举动搞懵了。他快步来到二楼巴黎厅，问垂手立在门旁的侍应生，里面可否是某某公司的人。侍应生告诉他，好像不是。李明扬居然还不相信，冒冒失失推开门一看，满满一桌子陌生人，正在吃蛋糕，好几个人的嘴巴上挂着奶油——是在给一个老年人祝寿，气氛热烈得很。

到这时李明扬已经觉出不对劲了。他居然还打算给赵梅一个惊喜，简直太可笑了，太弱智了。但他不死心，楼上楼下一个房间一个房间地打听。十多分钟后，他才真正地意识到，问题严重了，危机降临了。他没有带给赵梅惊喜，赵梅却给了他一记闷棍！

不过，李明扬并没有惊慌。他还算沉着。起初头有点晕，他认为这主要与刚才喝了两扎啤酒有关。他想再给赵梅拨个电话问问，是不是她记错了酒店。号码都发送出去了，他又改变了主意，赶紧关机——事情已经明摆着了，只有傻瓜还在心存幻想。赵梅为什么要撒谎？显然是有见不得人的勾当。赵梅是不是经常这样撒谎？鬼才知道！

李明扬恍恍惚惚离开北方大酒店。他没有坐车，而是步行往家的方向走。初春的夜晚凉意还是很袭人的，李明扬却感觉不到丝毫的凉意，他像在经历盛夏，后背都被热汗浸透了，脑门上也挂着汗珠，相当地狼狈。赵梅为什么要这样？李明扬想不通。赵梅和谁在一起？肯定不是她一个人消夜，一个人就没必要撒谎了；也肯定不是一群人，一群人在一起也用不着撒谎。那么她和谁呢？李明扬首先想到了宋道刚，赵梅所在公司的董事长兼总经理。

这个突然的变故，给李明扬出了一个天大的难题，一下子把他给难住了。他该怎么办？大光其火，大打出手？不行，也没必要；假装糊涂，沉默不语？也不行，他咽不下这口气。那么，到底该怎么办？李明扬左右为难，犹犹豫豫，不知所措。他脚步沉重地往前走，脑子越来越乱，脑袋越来越沉。一个多小时过去了，他硬是一点主意也没拿出来。这时，也到家了。

李明扬打开门时吓了一跳。赵梅已经先他一步回来了。客厅里的大灯没开，只开着壁灯，光线有些黯淡，模模糊糊的，看不真切。李明扬束手呆立在门旁，与坐在沙发上的赵梅对视着。久久地对视着。都不说话。都想用目光试探对方。都不想示弱。都不想退缩。但李明扬感觉出来了，赵梅心里有鬼。李明扬心里更有数了。李明扬铆足了劲，哪怕是这样对视到天亮，他也不会退缩。

果然赵梅撑不住了。赵梅是个多么聪明的女人，她一定是知道瞒不住了，不如"如实"招来，于是她先扑哧一声笑了，笑得前仰后合，满面放光。笑得差不多时，她突然收住笑，说："李明扬，你可别吓唬我。今晚宋道刚非要拉我去看一个演出，在光明大剧院，俄罗斯的芭蕾舞团演的《天鹅湖》。毕竟在他手下做事,我不想得罪他,就硬着头皮去了。怕你多心,只好撒个谎——有时撒点谎是生活的艺术,也不见得全是坏事吧?……喏,老公,这是票根,请你过过目……"

赵梅这一番话,反而把李明扬给说愣了,还算有理、有据。李明扬居然一句话也说不上来了。他能说什么?毕竟他没有更直接的证据!可是,什么叫证据?笑话,难道非要他去捉奸不成!现在他仿佛成了一个鼠肚鸡肠疑神疑鬼的市井男人,让赵梅瞧不起了。李明扬重重地叹息一声,脱掉鞋子,噔噔噔几步蹿到卧室里,抱起一床被子来到书房,使劲扔到沙发上,以后他打算就睡这儿了。这时赵梅居然斗胆跟了过来。李明扬说:"我想,你现在肯定后悔了——后悔不该说今晚在北方大酒店吃饭……"

五

生活中有太多的偶然性,李明扬从军入伍,就是偶然性的一次真实体现。

李明扬没听说过自家祖祖辈辈里哪位先人当过兵,更没见过谁行伍。他原先也从没想过自己这一生还会和军营打交道。从小到大,他一直是个品学兼优的好学生。他考上了一所名牌大学就是生活给予他的一份回报。

大学快毕业的时候,同学们都忙着找单位,校园里终日乱糟糟的,人来人往,像个自由市场。李明扬却一点都不着急。他作为堂堂名牌大学的高才生,找个理想的归宿一点问题没有,根本用不着犯愁。李明扬在内心里为自己圈定了三条路:进国家机关当公务员,到外企当白领,继续留校读研。他暂时拿不定主意要走哪条路,他想再考虑考虑。

有一天傍晚,李明扬拎着饭盒到食堂就餐,半路碰上了他们班的辅导员张国志。和张辅导员走在一起的是一位穿军装的中年军官，高大威猛，目光炯炯。李明扬身高一米八二，挺拔健硕，相貌在男人堆里算是出类拔萃的。那位军官和李明扬对视片刻，互相友好地笑了笑，彼此留下了相当不错的印象。张国志把他们做了介绍。李明扬听清楚了，中年军官是张国志的堂兄，在 B 城的一所军事院校当教务处长，当然也姓张，来这里出公差。

张国志热情地邀请李明扬一同到外面吃饭。张国志是他们的辅导员，更是他李明扬的哥们儿，平时关系相当融洽，无话不谈，简直和亲兄弟一样。如果换上别人邀请，李明扬是绝对不会去的，可偏偏是张国志，李明扬就无法拒绝了。或许还有一个原因，这位姓张的上校军官蛮有吸引力的，和这样的人在一起，感觉放心。

李明扬的命运就在那个普通的晚上发生了转变。

那天晚上张处长请客。张国志又请来几个外系的女生作陪，她们不是毕业生，暂时不存在毕业分配问题，更放松一些。她们长相都很一般，李明扬的目光基本上就不去光顾她们。李明扬主要和张处长聊。李明扬长到二十二岁，接触的大都是家长、老师、学生、普通市民，从没和现役军人接触过，所以，姿态伟岸、声音洪亮的张处长令他感到新奇。

李明扬以前是不喝酒的，但那个晚上他喝了不少酒。一上来，张处长并不勉强他们，张处长自己用大杯子喝白酒，不一会儿就干进去一大杯。李明扬和张国志看不下去了，咬咬牙端起面前的小酒杯，一仰脖喝了。张国志确实是不胜酒力，三小杯下肚，脸涨成了猪肝色。渐渐地只剩下张处长和李明扬在喝酒。李明扬竟然一点醉的感觉没有，仿佛他喝下去的是纯净水。他这才知道，自己是有酒量的。这个发现令他感到惊喜，一种很男人气的豪迈的惊喜。气氛越来越热烈，李明扬面前的小酒杯被换成了大杯，他都没察觉。

喝酒喝到太阳穴发烫时，李明扬和张处长已经聊得十分投机了，就像是多年前的朋友，今朝重逢，兴奋之情铺天盖地。一桌子的人都望着他俩，尤其是几个模样不算俊的低年级女生，全闭了嘴，简直是不错眼珠地盯着这两个英俊豪放的男人，人人脸上挂着喜色。张处长谈着谈着，把话题扯到他此行的任务上。

张处长是代表学院来这座大都市"招兵买马"的，也就是特招地方大学生入伍，献身国防事业。毕业后到部队当一名现役军官，对一般学校的大学生来说，或许还有一定的吸引力，但对于李明扬就读的这所响当当的名牌大学的学生来说，很难再有吸引力。社会越来越开放，年轻人选择事业和前途的余地越来越大，到部队既发不了财，又受纪律的限制和约束，更无法出国发展，谁还愿意往部队钻？因此，张处长只是在几所边边角角的学校招收了几名应届毕业生。而临行前，他曾向学院领导拍过胸脯，不从这所名牌大学挖两名学生来，他甘愿挨骂受罚。可他在堂弟张国志的陪同下，在学校转了好几天了，一无所获。他准备明天就回学院，回去向领导"请罪"。

张处长讲完他面临的窘境，端起酒杯猛灌了一大口，把酒杯重重地往桌子上一放，又感慨万千地补充道："我们部队真是落伍了，被时代甩到后面了。以前可不是这样的，军营曾经是广大青年心目中的圣地呀！比如我吧，复旦数学系毕业，当时我的第一个志愿就是当一名职业军人……可是，这才几年？全变了！一流人才没人愿到部队来了，真是三十年河东三十年河西……"

一桌的人，对张处长的敬佩之情更炽。有个女生激动地说："张处长，您把我带走吧，我跟您走。"

其他的女生也喊喊喳喳跟着附和。张处长眯起眼来打量她们一遍，说："可你们明年才毕业。"

女生们说："明年您再来找我们。"

张处长说："谢谢，太谢谢了。可是，说不定明年你们就变卦了。"

大伙儿都笑起来。

张处长又对李明扬说："来，小李，还是咱俩喝酒。今朝有酒今朝醉吧。"

张处长的舌头都有点硬了。李明扬的情况也差不多。他们猛地碰一下杯子，深深地干了一口。就是在这个时候，就是在李明扬放下杯子的当儿，仿佛灵感突现，火花一闪，李明扬说了一句话。这句话把在座的人吓了一跳，也把他自己吓了一跳。他说——

"张处长，我跟您走，怎么样？"

一桌子的人，愣了足有一分钟。后来就见张处长腾地站了起来，伸出一双军人的大手，紧紧握住了李明扬的手。张处长一句话也说不出来，只是使劲地晃动李明扬的胳膊。然后突然想起什么，张处长拿过酒瓶，给自己斟了满满一大杯，又给李明扬倒上一点，二人碰一下杯，一饮而尽。几个女生欢呼起来，恨不得上前拥抱亲吻李明扬。张国志也满意地笑了。

其实李明扬的脑子这时候已经有点不听使唤了。往下张处长好像又冲李明扬描绘了一番他入伍后的远大前程。张处长说，军队是我们的，也是你们的，但归根结底是你们的，小李哪，进了部队，只要好好干，凭你的基础和潜质，用不了多少年，你就能成为将军，说不定几十年后，你就能当上军区司令总参谋长军委副主席啥的……这些话李明扬基本上没听进去，因为他喝得有点过量了，都开始摇晃了。

第二天上午十点多，李明扬才醒转过来。张国志告诉他，张处长怕他出事，昨晚一直守到凌晨两点才回招待所。李明扬心头不由得滚过一阵热流。张国志还说，张处长留下了话，昨晚酒桌上说的事情可以不算数，让李明扬再认真考虑一下，毕竟这是一次重大选择，不能草率行事。

李明扬也开始有点犹豫了。当兵，是一件他从来也没有想过的事情，可他一冲动，就把自己推出去了！常言道，说出去的话泼出去的水，覆水难收啊！没了主意的李明扬想起了远在沈阳的父母，就到公用电话亭给家里挂了个电话。没想到父母非常支持他携笔从戎。像父母这个年纪的人，对部队的感情还是相当深的。这下李明扬心里踏实多了，他决定不食言，跟张处长走，到三百公里外的B城去，到那里的军事院校当一名教官。

李明扬的决定立即在毕业生中掀起了波澜。在这一届学生中，李明扬算是出类拔萃的，是具有号召力的。一个直接的结果是，和李明扬一个班的周文廷也动了心。周文廷是B城人，正好可以借此分回老家。周文廷来找李明扬讨主意，李明扬说："我一个外地人都愿意去B城，你小子还有什么好犹豫的?!"

这下张处长可以欢天喜地回去交差了。

李明扬和周文廷，以前是同学，以后就成战友了，关系更进了一步。像李明扬这样的一类名牌高校的尖子生，能够迈出这么一步，是多么不容易。李明扬出人意料的举动受到系、校领导的高度评价。一个月后，他们即将离校时，系里专门组织了一次小型欢送会。同学们来到系办公楼门前的空地上，把李明扬和比他矮一头的周文廷团团围在中间。不巧的是，这时老天突然变脸了，下起了雨。幸好是毛毛雨——反而别有情趣了。系领导简短地致辞后，两个一年级的女孩子跑上来献花。她们湿漉漉的脸蛋和她们手中的花束一样，放射出扑鼻的异香。李明扬注意到，五颜六色的花束中有一枝玫瑰，特别耀眼，特别华贵，特别引人注目。接过花束的时候，李明扬小声问面前的女孩："你叫什么？"

女孩仰起天真烂漫的脸，柔声说："学兄，我叫赵梅。"

六

尽管李明扬极力想掩饰他的苦恼和焦虑，处里的同志们还是有所察觉。有两点异常可供他们猜测推论，一是赵梅不往办公室打电话了。以前赵梅几乎每天都打电话，有时一天打好几次，处里的人都喜欢和她开玩笑，经常出现抢着和她说话的情况。在部队干部家属里，像赵梅这种档次的女人并不多见。赵梅要长相有长相，要本事有本事，聪明大方，温柔体贴，善解人意，还是个富婆（这一点很重要），像这样的女人打着灯笼都难找啊！李明扬真是令人羡慕，甚至令人嫉妒了。部里经常有年轻干事同李明扬开玩笑，说，李干事呀，我他妈真想当一回第三者，到你家插一下足。可是，竟然快半个月没有赵梅的电话了，这是很不正常的，以前从未出现过这种情况。这是其一。第二，李明扬拿出的材料近来老有差错。比如他昨天刚拟出的一份关于全区部队认真学习江主席"三个代表"重要思想的通知，就出现了三个错别字——处长挑出了两个，拿给部长审阅时，又让部长逮出一个，弄得处长很没面子。而这种差错，尤其是重要文件，以前是极少出现差错的。特别是他李明扬，素来严谨细致，作风扎实，出这种洋相，是不可想象的。

这一天的下午，办公室里没人时，处长扭过脸来，冲李明扬试探着说："明扬，最近没什么事吧？"

李明扬把眼睛从电脑屏幕上移开，忙不迭地说："没事啊，没事。"

处长说："小赵还好吧？怎么不见她来电话了……"

李明扬说："她……她最近经常出差……挺忙……"

处长点点头，表示信了。愣了愣，处长又说："最近材料挺多，我知道你挺辛苦，但还是得注意少出差错……"

显然处长是对他表示不满了，李明扬惭愧地低下头。但紧接着处长给他透露了一个重要消息：本部另一个处的处长王德伟要到国防大学读书，空出的位子很有可能由本处副处长孙启亮过去接任，这样，本处就空出了副处长的职位，综合各方面情况看，李明扬是重要的后备人选。另外，王德伟那个处的老干事曾庆高也不可小觑，希望李明扬关键时刻咬紧牙关，尽量不惹麻烦，免得给竞争对手以口实……

如此说来，处长责怪他，最终还是为他好。李明扬郑重地向处长道谢，并严肃地表了态，表示一定要增强责任感，加强责任心，力求工作认真细致，精益求精，决不再给处里抹黑。处长满意地笑了。

重新回到工作状态后，李明扬仍然是有点心不在焉，脑中杂念丛生，精神难以集中。自从经历那个黑色的周末之后，李明扬和赵梅谁都不甘示弱，更不想妥协。赵梅没再进一步解释那天晚上到底发生了什么——即便她解释，李明扬也不会听，更不会相信了。赵梅晚上的应酬倒是突然减少了许多，变为一周最多两三次，而且九点钟之前就能回家。

这半个月，李明扬和赵梅是在分居中度过的。李明扬睡在书房里的长沙发上。二人几乎不再对话，即便非说不可，也是尽可能地简练，能一个字表达清楚的决不说两个字。虽然说没有争吵，没有责骂，但家里的空气是凝固的、冰冷的、呛人的。家，变成了一座火药库，一点火就会炸。

在他们六年多的婚姻史上，还是头一回出现这样的险情。

现在坐在电脑前的李明扬，看上去和以前的李明扬没什么区别。但是，李明扬自己清楚，他的方寸有点乱了。事业和家庭，哪个更重要？这个问题看似简单，其实复杂得很。他李明扬就解不清。处长说，本处副处长的位子就要腾出来了，他相当有希望。但他现在没兴趣思考这个事情。真的没兴趣。一个小小的副处长的职位，能算什么？身外之物嘛，谁愿当就让他当去吧……

赵梅不来电话，却有人打来电话找李明扬了。是个女的，声音清脆。处长先拿起的话筒。处长真以为是赵梅打来的，当即调侃了两句。等弄清不是赵梅后，处长有点尴尬，咕哝道，怎么会不是赵梅呢？

李明扬也以为是赵梅打来的。李明扬一时不知道该用什么样的口气说话。他愣怔着拾起自己桌子上并联在一块的话筒，有些紧张，手都有点抖了。但听出不是赵梅后，反而踏实了。

李明扬放下电话，平静地微笑着，主动冲处长等人解释说："嗨，一个老同学家的亲戚，找我有点事。"

处长这一会儿情绪不错，美美地吸口烟，咧嘴笑笑，说："听声音是个年轻女孩，不超过二十五岁。李明扬呀，胃口不小嘛。"

副处长孙启亮说："咱们明扬是个小帅哥嘛，讨女孩子喜欢很正常。"

李明扬使劲摆手："还小帅哥呢，这不是折杀我嘛！老啦。未老先衰！"

其他几个干事也跟着起哄。陈干事说："人要是交上桃花运，咬你的蚊子都是母的。李干事，我们要是有个把外遇，还可以理解。你呢，就不可饶恕了，人家赵梅多出色呀。"

姜干事说："只要你愿意，找情人和赚钱其实差不多，没人嫌多。如今，没情人和没钱一个道理，都是让人瞧不起。李干事，别听他的，该找就找，能者多劳嘛。"

李明扬只是微微发笑，并不辩解。他的经验是，别人拿你开涮时，你越辩解就越是引火烧身。最终还得靠处长做总结。处长干咳两声，说："得啦得啦，兄弟们暂且打住。有个情人好不好？好！可咱当兵的，明知道好，就是不能搞。给嘴皮子过过年，可以，但谁也不许真搞。谁要动真格的，露了马脚，本处长绝不轻饶！除非你别让我逮着……"

处长的总结在一片快意的笑声中结束。每次都是这样。每次聊这类话题，都能让紧张了一天的神经松弛一下。这种话题多年以前是不便聊的，犯忌。可是时代毕竟前行了，当地方上的老百姓几乎什么事情都可以胆大妄为时，军营里的人也跟着开化了一点，何况这是大都市里的军营，大门口外面就是酒绿灯红的场所，你总不能不往里瞅一眼吧？

聊几句轻松的话，开开心，感觉还是不错的。李明扬想，我这个单位，单位里的弟兄，真的都挺好。

七

那个电话是刘坤打来的。刘坤是周文廷的表妹。

谁也说不清周文廷当初入伍是福还是祸。到了 B 城后，李明扬和周文廷，还有来自其他院校的十几名大学生，被任命为军事院校各个教研室的教员，但在迈进课堂之前，先要进行特招入伍后的政治教育和军事训练。这一关不好过。李明扬性格上比较柔，遇事总是有所顾忌，不轻易做绝事。周文廷是那种个性比较张扬的人，从小到大崇尚散漫，散漫惯了，做起事来顾头不顾腚。其实说穿了，让周文廷这种性格和性情的人入伍从军，真是一种错误的选择。周文廷天生就不是个当兵的料。周文廷本领过人，聪明过人，脑子特别活泛。脑子太活泛的人不适宜当兵，因为这样的人不习惯服从。周文廷这号人看着部队别扭，部队也看着周文廷这号人别扭，而且很难调和，问题就出来了。

不过，李明扬老早就看出来了，周文廷要么不鸣，要么一鸣惊人。

刚穿上军装没几天，周文廷就蔫了。他受不了那份罪，太严格了，从行动到思想，都得往一个模式上靠。周文廷马上就后悔了，冲李明扬咋呼："我他妈的上你的当了。"李明扬揉着烂乎乎的嘴角说："你废话。我他妈的又是上了谁的当？"

满打满算,周文廷在部队待了不到二十天。周文廷决定离开部队,干部职务也不要了,什么都不想要了,只要放他走就行。在别人看来,这是个大胆的决定,简直不可思议,神经病。周文廷偏要这样。周文廷信奉绝不在一棵树上吊死的理论,认为只要有金刚钻,就不怕觅不到瓷器活。强扭的瓜不甜,部队倒也没有为难他。周文廷脱掉军装时,嬉皮笑脸地动员李明扬跟他一块走,哥俩携手去创业。李明扬怒斥他:"少来引诱老子。老子就是在部队给折腾死,也决不当逃兵!"

周文廷笑得更欢了:"你的思想觉悟提高很快嘛,李明扬同志。得,人各有志,走着瞧吧。"

周文廷不知天高地厚的表现,给这所纪律严明、整齐划一的军事院校留下了恶劣印象,也让他的革命事业的引路人张处长十分难堪。那段时间,张处长见人就解释:"怪我怪我,看走眼了。唉,现在的年轻人呀,难琢磨……军官都不想当,你还想当什么?拿自己的政治前途当儿戏么!……"

好在还有李明扬。周文廷的恶劣衬托得李明扬愈加优秀和完美。瞧人家李明扬,哪一点都比那个周文廷强,强多了。李明扬的身价立马就提上去了。张处长把他当宝贝,天天挂在嘴上;学院更是把他当宝贝。学报上有篇文章称赞他:"这才是当代大学生的典范,青年人的楷模。"这篇文章的作者是学院的政委。

周文廷什么都没要,就提着自己薄薄的档案袋,嘻嘻哈哈和李明扬打声招呼,轻快地走出了李明扬的视野。周文廷没有留在故乡B城。B城是个幽静的小城市,适宜居住,却不适合创业。周文廷回到他们上学的那座大都市去了,而且一去就杳无音讯了。

李明扬再次见到周文廷,已经是六年多之后。李明扬早已调离B城,到了这个大机关。这期间他们没有任何联系。李明扬甚至以为,周文廷这狗日的从这个地球上消失了。他们重逢的那一天,李明扬下午下班后着便衣刚走出机关大门,就听见有人喊他,声音隐隐约约有点耳熟。他四处瞅瞅,没见到熟悉的人。正纳闷时,周文廷戴着礼帽,嘴里叼着雪茄烟从一辆小车里跨出来,把个李明扬吓得一激灵。

周文廷说:"我已经在这里等你一个多小时了。"

李明扬说:"你为什么不进去?打个电话也好啊,我出来接你。"

周文廷说:"你不知道,这一个多小时,我想了很多事情,全是回忆过去,感慨得我啊,直想掉泪。这一个多小时,花多少钱也买不来啊。"

李明扬在一瞬间想起和周文廷分手的情景,鼻子一酸,差点落下泪来。眨眼工夫,都好几年过去了。在车上,他问周文廷,是不是刚打听到他如今在这个单位工作。周文廷说:"我早就知道你在这里上班。"

李明扬一瞪眼:"那你为何不早点和我联系?!"

周文廷说:"当初离开军队时,我就想好了,不混出个人模狗样来,我就不再见你。"

李明扬说:"这么说,你混出来啦?"

周文廷点点头:"就算是吧。"

八

大上个星期,星期六,李明扬和赵梅冷战最激烈的关口,周文廷打电话来,说是晚上聚一聚。要在往常,李明扬或许会找个理由拒绝,这一次,他相当痛快地答应了。就是在这次聚会时,他认识了周文廷的小表妹刘坤。

自从三年前和周文廷接上线后,又断断续续联系上了几个当年的同学或校友,这些人也以做生意单干的居多,都是些绝顶聪明而又胆大手长的家伙。他们每隔些日子总要找个理由聚聚。当然每次都是周文廷等人张罗兼掏腰包,谁叫他们是大老板呢!老同学们都知道,李明扬每月的工资连一桌饭都买不来。李明扬从没问过周文廷挣了多少钱,也一直没搞清他到底做什么生意,就像他到现在都弄不清赵梅的公司究竟做什么一样。反正周文廷是大发了。用周文廷自己的话说,他现在就犯愁两件事,一是犯愁钱多花不了,二是犯愁追他的女人太多,赶都赶不开。李明扬和他通电话时,爱问他最近忙些啥,周文廷就说,还能忙啥,忙着花天酒地呗。李明扬说,整天沉湎于酒色,你的生意就不管啦?周文廷说,这你就不懂了,生意越大,老板越省心,那些做小买卖的,才忙得团团转。

李明扬有一次听一位做软件生意的校友高钦来说,周文廷的家底至少在三千万以上。尽管李明扬心里早有准备,但还是在听到这个天文数字后吓了一大跳。老天爷,他做什么生意呀?这才几年光景,一个几乎一文不名的'逃兵',就弄出这么大的动静,简直太不可思议了!他做什么?抢银行,倒卖军火,还是贩毒?

在李明扬眼里,凡是快速致富的人,都有抢银行、倒卖军火,或者贩毒的嫌疑。他就曾怀疑赵梅的公司干这些勾当。赵梅公司的头儿宋道刚就像个大毒枭。他把这个感觉说给赵梅听。赵梅笑说,老公呀,你是两耳不闻窗外事,一心当兵写材料。这个大都市呀,遍地都是黄金,只要路线对,就能赚到钱。眼里有钱,手里才能有钱。像你吧,眼里只有文字材料,一辈子也赚不到钱呀。

李明扬按照约定的时间来到周文廷指定的酒店。同学或校友们都到齐后,周文廷的宝马车才露头。车子停下,先从车里钻出一个光彩照人的妙龄女郎。这女孩穿着湖绿色的薄呢套装,脖子上的紫色纱巾打了个漂亮的结;亭亭玉立,明眸皓齿,姿态优雅。所有人都愣了足有一分钟。李明扬率先收回目光,他一下子想起了七八年前的赵梅。赵梅那时就这个样子,清纯得很,玲珑得很,滋润得很。

周文廷轻描淡写地对先到的人说:"我表妹。非要跟我出来玩玩。"

除了李明扬,其他人纷纷用怀疑的语气嘀咕:"表妹?以前咋没听你说过……"

周文廷说:"说不说是我的自由,关你们屁事。"

入座之后,大家都轮流拿目光扫一下女孩,然后冲周文廷怪笑。其意不言自明:还表妹呢,老流氓了,以往啥也不避人,今几个倒遮遮掩掩起来了。周文廷相貌虽丑陋,身边却美女如云,同学们早已见怪不怪,但你遮遮掩掩,不如实道来就不够意思了。周文廷从大家目光里读出了疑惑,有点急了,猛吸一口雪茄,大声说:"龟孙才骗人!刘坤真是我表妹,亲表妹!我姨妈家的孩子。刘坤和我们是校友,现在上大四吧?学国际金融专业。"

周文廷在男女之事上素来诚实,基本不说假话。大家看看他,再看看刘坤,这回真信了。他们不但是表兄妹,而且关系相当纯洁,完全是表哥表妹的关系,没有掺杂亲情之外的男女之情。要在过去,表兄妹之间有点故事,乃至结婚都行,人们觉得很正常,顺理成章。如今反而觉得不正常了。现在机会多的是,没必要在窝里面瞎搞。因比,话题很快就转换了。

周文廷把一桌子的老同学或校友向刘坤做介绍。介绍那些大款时,刘坤脸上的表情是努力做出来的,一望便知。像她这样的女孩,年纪虽小,成熟得早,见识一点都不少,大款也罢,高官也罢,已经吓不倒她了。她可以很自如地逢场作戏,也可以很投入地与自己真心喜欢的人来往。当介绍到李明扬时,刘坤眼睫毛一耸,眼睛猛地一亮,灿烂地微笑着,表情就换成了从内心里流淌出来的样子。周文廷又补上一句:"刘坤呢,我好像给你说过吧,李明扬是我最尊敬最佩服的同学和战友。就是因为今天他在,我才决定带你来的。"

刘坤说:"李学兄,我早就知道你了,前几年出版的纪念建校八十周年图册上,有你穿军装的照片,同学们都觉得好酷好酷。你是母校的光荣。"

李明扬略带羞涩地挥挥手:"我?见笑了,见笑了……你瞧在座的,哪个都比我阔气。"

刘坤是那种敢说敢做的女孩,不会在人前压抑和掩盖自己的观点。刘坤说:"我知道,他们比你有钱,但你比他们更有价值,更纯洁,也更……高尚。他们平时干什么?你又干什么?他们呀——各位学兄,容我直说了,他们一心为钱,尔虞我诈,醉生梦死,纸醉金迷,偷税漏税,意志消沉,乌七八糟;而你呢,独善其身,性情高洁,志存高远,出污泥而不染,重任在肩。所以,你更神圣。"

刘坤的话引来一片喝彩,除了李明扬拼命摆手外,其余人居然都认同刘坤的发言。周文廷摸了把他的谢了顶的光头,说:"我的公司给社会提供了几十个就业机会,每年纳税过百万。可我这个表妹,经常嘲笑我满身铜臭,俗气得很。女人呢,难琢磨,你没钱,她瞧不上你,说你没本事;你有了钱,她又嫌你俗气。"

刘坤说:"表哥,谁说我瞧不上没钱的。这位李明扬学兄,没钱吧?可我认为他最值得尊敬。你不也尊敬佩服他吗?"

做软件生意的校友高钦来咂咂嘴:"瞧瞧,刘坤眼里只有李明扬了。周文廷呀,你可得当心哪!"

周文廷说:"扯淡,我当心什么。我表妹看上李明扬,我反而更放心了。她和你们这些老色鬼来往,我才担心哪!"

那天的聚会,李明扬和刘坤成了大家谈话的中心。老同学老校友们借酒助兴,拼命地拿李明扬和刘坤开涮,口无遮拦,妙语连珠,人人都有着上佳发挥。李明扬以为刘坤一个小女孩受不了这种场合,哪想到她一点都不怯场,情绪比任何人都高。喝了几杯酒之后,刘坤瓜子脸红扑扑的,少女的风韵一览无余。李明扬也是格外开心。自从和赵梅产生芥蒂后,他的神经一直紧绷绷的,几乎都要崩断了。现在突然得到放松,他觉得舒坦极了,有种飘飘然的感觉,都快忘记自己姓什么了,酒一杯接一杯地喝,来者不拒,痛快淋漓,竟然毫无醉意。他的豪放,他的学识,他的精干,他的气度,他的风范,他的姿态,加之他本来就相貌堂堂,风度优雅,因此不费吹灰之力,无意之中就把一桌子的老同学都给盖了。

有好几次,李明扬和刘坤的目光突然相遇,如果在座的谁有特异功能,准能看到迸出的火花,准能听见哧哧的声响。李明扬有点惊慌,每次都率先移开目光,仿佛怕被烫着烧着。刘坤就比他沉着。李明扬虽然只比刘坤大十岁左右,从年龄段上划分,仍属于一代人,但他已经完全无法把握像刘坤这样的当今大学生了。刚才,做软件生意的校友高钦来不是说了吗?高钦来说:"现在的学生呀,可不比咱们那时候了,咱们那时候,还知道含蓄一点,现在他们呢?不用超过三分钟就能爱上一个人。"

刘坤就是这样的人。过后李明扬才掂量出来,刘坤居然真的迷上他了。太不可思议了。

聚会临近尾声时,周文廷照例要做个小结。这回的小结是针对李明扬的。周文廷摸一把油光闪闪的脑门,清清嗓子,正色道:"明扬,我呢,一直关心你的前程,总觉得你应该比我们几个都伟大。我想问问你,下一步有何打算?"

李明扬说:"没什么具体打算。得过且过吧。"

周文廷说:"正好今天兄弟们都在这,明说了吧,我的意思是,如果你将来能当个将军,你就在部队接着混;如果没希望呢,趁早向后转。我还是那个观点,人不能在一棵树上吊死。最终要落到小平那句话上,不管白猫黑猫,逮着老鼠才是好猫。"

李明扬说:"这个问题有点严肃。今天还是不谈了吧。"

刘坤插话说:"表哥,你可不能拉拢腐蚀我的偶像呀。你们自己过资产阶级腐朽生活也就罢了,千万别再把人家李明扬拉下水。中国像你们这号的商人,遍地都是,一百万个都不止。可是中国像李明扬这样的军人,我敢说,不超过一千个。李明扬,你别听他们的。"

做软件生意的高钦来说:"刘坤,不是我们,而是你在拉拢腐蚀李明扬!"

话音未落,引来哄堂大笑。刘坤笑得满脸淌泪。周文廷用力一挥手,说:"宴会到此结束。下面到七楼打保龄球。"

在保龄球馆待了不一会儿,李明扬就下楼了。不是急着回家,而是想到大门口散散心。门前的大马路上,车流如潮,霓虹闪烁,这个大都市的夜生活,春天的夜生活,才刚刚开始。不知何时,刘坤也出来了。李明扬觉得身后有异常,一回头就看到了她。她的一双眸子像一对小灯笼。李明扬站着不动,等刘坤走近。恰在这时,一个挎花篮扎辫子的小女孩跑过来,冲着李明扬说:"叔叔,买枝花吧,刚摘下的玫瑰。五元一枝。"

李明扬有点不知所措。刘坤调皮地说:"给女士献花,是男士的权利和义务嘛。"

李明扬仍是糊里糊涂:"那……要几枝呢?"他是真的不习惯这个了,或者说是落伍了。

刘坤伸出一根指头:"我只要一枝。"

刘坤从李明扬手里接过玫瑰花,放在鼻端久久嗅着……

九

李明扬在 B 城军事院校待的时间不算太长,也就三年多,可他总也忘不了在那里的日子。

经历过最初的不适应之后，往后就顺畅多了。小城环境优美，阳光充足，李明扬很快就喜欢上这个地方了。军校校园里的生活也是宁静的，人与人之间的关系单纯得很，完全不像大都市里那样复杂，人们互相提防，一不留神就会有人下套害你。李明扬庆幸自己走对了路子。他认为，自己最大的收获就是那些日子灵感奔涌，像脱缰的野马。他提起笔来，写下一篇篇文笔优美、立意深邃的散文随笔，寄往全国各地的报刊。有的发表了，有的没发表。发表了的，学院里的同仁们阅后纷纷叫好。没发表的，换个地方再寄一份。多么有趣呀。如果不是因为赵梅，李明扬或许会在 B 城待一辈子。

李明扬毕业两年之后，母校请他回去给应届毕业生做过一回报告。报告的效果不是太好，这一点早在李明扬意料之中的。按照母校的要求，李明扬要穿军装在校园里出现。穿军装的李明扬，挺拔英武的李明扬，气宇轩昂的李明扬，一抬手一投足都像仪仗队员那样百般标致的李明扬，和那些戴着眼镜，须发乱飘，胖瘦分明，走路歪歪扭扭，稀稀拉拉的男生们一比，立马就成了羊群里的骆驼。他这个样子男生可能不当回事，女生可就太当回事了。

从会场里出来，李明扬目不斜视地刚走到一处花坛前，就有一个女生微笑着上前打招呼。女生说："李学兄，我都以为再也见不到你了。"

李明扬一愣。听她这口气，以前肯定见过他。那么她是谁呢，想不起来。这个女生身段和脸蛋都没得说，在母校女生堆里绝对属于上乘姿色。李明扬看她一眼，眼珠子立马被她灼疼了，赶紧低了头。如果哼哼哈哈应付一下就走开，将来他个人的回忆录就得改写。但此时他的心里头突然充满了柔情。虽然他军装穿在身，可心并不是钢板一块，依然是极易为情所动的男儿心。母校其实就像娘家，这里所有的人都是娘家人，李明扬看着哪一个都觉得亲，何况是个风情万种的女儿身。女生说："李学兄，你不记得我了吧？"

李明扬摇摇头，说："真对不起，我想不起来了。"

女生手往花坛里一伸，指着一片姹紫嫣红的花朵说："两年前，我给你献过花。"

这下李明扬想起来了："啊，你叫……赵梅。没错，赵梅！"两年前的那次送别场面哗地一下子涌到他面前来了。赵梅是他辞别母校前留到脑海里的最后一个印象，既清晰又缥缈，今朝得以重现，仿佛时光倒流，李明扬很高兴。

赵梅比他还要高兴，那样子欢天喜地的。

李明扬说："赵梅，你怎么还认得出我？你的记性真好，谢谢。"

赵梅说："一周前系里就宣布你要来演讲。我早就做好了听你讲话的准备。"

李明扬面带愧意："讲得不好。"

赵梅说："不是讲得不好，而主要是听众不感兴趣。人各有志嘛，你就是讲得再好，人家不感兴趣就变成了对牛弹琴。不过，我感兴趣，我认为讲得精彩。我上了三年大学，这堂课最使我难忘。只要有一个忠实的听众，你就应该感到幸福对不对？"

李明扬笑了，心里的尴尬和郁闷一扫而光。他说："赵梅，我想再说一句谢谢你……这样吧，我请客，到门口吃新疆烤肉、兰州拉面。"

新疆烤肉、兰州拉面，是这所名牌大学的学子们最喜欢吃的两种食物。有数不清的这类小饭馆包围着他们的校园。在那些简陋的馆子里，还有路边的这些小吃摊上，发生过多少青春故事，留下了多少迷人往事。李明扬有生以来的第一个女朋友就是在这种场合认识的，她是本校外系的，他来吃拉面，与她坐在了同一张小饭桌上，就算认识了。后来他们一同来吃了两回烤肉和拉面，就开始约会了。这段恋情维持了差不多三个月，到底还是没能留住。主要是性格合不来，女的太盛气凌人。李明扬打听过，毕业后她去了加拿大。分配至 B 城后，李明扬只要回忆起四年的大学生活，总也绕不开校园附近的新疆烤肉和兰州拉面，仿佛这两样东西是他大学生涯的见证。有时他实在馋了，就骑辆破自行车在B城的大街小巷转来转去，好不容易寻找到类似的小吃摊，味道可是差远了。后来他又悟出，味道差是一方面，主要还是环境变了，心境不同了。

这时已是傍晚，来小饭馆小吃摊打牙祭的学生真有不少，大都是成双成对的。李明扬搭眼一看，就知道哪几对是刚接上火，哪些已是煮熟的鸭子。如果你连这个都看不出来，说明你白在这所名牌大学读了四年书。说明你的智商有点问题。李明扬和赵梅肩并肩往前走，想找个清静的地方。迎面扑来的气味，汹涌的气味，熟悉而又亲切的气味，都快把李明扬的鼻孔给搞肿了。

路过一家门面不大的花店时，李明扬没有征求赵梅的意见，直接闯进去买了一大束鲜艳的、带着水珠的玫瑰花，递给赵梅，说："今天轮到我向你献花了。"

赵梅双手接过花，灿烂地笑着，说："呀，我都幸福得有点过头了。"

他们在一个稍显清静的小馆子前停下，又找两个靠窗的座位坐下。身材滚圆、白脸似银盘的老板娘亲自过来给他们倒茶。李明扬望着这位似曾相识的老板娘，打量几眼似曾相见的店内布局，仿佛故地重游，心情愈加放松。他的视线移向窗外，突然看到一轮特别明亮的月亮挂在天上。他想起，他在这座大都市待了整整四年，却不记得见到过如此明丽的月亮，于是就指给赵梅看。李明扬说："你也在这里待了三年多了，你说说，你见过这么圆这么亮的月亮吗？"

赵梅肯定地说："没有。我从来没注意过这里的天上有月亮。"

李明扬说："可它今天晚上隆重出现了。"

赵梅说："那就谢谢它。"

两大盘辛香扑鼻的烤肉端上来了。二人端起啤酒杯，使劲一碰。酒未及沾唇，赵梅说："哎，明年我毕业，也到你们院校当个教官，好吗？"

李明扬说："那可是太好了！"

赵梅说："我有空时，去找你玩，可以吗？"

李明扬说："当然可以！"

这话说了没几天，赵梅竟然真的跑到B城找李明扬来了！也不知她是怎么摸来的，仿佛从天而降，把个李明扬弄得老半天没缓过神来，不知是喜还是忧。当晚赵梅就上了他的床，谁也没感到突兀，好像一切都顺理成章，自然而然似的。半夜，他们被满地的月光惊醒，爬起来裸着身子到窗户根下看月亮，又想起几天前吃烤肉时看到的月亮。李明扬说："只要是晴天，只要它出现，这里的月亮必定是这么亮。"

赵梅说："那里和这里，同是一个天，月色却不同。"

李明扬："天是一个天，地却不是一个地，所以它不同……赵梅，我得问你一句，为何匆匆忙忙来找我？"

赵梅说："因为我——崇拜你！"

想必这就是真实的答案了。

三天后赵梅返回了学校。这三天全学院都知道李明扬有女朋友了，而且生米已经煮成熟饭了。这以前人们就怀疑李明扬有女朋友，而且是大都市的。他却死活不承认。这下纸里包不住火了。事情原本不算啥，男大当婚嘛，但却有人难过得要死要活——据消息灵通人士说，学院里有三个人最伤心，一个是卫生队的护士林若萌，学院政委的千金，俨然大家闺秀；一个是基础教研室的女教官张向阳，才貌双全，气质高雅；还有一个是政治部的文化干事巩秋芸，能歌善舞，柔情似水。这三人号称学院里的三朵金花，高傲得很，一般男的连瞧都不瞧一眼。她们都对李明扬有那种意思，也都用各种方式进行过火力侦察，现在却都成了那个来历不明的女大学生的手下败将。看来B城还是拴不住李明扬啊,他早晚要离开的。

学院政委对此总结道:"她们下手下晚了。"

十

刘坤给李明扬打过四次电话。头两次没别的事,就是聊天。上班时间,办公室里人来人往,李明扬只能是哼哼哈哈应付几句。他真不希望刘坤往办公室里打电话找他,可又不便明说。他怎么能忍心伤一个女孩子的自尊,何况她又是老同学周文廷的亲表妹,何况她要说的都是挺健康的话题。

第三次来电话,刘坤委婉地提出,周末同学们结伙到西山游玩,希望李明扬能陪她去。刘坤说:"人家全都是一对一对的。我呢,笨死了,连个男朋友都找不着,我跟人家去,简直就是电灯泡嘛。李哥,求你陪我去,要不我太没面子了。"

李明扬犯难了。李明扬好像从来没这么犯难过。他突然觉得牙根疼。他瞅一眼正埋头修改材料的处长,硬着头皮说,他可能周末要加班赶材料;如果不加班,再联系再定。先这么应付过去了,脑门上居然沁出了汗。

刘坤的第四次电话,李明扬是在等75路公交车时用手机接的,时间是周五下班之后。这地方没人监视,李明扬胆子就大了。想到周末在家里,还不是继续和赵梅搞冷战,虽然不吵不闹,不打不骂,但家里的气氛糟透了,像暴风雨前的虚假宁静,他已经感到太累了,差不多都要虚脱了——出去散散心又何妨,不就是爬爬山吗?又不干别的,而且是成群结伙。于是,就答应了刘坤。

这天刘坤把长发盘到了头上,戴了顶鹅黄色的遮阳帽,穿着短衫和紧身裤，足蹬白色的旅行鞋，背着个圆筒状的紫色旅游包。看上去更调皮，更洋气，更有朝气，更富青春韵味。不算李明扬，刘坤他们一共来了七个人。那三对男女分别手拉着手，亲昵地往山上爬去，把李明扬和刘坤落在了后面。

二人并肩往上走，一时话不多，各怀心事的样子。在李明扬看来，他现在觉得，自己此番偷偷跑来陪一个刚认识没几天的女孩子爬山，相当不正常，有点无聊，有点唐突了。这算什么事？所以他感到步履沉重，呼吸急促，汗也钻出来凑热闹了，后背湿乎乎的。而在刘坤那里，她是在积聚勇气，寻找时机。这个世界上，唯有她自己清楚，她已经深深地迷恋上李明扬了。这样的迷恋十有八九是一场错误的游戏，可刘坤不怕。刘坤知道挺难。刘坤最愿意打攻坚战。按说这种事情上应该她属于防守一方才正常，可是李明扬是个军官哥哥，军官哥哥作战时敢打敢冲，这种事上就不好说了。所以刘坤决定由她发起攻击。不过，先不慌，得掌握好节奏，不能把军官哥哥吓跑了。

刘坤的那几对同学步伐挺快，眼看就没影儿了。刘坤却一点都不着急，这儿瞅瞅那儿看看。李明扬催促刘坤快点，免得和大伙儿走散了。刘坤说，傻帽儿，人家巴不得单独行动，你想追上去当电灯泡？李明扬一想，也对呀，爬山嘛，不过是个借口，年轻人借机出来亲热才是真，于是就不再催她。刘坤掏出一条手帕，很自然地递给李明扬。李明扬犹豫一下，还是接了，擦去脸上的汗珠，觉得清爽多了。

他们有一搭没一搭地边聊边走。后来刘坤谈起B城，李明扬总算找到了可供发挥的话题，情绪立马就上来了。B城留给他的印象太深了。B城是他青春和爱情的见证，B城滋润了他的性情，B城给了他灵感和激情，B城是他生命中的一个重要转折。他就是在B城成长为一名还算出色的军人的。作为一名优秀的教官，他和学员们，和校园里的一草一木建立了深厚的情谊，可是他却鲜有机会再回B城了。学院操场边上的大片垂柳还是那么苍翠吗？那条穿过校园的小河还是那么清澈吗？B城的天空中还能见到鸽子飞翔吗？B城的少女还是那么羞涩多情吗？……他都不知道了。他已经离开B城六年了……想到这里，说到这里，他竟然伤感得眼圈红了，如果不是因为刘坤在场，说不定他会落下泪来。

　　B城成了一个遥远的背景，李明扬终究会淡忘它的。可现在，老天爷却又把刘坤推到他面前来了。刘坤就是呼吸着B城的空气长大的，她恐怕是B城最美丽多情的少女。他们却相识了。很偶然，很好玩。难道这是一个巧合吗？李明扬想到了引火烧身这个成语，后悔不该参加那个无聊的聚会，后悔死了。

　　他们两个人的手不知什么时候攥在一起的，都没觉得用力，却攥得紧紧的，好像在他们之外还有一个力量，作用到他们身上了。路上游人不多，到秋天时这里才热闹。两人往上走，走得很慢。两只手攥得很紧，手心里全是汗，像抹了润滑油。抹了油的手就会有滑脱的危险，所以都小心翼翼的，生怕弄丢了一只。到后来刘坤好像是累了，走不大动了，干脆挎住李明扬的胳膊弯，半边身子靠在了他身上。刘坤不时抬起脸来，用黑葡萄般漂亮的大眼睛仰望他一下，又一下，再一下。有时还调皮地眨巴一下，撅一撅嘴唇。李明扬浑身的筋骨都像被扯走了，一会儿感觉是在往天堂里走，一会儿又感觉是在下地狱，心反复受煎熬，都快碎了。

　　李明扬总想把话题往赵梅身上扯。他是有家室的人了，想必刘坤也知道。如果刘坤接他的话把儿，他就会告诉她，赵梅是个很贤惠很能干的女人，赵梅像刘坤这个年纪时，同她一样漂亮。现在赵梅依然相当漂亮，一点都没发胖，脸上没起一点皱纹。他当然不会把赵梅最近弄出的那档子烂事说给刘坤。家丑不可外扬嘛。况且谁没个失足的时候？改了就是了（想到这里，他觉得牙根疼）。可是，刘坤压根就对赵梅不感兴趣，就仿佛赵梅不存在似的。李明扬有点没辙了，但李明扬决计还是要讲。如果不讲，好像他存心对人家姑娘隐瞒什么似的。李明扬就硬着头皮讲。起初刘坤一声不吭，到后来，李明扬讲到赵梅在一个民营公司当主管，做生意也很有一套时，刘坤有反应了。刘坤说："像我表哥一样，不过是些唯利是图之人，眼里只有钱罢了。和商人一起生活，你不觉得很乏味吗？"

李明扬接着讲他面临的困惑。不是情感的困惑，是职业的困惑。在B城时，他文思如泉涌，灵感似清风，写出的文章虽然未能震动文坛，但那确实是一些难得的好文章。离开B城，调进目前就职的这个大机关之后，他的灵感渐渐消失，没有时间，也没有心情，再写那些发自于自己心灵的文章了。军营生活越来越平淡，他好像也越来越平庸了。而任何时代都是属于强者的。目前这个世道，人们倾向用你是否获得权力和金钱这两个标准，来衡量你的价值。就连赵梅这个曾经对他崇敬之至的人，都有点蔑视他了。

这时刘坤发话了。刘坤绝不允许任何人蔑视李明扬。刘坤一用力，从半搂半抱的状态下解脱出来，脸涨得红红的。刘坤挥了挥小拳头，拿出辩论的架势，说："这个世界上，谁也没有资格贬损你。你比你周围的那些人，我是说那些嗜钱如命的人，那些官迷心窍财迷心窍的人，还有那些贪图安逸缺乏志向的人，强一千倍都不止！我刘坤长到二十二岁，普天之下的男人里，能让我佩服的，不多，但我确确实实佩服你，欲罢不能……"

李明扬赶紧做个手势，制止刘坤往下说。刘坤已经对他入迷入魔了。他已拿定主意，这是和刘坤的最后一次见面。他是个有责任感的男人，自打和赵梅有过性关系后，他从未在别人那里失过身。想到这是最后一次见面，李明扬反而放开了，刘坤蹭他，他也不躲闪。两个小时后，他们不想再往上爬了，就找个隐蔽些的地方坐下。刘坤依偎着他，微闭着眼睛，幸福得不时发出呢喃声，像刚出壳的小鸟。李明扬感觉像抱着个火炉子，虽烫得难受，却一动也不敢动。他想，反正以后不再见她了，今儿个就咬牙坚持一下吧，别辜负了人家姑娘的一番美意，别显得自己不像个男人。然而就在李明扬也陶醉得快不行时，他还是清醒过来了。他想到了赵梅。他告诫自己，还是……原谅赵梅吧。原谅她？应该原谅她。还是那句话，人呐，谁都有个糊涂的时候啊。李明扬轻推一下柔弱无骨般的刘坤，说："刘坤对不起，我想给赵梅打个电话。"

李明扬掏出手机，往一旁挪了几步。电话拨通了，赵梅听出是他，相当兴奋，简直是受宠若惊。赵梅急切切地说："你吃饭没有？回家吃吗？你现在在什么地方？我开车去接你吧？"语无伦次，说了一大堆。

李明扬说："不不，我不回家吃了。我现在……在一家书店转呢，一会儿回去。再见再见！"赶紧收起电话。刘坤定定地望着他，大眼珠子一动不动，表情怪怪的，似半怨半哀。李明扬惆怅地想，唉，生活就是这么复杂呀，我肯定不能向赵梅说我跟刘坤在一起呀，昌然光天化日之下不会发生什么越轨的事情，可也是不能说的。说了就会闹误会的……

想到生活就是这么荒谬，李明扬无奈地摇摇头。

十一

虽然李明扬和赵梅的爱情来得太快太猛，有点不真实，有点天上落馅饼的意思，让人不放心，不踏实，但他们还是让它生根发芽了，而且一路还挺顺利。这大概就是天意了。

一年后，赵梅毕业。李明扬想起她当初的许诺，问她是不是真的愿来 B 城。赵梅说，鸡蛋不能都放到一个筐里，咱俩不能钻进同一个笼子里，否则连个退路也没有。李明扬冷静地现实地一想，觉得赵梅的话有一定道理，就不再勉强她。毕业后，赵梅选择进国家机关当了一名公务员。挣钱不多，但安逸自在，没什么压力，混日子就是了。婚后，他们每隔个把月总能见次面，也没觉得两地分居有何苦衷，反而时常体会小别胜新婚的快乐。

又过了一年，上级机关的调令下来了，调李明扬到宣传部工作。这个结果早在人们的预料之中，所以没人感到惊讶。到大都市工作毕竟不是一件坏事，而且又是上级机关要人，李明扬不可能拒绝，尽管他真的有点舍不得这个地方。离开B城之前，李明扬特意来到他革命事业的引路人张处长家，向张处长道别。张处长竞争学院训练部副部长失败，职务上到头了，有点落魄，有点灰头土脸，已确定转业，正在收拾东西准备搬家，回他的故乡济南去。张处长刚捆绑完一只大纸箱子，用力拍打着手上的灰尘，迎上来对李明扬说："小李呀，我在部队的使命就算完成了，回老家去享几年清福。你年轻有为，路还长着呢，好自为之吧。我相信你会有大出息的！"

李明扬上前紧紧握住张处长一双沾满灰尘的大手，说："张处长，不管我将来怎么样，我都会感激你的。"

调到机关后，过了好久好久赵梅才透露给李明扬，宣传部之所以调他，不是因为他毕业于名牌大学，更不是因为他会写文章（他写的那类文章人家根本就不当回事，人家感兴趣的是搞材料，也就是写机关公文），而是她托单位里的宋道刚处长给办的。宋处长的父亲是一位高官，说话管用，一个电话就成了。

或许正是这件事情，促使李明扬下决心写好材料。他要把干巴巴的材料写出感情来，写出智慧来。但是最初，事与愿违。他的处长告诉他，他写的东西感情色彩太浓，遣词造句过于追求新颖别致，似是而非的东西太多。这不是写材料的路子。机关公文其实就是一种严肃的文字游戏，有它固定的模式套路和叙述方式，官话、空话、套话是无法避免的，关键是用活它；同时必须紧密地和上级的精神保持一致，什么都要往这上面靠，还要体现出它的威严、庄重和一本正经，而不是宣泄什么空洞的情感。他重新调整思路，潜心研究别人的材料，不出半年，就基本上路子了。又过半年，没人再小瞧他了。

李明扬在机关扎下了根，赵梅却把国家公务员的铁饭碗索性砸了。她想跟她的处长宋道刚一块办公司。宋道刚比李明扬大不了几岁，处长已经干了好几年了。赵梅说，人家宋道刚连处长的乌纱帽都不要了，我怕什么？再说宋家势力大得很，跟着有势力的人走，不会吃亏的。赵梅进一步给李明扬分析说，你瞧瞧吧，社会上什么人最穷？老老实实到单位上班的工薪族最穷，靠那几个工资，永远是初级阶段；那些赚了大钱的，无一不是胆大妄为的单干户。当前的中国，民营企业最具活力。李明扬说，我觉得咱俩的钱够花的了，要那么多钱干吗，生不带来死不带去。赵梅说，你瞧咱俩，寒窗苦读十几年，也该算是高级知识分子了，只要给机会，未尝造不出原子弹，可是，连套房子都住不上，每次到公厕方便，我的头就大。指望公家，还不知等到猴年马月，我挣点钱买套房子住，总可以吧？李明扬换个话题，说，我总觉得姓宋的不可靠，他虽然是董事长，其实一点事都不懂，你可别上了他的当。赵梅严肃地说，宋道刚这人有很多缺点，但也有很多优点，他一个最大的优点——不好色！

宋道刚给赵梅开出的年薪是十万，年底还有一定数额的奖金。李明扬以为姓宋的吹牛。但到了年底，真的兑现了，李明扬也就无话可说了。赵梅说，老公呀，我能赚钱，你就不用考虑钱的事了，安心为祖国人民站岗放哨吧，我情愿养着你。其实话说到这儿，已经是有点嘲讽的意思了。李明扬不想和女人理论。这些商人，挣了点钱马上就想给脸子说怪话，也不想想，没有老子们站岗放哨保家卫国，你们挣谁的钱去？你挣的钱还不都得孝敬给敌人？但李明扬不想和赵梅理论。军人和商人，很难有共同语言，互相给个面子就行了。

宋道刚的公司不但没像李明扬想象的那样迅速垮掉，反而越办越红火了。真不知他们捣鼓啥。赵梅升任了主管，年薪加到二十万了。说是以后还会增加。去年秋天，四季花园竣工，赵梅把存款全拿出来，又从公司预支一部分，买下了这套三室两厅的房子。李明扬估算一下，他攒下的钱只够买那个四平方米的卫生间。他和赵梅开玩笑，说如果将来离婚，他这间卫生间就不要了，送给赵梅。赵梅说："少校，你得了吧，真要像你说的离婚，我就把房子让给你——哎，房产证上写的不就是你的名字吗？你是家长嘛——我把房子给你，自己再去挣。就算我拥军吧。"

李明扬义正词严地说："赵主管，收起你的房子吧。本人就是住到大马路上，也决不会接受你的施舍。当年，当年解放军打下上海，不就睡过马路牙子吗？还留下了千古佳话呢！"

十二

夏天到来时，李明扬又经受了一次打击。说是打击，其实也没啥大不了的，就是那个职务问题。

春天就有传言，宣传部另一个处的处长王德伟要到国防大学上学，李明扬这个处的副处长孙启亮过去接任处长，腾出的副处长位子很有可能是李明扬的。夏天一到，前两个传言都变成了现实，唯独李明扬的事没有落到实处，王德伟那个处的干事曾庆高过来接替了孙启亮，成了李明扬的顶头上司！

这一阵子和赵梅闹矛盾，虽然情绪不高，但李明扬并没有本末倒置，他仍然很看重自己的事业，甚至更看重了。如果再没了事业，没了进取心，在赵梅面前，他就更是什么都没有，什么都不是了。对于接任副处长一职，李明扬还是比较自信的，成绩在那摆着嘛。

然而，还是落空了。李明扬有点懵了。处长老早就提醒过他，要他不可掉以轻心，现在的事情，不能光凭想当然，煮熟的鸭子又飞了的情况，屡见不鲜。处长甚至暗示他，必要时，要到部领导那里走动走动。处里虽然积极推荐他了，但最终还是部里说了算。若是更高级别的首长能给他说句话，就更有把握了。处长的教诲，李明扬一点都没往心里去。他甚至还在心里头嘲笑处长，有点小题大做了。再说让他耷拉下脑袋到领导那里跑官要官，他真干不出来。从小到大，从地方到部队，从B城到这个大都市，他从来没有向领导张口要过什么。他张不开这个口。

其实对他不利的传言早就有了，没有引起他的警觉罢了。比如，有传言说，李明扬也就是会写个材料，是个笔杆子而已，组织领导方面的才能欠缺一点；再比如，有传言说，曾庆高的岳父和部长是老战友，生死之交；又比如，有传言说，曾庆高和司令的秘书是老乡，二人过从甚密，等等。李明扬对这些传言一概未予理睬。现在看来，这些传言并非空穴来风。

曾庆高的命令正式宣布之前，处长代表部里郑重地同李明扬谈了一次话。处长说，组织上在用人方面一直是力求公正的，但很难做到百分之百地公正，这个道理你应能理解。部里对你的工作给予了很高评价，部长表示下一步会重点考虑你，请你相信组织，正确对待。以后机会有的是，不要气馁，现在正是考验你的时候。处长接着又换了副口气，是处长自己的口气，处长说，小李呀，人这辈子吃两三次亏是很正常的，比如我，要不是吃亏，副部长早就干上了。他妈的。你呀，什么都好，就是还有一点点学生气，稍微改一改就更好了。

处长终究是处长，看得太准了。他李明扬就是有这个臭毛病，如果这也算是毛病的话。他努力在脸上挤出一点微笑，说："请处长务必转告部首长，我会正确对待的。组织上这次没考虑我，说明我还有欠缺之处,以后我会更加努力。"

处长满意地说:"这就对了。"

嘴上说的,和心里想的终究不一样。李明扬心里别提多窝火了。如果输给别人,李明扬也就认了,可他偏偏输给了曾庆高。曾庆高是个机关混混儿,连份简单的讲话稿都写不好,可就是这么一个人,成了他的顶头上司。

李明扬渐渐地明白了,会不会写材料似乎并不是主要的。会写材料充其量只是个干活的命,却不是当领导的命。如果说以前李明扬偶尔还会冒出当将军的念头,那么现在,他总算意识到了,他永远也当不上将军的。永远也当不上!如此说来,他那个念头就很可笑了,十分可笑,有点不自量力的意思了。

再想想几个月前,李明扬还高傲得很呢,心气大得不得了,根本没把一个小小的副处长职位看在眼里。现在他才知道,他是很看重这个的。这或许与赵梅有关。说到底,他不光是和曾庆高在争,他同时也在和赵梅争。说不定呀,也在和宋道刚争,和周文廷争,和许许多多相干不相干的人争。争来争去,头发也该稀少了,背也该驼了。

是不是也和自己在争?

李明扬重新审视自己的生活,发现了众多的问题。

李明扬和赵梅的关系一直是不冷不热,家里的气氛始终冷冷清清。夜里,李明扬独自躺在书房里的沙发上,睡不着。他爬起来想写点东西。电脑打开了好半天,屏幕上一个字都没出现。写什么?写那些千篇一律的材料?太枯燥了;写点文学作品,像在B城那样?写不出来了,早就没有那份感觉了。

经过多日的思索之后,李明扬竟然产生了离开这个大机关,下到基层部队任职的念头。有一天,办公室里只剩下他和处长时,他把这个念头说给处长听。处长起初没当回事,等弄明白后,处长一惊慌,碰倒了茶杯，茶水把桌上的一摞材料都泡了。处长手忙脚乱收拾一阵，说："你小子，不像话，一点挫折都经受不住。以前你可不是这样的。"

处长以为李明扬还在赌气。李明扬赶紧解释，说他绝对不是因为没当上副处长而赌气。李明扬说的是真心话。他已经想开了，彻底想开了，在这个大机关的大院里，处长副处长这一级别的干部比苍蝇蚊子都多。他这个当干事的，整日知道写材料，谨小慎微，前怕狼后怕虎。说他是军人吧，他连一点军人的豪迈和果敢都快没有了；说他不是军人吧，他还穿着军装。近来，他时常想起十九世纪俄罗斯作家笔下的小公务员形象。当然李明扬不能把这些想法说给处长听。李明扬说："下到基层锻炼锻炼，对我的成长进步会有帮助。"

处长用沉痛的语气说："你想过没有，下去很有可能就回不来了。下面多少人盯着机关呀，削尖脑袋想往这里调。"

这倒是个问题。李明扬没了话。

处长趁热打铁："还有，你征求过赵梅的意见吗？当初你往机关调时，多亏了人家赵梅……"

提起赵梅，李明扬火又上来了："我自己的事情，自己说了算。当初要是知道她背后玩猫儿腻，我就不来了。"

处长怔忡着，打算以退为进："那你打算到哪个部队去？"

李明扬说："这倒没考虑……回 B 城我的老单位也行。"

处长笑起来："你呀，太天真了！你不想想，你去了，人家还以为你在机关没干好，给发配回去的呢！得，这件事情到此为止，不要再说给任何人听，什么也别说了。你老老实实在这儿干，只要我在，你就别想离开一步！"

十三

　　刘坤去深圳之前，李明扬和他见了最后一面。那次从西山分手后，李明扬下决心不再和刘坤来往了。人家还是好端端的姑娘，自己是个有妇之夫，关系再发展下去就要出问题了，于情于理都说不过去。虽说社会上的人找情人成风，人人都快疯掉了，可他李明扬不想这么干。他要是喜欢干这种乱七八糟的事就不到部队来了。他要是喜欢他早就转业了。他要是像周文廷他们那样有钱有自由，干干也无妨，可他不是周文廷。他们终究不是一路人。

　　刘坤断断续续打过几次电话。刘坤是个极聪明的姑娘，见李明扬不热心，好一阵儿没再主动和他联系。刘坤好像失踪了。李明扬心里踏实了，却又有一点说不出的惆怅。刘坤是个多么出色的姑娘啊！和当年的赵梅一样出色。他这辈子很难再碰到像刘坤这样出色的姑娘了。老天爷不会再给他机会了。

　　这天下午，当李明扬突然接到刘坤的电话时，心扑通扑通跳得厉害。刘坤说，她马上就要毕业了，关于毕业后的去向，她想听听李明扬的意见。这可是一件大事，三言两语说不清。因此，当刘坤邀请他到某一个地方见面时，他当即答应了。

　　见面的地方李明扬以前去过，是周文廷的五处房产之一。李明扬满头大汗赶去后，发现只有刘坤一人在家。刘坤说她表哥周文廷去香港了，昨天走的。刘坤好像瘦了些，长发斜披到一边，眼睛显得更大了，眼睫毛显得更长了，目光也更深邃了，像两泓清泉，发出幽幽的光，深不可测的样子。刘坤递给李明扬一块喷了香水的湿毛巾，让他擦汗。二人说过几句诸如天气之类的无关紧要的话之后，突然没话了，偌大的房子一片沉寂，只有空调机的声音充斥着空间。沉默是爆发的前奏，这是相当危险的。事实上刚才李明扬一进门，就预感到潜在的危险了。李明扬既没有逃走的勇气，也缺乏留下来的勇气，只能走一步看一步了。李明扬喘口粗气，没话找话。他说："刘坤你瘦了。"刘坤说："没有瘦。以前见你时穿得多，现在穿少了，显瘦。"李明扬故作镇静地抬眼去打量刘坤，发现她的确穿得少，上身只穿一件小小的白色无袖短褂，露着圆圆的肚脐，胸脯若隐若现，下边是一件长不及膝盖的短裤，光着脚丫。刘坤光着脚丫站在李明扬面前的地毯上，像一幅淡雅的水粉画。李明扬听到了自己的心跳，咚咚的，像一面被重击的小鼓。他迷迷糊糊地、昏头昏脑地反复拷问自己，你是否喜欢上刘坤了？他无法回答这个问题。他只能回避它。

室内沉默的气氛压得李明扬喘不过气来。刘坤的小嘴也是一张一张的，仿佛在渴求什么。李明扬说："刘坤，给我倒杯水。"刘坤不动，一动不动，像是恍惚了、痴呆了。好在李明扬的头脑暂时是清醒的。李明扬居然还能够在这个要命的时刻思考严肃的问题。他想，男人这一生啊，有许多的追求，世俗的追求主要有三：权力、钱财、美色。新闻媒介上不是时常披露吗？某人当上领导了，却又翻船了，原因是贪污受贿，捎带着乱搞女人。权、财、色全占了。一不留神，又身败名裂了。可见，男人这一生啊，虽然要过好多关，但主要的呢，就是这三关：权、财、色。这三关哪一关都不好过。谁能够过一关，谁就是个相当不错的男人了。谁能够过两关，谁就是个相当优秀的男人了。谁要是能够过三关呢？他简直就不是人，简直就是神了。这样的男人天下不能说没有，但恐怕是极少的。美丽的女人，古人对她最高的评价是："倾国倾城。"像刘坤这样的女人，不知该给她个什么评价，想必也是不会差的。可是，李明扬想先问问她，你为什么，你为什么要这样？

李明扬挺直腰板，理理脑子，清清嗓子，抬高嗓门说："刘坤！给我倒杯水。"

刘坤从迷乱中醒过神来。刘坤跌跌撞撞到饮水机那里，倒了一杯水。但是，她没有能够把这杯水递到李明扬手上。她没有力量了。她像要瘫掉似的，一步三晃。杯子无声地砸在了地毯上，水花飞溅。水花马上就被地毯吃掉了。与此同时，刘坤一头扎在了李明扬怀里，她的泪水打湿了李明扬的前胸。

刘坤抽抽搭搭地说，她马上就要毕业了。原先她曾打算，毕业后到深圳发展，可是，认识李明扬后，她被他深深地迷住了，不能自拔。她愿意为他付出一切。她就等他一句话。如果他需要她，她就坚决地留下来。她不求天长地久，也不求有什么结果，只求能够时常见他一面……李明扬耐心地等她说，轻轻抚弄着她的后背，像一个饱经沧桑的兄长面对自己柔弱的小妹妹。

刘坤终于说完了，泪也流得差不多了，眨巴着小母马那样漂亮的眼睛与李明扬久久对视。李明扬简直就要晕过去了。晕过去之前，李明扬问道："能告诉我吗？你为什么要这样？"

刘坤说："因为，因为我——崇拜你！"

这使李明扬想起差不多七八年前，赵梅也曾经用同样的口气和神态，向他说过同样的话。仅仅才几年过去，一切都变了模样。真是太滑稽了。李明扬忍不住笑了，是苦涩的笑。生活总是在不断地重复，新生活其实就是旧生活的延续和派生。可是人呢？人却一日一日地苍老，一日一日地改变，直至最后的消失。

李明扬扳过她的脸，说："刘坤，我不想伤害你。请你也听我一句话：去深圳吧，离开这个让你伤心的地方。你会很快忘掉面前这一切的。"

李明扬使劲亲吻了一下刘坤的嘴唇，挣扎着站起来。想到从此以后再也见不到这位美丽而多情的姑娘了，泪水霎时蒙住了李明扬的双眼。

十四

九月十二日那天,是李明扬的生日。李明扬下班回到家,看到餐桌上摆着插满蜡烛的蛋糕,才想起今天是自己的生日。

赵梅下午提前回到家,做了好多菜。也真难为她了。他们冷战都快有半年了吧?一直是分房而居,倒也相安无事。尽管李明扬极力避免让单位里的人知道他和赵梅的事情,但还是被人摸了个大概。如今的人们,嗅觉出奇地好,眼睛出奇地亮,耳朵出奇地灵,嘴巴出奇地长。很多事情当事人尚不知晓时,你周围的人搞不好已经知晓了。赵梅和宋道刚的那档子事情,其实别人早就有所怀疑了。能不怀疑吗?一个年轻漂亮的女人,跟一个有钱有势的大老板,整天抬头不见低头见的,混迹于乌烟瘴气的交际场上,出点事是很正常的。太正常了。不出事反而不正常。这种事现在太多了,遍地都是。就看你怎么认识它,怎么对待它了,但人家不会当你的面说这些。人们最爱怀疑的事情不外有这几种:怀疑某人有经济问题,怀疑某人说自己的坏话了,怀疑某人和某某人好上了。最后这一种最有趣,最好玩。

不管怎么说,李明扬感觉到了,赵梅还是爱他的,而且不是一般的爱。这半年来,赵梅明显地憔悴了,眼角竟然出现了细细的皱纹,目光也显得比过去黯淡了。赵梅以前的目光是多么纯净啊,李明扬经常从她的瞳孔里看到自己的影子。

这天晚上,因为李明扬生日的缘故,家里出现了难得一见的欢欣和温馨。李明扬和赵梅都喝了不少酒。开始喝干红,觉得不过瘾,又换啤酒。喝了好几瓶啤酒,仍是感觉不过瘾,干脆换成了白酒。二人你一杯我一杯,不用劝,抢着喝,一瓶白酒就这么下去了。赵梅喝着喝着哭起来,眼泪哗哗地流。她是喝多了。李明扬也喝得差不离了。喝多了酒的赵梅话格外地多,一边抹泪一边诉说。赵梅说,她都三十岁了,她想做妈妈了。如果李明扬打算和她分手,最好是等她做了妈妈再分手,让孩子成为他们六七年夫妻生活的一个纪念吧。赵梅说,她会永远爱着李明扬。她这辈子只爱李明扬一个人,她爱他,但不佩服他。她觉得他变得平庸了,好像他都不是李明扬了。或许是职业的原因吧。还有那个宋道刚。她不爱宋道刚,但她佩服宋道刚。当今时代属于宋道刚这样的男人。赵梅还说,她已经决定了,尽快离开宋道刚的公司,自己办一个公司。她有信心,有能力把新公司办好……

  赵梅说着说着,头一歪,倒在沙发上睡着了。李明扬把桌上剩余的酒喝光,站起来,摇摇晃晃出了门。出门之前,李明扬回头打量了一眼昏睡过去的赵梅。李明扬迷迷糊糊问自己,你还爱她吗?他回答不上来。他只能暂时回避这个棘手的问题了。

  出了四季花园的大门,李明扬顺着大马路漫无目的地走。他摇摇晃晃的,过路人都远远地躲着他。可他的脑子是清醒的。他想他应该认真考虑一下自己的事情了。就在上个礼拜,老同学周文廷曾经又规劝过他一次。周文廷推心置腹地说:"我的战友呀,趁我们几个同学的生意正红火着,你赶快加入到我们的行列里来,干点实事吧。跟我们一块干,我们绝对欢迎;你自己单独练,也成。你自己定。不管怎么着,我们都会帮你一把。凭你的智商,到了生意场上,绝无问题。"李明扬摇摇头,说:"老同学,你说的这些,我不是没考虑过。可是你别忘了,我已经在军营待了十年了。我的脑袋已经不是过去的脑袋了,更不是你们的脑袋。它很难适应你们的游戏规则。换句话说,我不是干你们这行的料。不行了。或许早几年还行,现在肯定不行了。我有数,太有数了。我这辈子呀,只能当个职业军人了,能当好,就算不错了。"

  最让李明扬焦心的是,他最近拿出的文字材料越来越糟,简直都有点惨不忍睹了。有一个原本很简单的总结材料,他改了三遍都没过关。

处长看他时的目光都已经明显不对味了。恐怕再这样下去,用不了多久,他几年来拼了性命攒下的名声会毁于一旦。这太可怕了。这可是他在机关赖以立身的根本啊!不是他不认真。事实上他比以往任何时候都认真,可就是越写越差,越写越差。真是怪了。李明扬不由想起多年前坐在他这个座位上的"材料王"许干事。他虽然没像许干事那样见了材料就昏厥,然而,仿佛在一夜之间,他的所谓灵感全失掉了,他一点灵气都没有了。和机关里的很多"万金油"似的干部差不多了。可人家能说会道,腿脚勤快,猪往前拱,鸡往后刨,各有高招。他除了会写材料,没有别的招数了;如果他再写不好材料,那就是真正的平庸了。

冷风一吹,李明扬走路的姿势好看多了。他再一次想到下基层的问题。他曾经向他的处长谈过这事。他觉得有必要再认真考虑一下。回B城老单位不妥当,到远处去也多有不便,那么,在这个城市的郊区找个单位,如何?他想,他肯定喜欢和士兵们在一起。都是年轻人,十七八岁,二十出头,看着舒坦,不愁不来灵感……邻街店铺里的电视机正在播放美国遭恐怖袭击的消息,就在昨天。太出人意料了,真是惊心动魄。今天白天大伙儿光议论这件事了。

李明扬携笔从戎之际,正赶上海湾战争打响,我们的军营也跟着热闹了一阵。但很快就复归平静。后来中国军人的血性,又鼓胀过几回,契机分别是九八年抗洪,九九年美国轰炸南联盟,捎带着炸了中国驻南大使馆。这一次美国挨了几棍子,够惨的,布什总统扬言报复,打仗是不可避免了。李明扬想,不知我们的军营会跟着弄出什么动静来……

时候不早了,李明扬仍然没有往回走的意思。路过一家夜总会门口时,他看到有个漂漂亮亮的小姑娘在那儿卖花。小姑娘迎着李明扬,用稚嫩的嗓音说:"叔叔,买枝玫瑰花吧,刚摘下的。五元一枝。"李明扬想都没想,就走了过去。他把所有的玫瑰花都买了下来。他抱着一捆玫瑰花,迈开大步往前走。玫瑰花儿献给谁?他不知道。他真的不知道。他甩开大步向前走。花瓣上的水珠在霓虹灯下闪闪烁烁,晃人的眼睛。水珠纷纷滚落,水珠好像是从天上滚落下来的。李明扬扬起脸,原来是下雨了。雨越下越急,雨水涂满了他的脸,好像不光是雨水,还掺杂着泪——到这时他才感觉到,自己是落泪了。他把脸整个地埋进玫瑰花丛,索性哭个痛快。

何处是归宿
(代后记)

现在看来,我走上文学创作这条道路,与故乡的地域文化和风土人情对我的熏陶,有着极大的关系。我的故乡在山东省西部的东阿县,黄河岸边,离京杭大运河也很近。我祖居的村子是个交道要道,南来北往的人很多,他们带来各种各样的信息,也带来各种各样的故事。我的家乡原本就是个盛产故事的地方,《隋唐演义》《水浒传》《金瓶梅》等历史小说对我的家乡一带都有描述,我家离"东阿王"曹植的墓园只有大约十公里远,离程咬金的故乡斑鸠店大约三十公里远,离武松打虎的景阳冈、武松杀西门庆的阳谷县狮子楼也就三四十公里的距离。小时候,我最大的乐趣就是在夜晚听游街串乡的说书人谈古论今,识字渐多以后,到处搜罗小说看,《铁道游击队》《红岩》《苦菜花》《迎春花》《敌后武工队》等就是在村里奶奶、大娘、大婶做针钱的萝筐里搜到的,书页都不完整,因为人家是用来剪鞋样子的,基本都没有封面,有的缺页严重,有的读过好久之后,才知道书名。

小时候对我影响最大的,就是这样一些不完整的文学作品,它改变了我以后的命运。

家里还是太穷了，一家七八口人，全靠做铁匠的父亲在大队铁匠铺拼死拼活挣钱糊口，常常是一年到头吃不上几顿细粮，从年初就开始盼望春节快点到来，好打打牙祭。有一回我走进镇上的书店，看上一本小人书，需要八分钱。但我没有那么多钱，兜里只有五分，买不起，就想在店里看完，结果被看店的女服务员给轰了出来。

上初中的时候，我已经挺有"名"了，因为我的作文写得好，经常被语文老师当作范文在课堂上宣读。作文写得好，无非是两点，一是语言感觉好，二是感情真挚细腻，尽量少说空话套话。屡受表扬，就更加想写好作文，因为不想让老师失望。要想写好作文，多读书多体验是最好的窍门。结果由于偏好写作，其他科的成绩一直提不上来，后来高考也吃了这方面的亏。在乡中学读高中时，我继续保持了写作的优长，很多年后有同学告诉我，他当初就经常被我的作文感动得要落泪。

一九七九年，十五岁的我在读了九年书之后，参加高考。从家乡赶赴考场的途中，遇上大雨，耽搁了一点时间，心急火燎赶到考点时，已经开考半个小时了。结局只有一个：名落孙山。落榜并没有让我太失望，因为还是太小，少年不识愁滋味，况且我所在的村子，在我之前，没有一个人考上大学，我落榜也不并丢人。后面的路似乎只有两条：或者像我的父亲那样，先到铁匠铺当个学徒，一辈子当个铁匠；或者干脆就到大田里劳作，一辈子与土地做伴。在母亲的鼓励下，我走了第三条路——背起书包，去复读了。目标只有一个：考上大学。

一九八〇年，命运终于眷顾了我，我中榜了。但在填报志愿时，犯起了踌躇。当时有两个选择：一是留在省内读地方学校，二是到长春的一所空军的军校。上地方学校，要交学费；上军校，不但学杂费全免，而且还发服装。因为对越自卫反击战刚刚打过不久，战争阴云尚在，此时参军，是要有一点"冒险"精神的。父亲是个文盲，害怕战争，不想让我从军，而且信奉"千好万好，不如儿子在身边好"，不支持我上军校。因为我知道家里的难处,实在是想为家里省点钱,所以 尽管心里有点打鼓,尽管也害怕上战场,但我还是硬着头皮填报了军校。我安慰父母亲说:我当的是空军,干的是地勤,一般打仗,都是陆军先上,我们在后方修飞机,没什么事,不用怕。

到了长春的军校不久,我就庆幸自己走对了路。不为别的,就因为学校图书馆阅览室里有读不完的长篇小说和文学杂志,我在那里,读到了徐怀中的《西线轶事》等一批南线战争题材的中短篇小说,读罢这些作品,非但不害怕战争了,反倒渴望到战场上去一试身手。

这不就是文学的力量吗?

读军校的那几年,一有空就钻阅览室,就因为这个,我没有养成任何体育方面的爱好,不会打任何球,不会任何棋牌,只会散步跑步,说起来就是个书呆子。军校毕业,我来到山东潍坊,那儿有一座机场。大约从一九八四年秋天起,我开始正式写作。七八个人住一大间宿舍,没有桌子,白天要上机场工作,即使不去机场,屋里人多也很乱,没法写,晚上九点半就要熄灯,我写作的时间就是熄灯之后,我靠在床头,把一个大本子放在腿上,在别人的呼噜声中,摸索着往上写,第二天一看,常常是几行写到了一块。有时还怕别人发现,说自己不务正业,就得偷偷摸摸地写。熄灯后闭眼写作的时间持续了一年左右,写了十几万字的东西,都工工整整地抄在了方格稿纸上,投给了报纸杂志,皆被退回或无声无息。尽管没发表一个字,但我爱好写作的名声还是传出去了。一九八五年,师宣传科急需新闻干事,有人推荐了我,政治部一位领导派人把我的部分手稿拿去读了几篇,没见过我面就决定调我,理由是,这么长的文章都能写,写豆腐块大小的新闻稿还不是小菜一碟?就这样,年仅二十一岁的我直接从基层连队调到师机关工作。这是我第一次沾文学的光。

沾光的事,接二连三地来到。一九八八年,因为我"能写,文笔好"，济南的上级机关给我发来了调令，我要到大机关工作了。而能够到省城济南工作，是我在那之前最大的心愿。有点顺了，就有点得意忘形，文人最容易犯的毛病，就是愤世嫉俗、口无遮拦，喜欢在人前对时局发表看法，机关首长认为我不够成熟，需要下连锻炼。当时我刚结婚，正等着在机关分房子，如此一去，鸡飞蛋打，尤其是到连队工作，睁眼忙到黑，我哪还有时间写作？而且一个从上级机关被贬下来的人，再回机关就难了，说不定过几年就转业了。因此我非常不愿意，非常难过，非常恐惧，就此迎来了我一生的头一个低谷。

吃过亏，很快又沾了光。还是因为我"能写"，训练团领导决定，我的命令下到连队，人不下去，留在团政治处写材料。这就为我赢得了宝贵的喘息之机，似乎是为了赌口气，我发愤写作，很快写出了《美丽家园》《一缕清香》《班长老邓》三个短篇，发表在一九九一年第三期《解放军文艺》头条位置，又分别被《新华文摘》和《人民文学》刚开设的"佳作选载"栏目转载，不久还得了《人民文学》的一个奖。正是这几篇小说，使我获得了一种宝贵的自信，更拉近了我与文学的距离。

紧接着我又沾了一个最大的光：上军艺文学系。如果我不遭此挫折，一九九一年肯定得不到上军艺的机会，因为原单位领导绝对不会放我上学，人家指望我写材料呢。说起来这真是因祸得福，命运为我关上一扇窗，却又为我打开了一扇门。这都是文学带给我的造化呢！

两年军艺生活，是轻松的、快乐的。

后来反思自己，上军艺的两年最大的一个失误，就是在汲取有效营养的同时，有点偏爱所谓的先锋文学，光想着在叙述和语言上玩点花样，大段的心理描写，沉闷乏味，读起来费劲，而没有好好地学学怎样讲故事，对题材也不讲究，想写什么就写什么，如此一来，可读性大打折扣。有一次我和鲁迅文学院高研班的一位同学聊天，他说，当时所谓的先锋文学害了一大批年轻的初学写作者，只有余华、苏童、格非等几个人沾了光，出了名，《收获》杂志越是影响大，越是误人。我想，那时候是自己创作欲望最强，状态和身体也最好的时候，如果那时候不去追风，而是好好地讲故事，多读一点鲁迅、契诃夫、莫泊桑、托尔斯泰的书，以及中国古典文学，而不去模仿那些根本不适合中国国情的南美作家，在题材的挖掘上和人物形象的塑造上多下点功夫，或许可以写出更好的作品吧。

离开军艺之后，我回到济南的老单位当了专业创作员，新上任的首长喜欢写东西的人，军艺还没毕业就要给我下达创作员命令。本来有留京的想法，这时反而不好意思了，乖乖回到济南。我可能是同学中第一个成为所谓专业作家的，当时二十九岁，常年不用上班，懒觉随便睡，军装很少穿，自在得很。

二〇〇六年，一个偶然的机会，我调到北京解放军总装备部，还是搞专业创作，但心气儿已不比当年。

这些年里，我感觉中国的文学创作一直在走下坡路，文学创作的社会氛围和关注度，越来越走低，文学创作渐渐成为一种"孤独的行走"，加上不正之风对文坛的侵蚀，这个江湖泥沙俱下，让人愈发失望。

就全世界而言，文学（主要指小说）最鼎盛的时代，是十八、十九世纪，二十世纪初赶上了一个尾巴。世界公认的伟大作家及其作品，很多出于那个历史阶段。人类在经过了几千年的文化积累之后，终于把小说这个艺术门类推向了巅峰。试想，如果那时候就有电影、电视、互联网等大众媒体工具，可能文学的那个巅峰，也没有现在那么高，毕竟那时候的人除了读书，几乎没有别的娱乐。是读者造就了作家，造就了作品，如果没人读书，你还有兴趣写吗？

时代发展得太快了，科技的进步、社会的稳定、生活的富足，带来了多元化的娱乐享受。这对文学也许不是好事呢。

战争、苦难、剧烈的社会动荡是孕育伟大作家和伟大作品的肥沃土壤,而今歌舞升平的时代,则是影视等多媒体的盛宴。生活安逸,吃饱喝足之后,大人们可能会有点怀旧,小孩子则去追星,这些都可以在电视剧、电影和演唱会上寻找到,谁还会静下心来读一篇小说?没有了读者,作家就会感到受冷遇,而同时,安逸优越的生活,也使一些作家没有了切肤之痛,失去了写作动力;远离底层的生活,缺少深刻的批判意识,更使作家们的作品显得苍白无力。不仅中国,全世界的文坛都是如此。这些年的诺贝尔文学奖得主,水平也是下降得厉害,照这样下去,这个奖也该取消了,不如变成诺贝尔电影奖。

说到底,这个时代,已经不是文学的时代,经济学里有朝阳行业和夕阳行业,文学应该属于夕阳行业。小说某种程度上已经像京剧票友那样,成为一种小群体的自恋行为。

我说这些,这不是说自己走错了路?女怕嫁错郎,男怕选错行。是不是后悔了?

不是的。走上这条路,非但没后悔,反而感到庆幸,像我这样的家庭背景、成长氛围,走这条路似乎是最好的选择了,已经很幸运了。写作陪伴我度过了风华正茂的年代,还会伴我度过青春凋零的未来岁月。这中间大约有十年时间,很惭愧,我没有写过一篇小说,主要是参与了一些影视剧的写作。有的是上面派的任务,不得不干;有的是为了改善生计,不得已而为之。酸甜苦辣,个中滋味,难以言表。后来我发现,中国的有些电影、电视剧,胡编乱造得太过分,很多连故事都编不圆,参与影视创作的兴趣便突然淡下来。从二○一四年起,重回小说创作,写了长篇小说《一座营盘》,以及收在这个集子里的《天佑》《秋莲》等作品。

如此,我视自己为"浪子回头","不忘初心"。做一个小说票友,自娱自乐,不为获奖,不为发财,以文会友,也是一种境界吧!

走上这条路,是命中注定。何处是归程,长亭更短亭;何处是归宿，文学复文学；何处是归期，老命呜呼时。只要一息尚在，就得努力啊，不然，还能干什么呢？

二〇一七年四月于北京

陶纯

原名姚泽春,山东聊城人。
中国作家协会会员。
毕业于解放军艺术学院文学系,军旅作家。
现为中国人民解放军战略支援部队专业作家。
曾获全国"五个一"工程奖、中国人民解放军文艺奖。

代表作品

长篇小说
《一座营盘》
《像纸片一样飞》
《芳香弥漫》
《阳光下的故乡》
电视剧本
《我们的连队》(与人合作)
《红领章》(与人合作)
《雄关漫道》(与人合作)
中篇小说
《秋莲》
《天佑》
《子弹穿过头颅》
《营地之光》
《雨中玫瑰》